Rote Krimi

Von Rex Stout
sind außerdem im Goldmann Verlag lieferbar:

Die Champagnerparty. 4062
Gambit. 4038
Gast im dritten Stock. 2284
Das Geheimnis der Bergkatze. 3052
Gift à la carte. 4349
Die goldenen Spinnen. 3031
Morde jetzt – zahle später. 3124
Orchideen für sechzehn Mädchen. 3002
P. H. antwortet nicht. 3024
Das Plagiat. 3108
Der rote Bulle. 2269
Der Schein trügt. 3300
Vor Mitternacht. 4048
Wenn Licht ins Dunkle fällt. 4358
Zu viele Klienten. 3290
Zu viele Köche. 2262
Das zweite Geständnis. 4056

REX STOUT

Per Adresse Mörder X

THE DOORBELL RANG

Kriminalroman

Wilhelm Goldmann Verlag

Die Hauptpersonen

Nero Wolfe	Privatdetektiv
Archie Goodwin	sein Assistent
Rachel Bruner	reiche Witwe
Sarah Dacos	Empfangsdame
Morris Althaus	Schriftsteller
Saul Panzer	Privatdetektiv
Timothy Quayle	Redakteur
Richard Wragg	FBI-Agent
Inspektor Cramer	Kriminalbeamter

Der Roman spielt in New York, USA.

1. Auflage September 1974 · 1.–15. Tsd.
2. Auflage November 1977 · 16.–21. Tsd.
3. Auflage Januar 1979 · 22.–27. Tsd.
4. Auflage April 1981 · 28.–33. Tsd.

Made in Germany 1981

Aus dem Amerikanischen übertragen von Brigitte Weitbrecht
Herausgegeben von Friedrich A. Hofschuster
Umschlagentwurf: Atelier Adolf & Angelika Bachmann, München
Umschlagfoto: Richard Canntown, Stuttgart
Gesamtherstellung: Mohndruck Graphische Betriebe GmbH, Gütersloh
Krimi 4389
Lektorat: Friedrich A. Hofschuster · Herstellung: Harry Heiß
ISBN 3-442-04389-1

1

Da es ja doch den Ausschlag gab, fange ich am besten mit seiner Beschreibung an. Es war ein rosa Stück Papier, 7,5 cm breit und 17,5 cm lang, und wies die First National City Bank an, einhunderttausend und 00/100 Dollar an Nero Wolfe zu zahlen. Unterschrift: Rachel Bruner. Es lag auf Wolfes Schreibtisch an der Stelle, an die Mrs. Bruner es geschoben hatte. Danach hatte sie sich wieder in den roten Ledersessel gesetzt.

Sie war schon seit einer halben Stunde da; angekommen war sie ein paar Minuten nach sechs. Da ihre Sekretärin erst vor drei Stunden telefonisch ihren Besuch vereinbart hatte, war zwar nur kurze Zeit für Nachforschungen geblieben, aber diese hatte gereicht, denn es handelte sich um Lloyd Bruners Witwe, die den gesamten Immobilienbesitz ihres Mannes geerbt hatte. Mindestens acht der mehreren Dutzend Häuser, die ihr Bruner hinterlassen hatte, waren über zwölf Stockwerke hoch. Ich brauchte also eigentlich nur Lon Cohen bei der ›Gazette‹ anzurufen und ihn zu fragen, ob er irgendwelche nicht zum Druck geeigneten Informationen über eine Person namens Bruner besitze, aber ich führte noch ein paar andere Gespräche, und zwar mit dem Vizepräsidenten unserer Bank und mit dem Rechtsanwalt Nathaniel Parker. Sie ergaben nichts, außer daß der Vizepräsident an einer Stelle sagte: »Oh . . . merkwürdig . . .«

Ich fragte, was merkwürdig sei.

Pause. »Eigentlich nichts Wichtiges. Unser Präsident, Mr. Abernathy, hat ein Buch von ihr bekommen . . .«

»Was für ein Buch?«

»Es . . . ich habe es vergessen. Entschuldigen Sie mich, Mr. Goodwin, ich habe sehr viel zu tun.«

So wußte ich also nichts über sie, außer daß sie einem Herrn ein Buch gesandt hatte, als sie an der Tür des alten Backsteinhauses in der 35. Straße West klingelte. Ich ließ sie ein und führte sie ins Büro. Nachdem sie sich in dem roten Ledersessel niedergelassen hatte, legte ich ihren Mantel, einen kostbaren Zobel, auf die Couch, setzte mich an meinen Schreibtisch und nahm ihren Anblick in mich auf. Sie war etwas zu klein und zu füllig, um als elegant eingestuft werden zu können, auch wenn ihr gelbbraunes Wollkleid von Dior stammte; ihr Gesicht war zu rund, aber an den schwarzbraunen Augen war nichts auszusetzen.

Nero Wolfe betrachtete sie nicht gerade begeistert. Das Dumme war, daß gerade ein neues Jahr angebrochen war und es ganz so aussah, als müsse er sich baldigst zum Arbeiten bequemen. Im November oder Dezember, wenn er schon bei einem Steuersatz angelangt war, der drei Viertel aller zusätzlichen Einkünfte verschlingen würde, lehnte er fast automatisch sämtliche Aufträge ab; aber im Januar war es etwas anderes. Wir hatten den 5. Januar, und die Dame war betucht. Das alles paßte ihm nicht. »Mr. Goodwin nannte mir Ihren Namen«, entgegnete er frostig, »und ich lese Zeitungen.«

Sie nickte. »Das weiß ich. Ich weiß überhaupt viel von Ihnen, deshalb bin ich hier. Sie sollen etwas für mich tun, was vielleicht kein anderer Mensch vollbringen könnte. Sie lesen Bücher. Haben Sie das Buch ›Hinter den Kulissen des FBI‹ gelesen?«

»Ja.«

»Dann brauche ich Ihnen nichts davon zu erzählen. Hat es Eindruck auf Sie gemacht?«

»Ja.«

»Einen guten Eindruck?«

»Ja.«

»Meine Güte, Sie sind aber kurz angebunden!«

»Ich habe Ihre Fragen beantwortet.«

»Das weiß ich. Ich kann mich ebenfalls kurz fassen. Das Buch hat auch mich beeindruckt. Es hat mich so stark beeindruckt, daß ich zehntausend Exemplare gekauft und sie an alle möglichen Leute im ganzen Land verschickt habe.«

»So?« Wolfe zog die Brauen drei Millimeter hoch.

»Jawohl. Ich sandte sie an die Kabinettsmitglieder, an die Richter des Oberlandesgerichts, an die Gouverneure aller Staaten, an alle Senatoren und Abgeordneten, an die Mitglieder aller gesetzgebenden Körperschaften, an Zeitungs-, Zeitschriften- und Buchverleger, an die Leiter von Handelsgesellschaften und Banken, an die Verantwortlichen von Rundfunk und Fernsehen, an Leitartikler, Bezirksanwälte, Professoren und andere – ach ja, an Polizeichefs. Muß ich erklären, warum ich das tat?«

»Mir nicht.«

Die schwarzbraunen Augen blitzten auf. »Ihr Ton gefällt mir nicht. Ich möchte, daß Sie etwas unternehmen, und ich zahle Ihnen ein Höchsthonorar und mehr, ich setze keine Grenzen, aber es ist zwecklos, weiterzusprechen. Sie erklären, das Buch habe einen guten Eindruck auf Sie gemacht. Wollen Sie damit sagen, daß Sie sich der Ansicht des Verfassers über das FBI anschließen?«

»Mit einigen geringfügigen Einschränkungen, ja.«

»Dann werden Sie nicht überrascht sein zu erfahren, daß ich Tag und Nacht verfolgt werde. Ich glaube, der Fachausdruck heißt ›beschatten‹. Mein Sohn und meine Tochter, meine Sekretärin, mein Bruder werden ebenfalls überwacht. Meine Telefonleitungen sind angezapft, und mein Sohn hat den Eindruck, daß seine Gespräche auch abgehört werden; er ist verheiratet und hat eine Etagenwohnung. Einige Angestellte der Bruner AG wurden ausgefragt. Die Firma befindet sich in zwei Stockwerken des Bruner-Hochhauses und beschäftigt über hundert Angestellte. Wundern Sie sich?«

»Nein«, grunzte Wolfe. »Haben Sie Briefe mit den Büchern verschickt?«

»Nein, keine Briefe, nur meine private Visitenkarte mit ein paar Zeilen.«

»Dann sollten Sie nicht überrascht sein.«

»Ich bin es aber, oder ich war es. Ich bin kein Abgeordneter, Verleger, Fernsehgewaltiger oder Universitätsprofessor mit einer Stelle, die er nicht verlieren möchte. Glaubt dieser Größenwahnsinnige vielleicht, er könne mich verletzen?«

»Er tut es doch.«

»Nein, er ärgert mich nur. Einige Gesellschafter und ein paar meiner persönlichen Freunde werden verhört, natürlich ganz diskret und unter vielen Entschuldigungen. Es begann vor etwa zwei Wochen. Ich glaube, meine Telefonleitungen wurden ungefähr vor zehn Tagen angezapft. Meine Anwälte meinen, es gebe wahrscheinlich keine Möglichkeit, der Sache ein Ende zu machen, aber sie würden es sich durch den Kopf gehen lassen. Es ist eines der größten und besten Anwaltsbüros in New York, und sogar sie haben Angst vor dem FBI! Sie rügen mich, sie werfen mir vor, ich sei ›schlecht beraten‹ und ›extravagant‹ gewesen, als ich die Bücher verschickte. Es ist mir einerlei, was sie sagen. Als ich das Buch las, war ich wütend . Ich rief den Verleger an, und er schickte mir einen seiner Herren. Er gestand, sie hätten knapp zwanzigtausend Exemplare verkauft, und das in einem Land mit zweihundert Millionen Einwohnern, von denen sechsundzwanzig Millionen Goldwater wählten! Zuerst dachte ich mir, ich könnte einen zusätzlichen Reklamefeldzug finanzieren, aber dann überlegte ich mir, daß es doch viel besser wäre, ich würde die Bücher verschicken. Ich bekam sie mit vierzig Prozent Rabatt.« Sie umklammerte die Armlehnen. »Und jetzt ärgert er mich, und ich will, daß er damit aufhört. Ich will, daß Sie ihm Einhalt gebieten!«

Wolfe schüttelte den Kopf. »Absurd.«

Sie griff nach ihrer braunen Ledertasche, nahm ein Scheckheft und einen Füller heraus, schlug das Scheckheft in aller Ruhe auf, füllte sorgfältig den Vordruck aus, den Stammabschnitt zuerst. Methodisch. Dann riß sie den Scheck heraus, stand auf, legte ihn auf Wolfes Schreibtisch und setzte sich wieder. »Diese fünfzigtausend Dollar«, bemerkte sie, »sind nur Vorschuß. Ich sagte schon, es gibt kein Limit.«

Wolfe würdigte den Scheck keines Blickes. »Ich bin kein Wundertäter und kein Idiot. Wenn Sie überwacht werden, wurden Sie auch hierher verfolgt, und man wird annehmen, Sie seien gekommen, um meine Dienste in Anspruch zu nehmen. Wahrscheinlich ist schon der nächste da, um mein Haus zu beobachten; wenn nicht, so warten sie damit nur bis zu dem Augenblick, in dem sie einen Hinweis bekommen, daß ich verrückt genug war, den Auftrag zu übernehmen.« Er wandte den Kopf. »Archie, wie viele Agenten hat das FBI in New York?«

»Och ...« Ich spitzte die Lippen. »Ich weiß nicht, vielleicht zweihundert. Immer wieder andere.«

»Ich habe nur einen, nämlich Mr. Goodwin. Ich selbst verlasse mein Haus nie geschäftehalber. Es würde ...«

»Sie haben Saul Panzer, Fred Durkin und Orrie Cather.«

Unter gewöhnlichen Umständen hätte es ihn peinlich berührt, daß sie die Namen einfach so herunterrasselte, aber jetzt nicht. »Ich kann nicht von Ihnen verlangen, daß sie das Risiko auf sich nehmen«, sagte er. »Ich kann nicht erwarten, daß Mr. Goodwin es auf sich nimmt. Es wäre ohnehin sinn- und zwecklos. Sie sagen ›gebieten Sie ihm Einhalt‹. Damit meinen Sie, wenn ich Sie recht verstehe, ich soll das FBI zwingen, Sie nicht mehr zu belästigen.«

»Ja.«

»Wie?«

»Ich weiß nicht.«

»Ich auch nicht.« Er schüttelte den Kopf. »Nein, gnädige

Frau, Sie haben es herausgefordert. Ich will Sie nicht rügen, weil Sie die Bücher verschickten, aber ich stimme mit den Anwälten darin überein, daß es extravagant war. Don Juan ertrug seine Qualen; das müssen Sie auch. Es wird nicht ewig dauern, und Sie sind kein Abgeordneter oder Angestellter, der seine Stelle zu verlieren hat, wie Sie ganz richtig bemerkten. Aber versenden Sie keine Bücher mehr!«

Sie biß sich auf die Lippen. »Ich dachte, Sie fürchteten sich vor nichts und niemandem.«

»Fürchten? Ich kann dem Wahnsinn aus dem Wege gehen, ohne der Angst verfallen zu sein.«

»Ich sagte, kein anderer Mensch könne es vollbringen.«

»Dann haben Sie sich eben getäuscht.«

Sie nahm ihre Tasche zur Hand, öffnete sie, holte das Scheckbuch und den Füller heraus, füllte wieder den Vordruck aus, beginnend mit dem Stammabschnitt wie vorher, trat an seinen Schreibtisch, ergriff den ersten Scheck, riß ihn in Stücke und legte den neuen Scheck hin.

»Diese hunderttausend Dollar«, bemerkte sie, »sind nur ein Vorschuß. Ich werde für alle Auslagen aufkommen. Wenn Sie den Auftrag erledigen, zahle ich das Honorar, das Sie festsetzen, zusätzlich zu den Vorschüssen. Wenn es Ihnen mißlingt, bleiben Ihnen die hunderttausend.«

Er beugte sich vor, griff nach dem Scheck, betrachtete ihn eingehend, legte ihn vor sich hin, lehnte sich zurück und schloß die Augen. Ich kenne ihn und wußte, woran er dachte. Nicht an den Auftrag; der war, wie er gesagt hatte, absurd; nein, er liebäugelte mit der wunderschönen Aussicht, daß er mit hunderttausend Dollar bis weit in den Sommer hinein keine Aufträge mehr anzunehmen brauchte. Er konnte hundert Bücher lesen und tausend Orchideen züchten. Paradiesisch. Seine Mundwinkel zogen sich nach oben, für seine Verhältnisse ein breites Grinsen. Er schwelgte in Gedanken. Das war eine halbe Minute lang schön und gut, der Mensch hat schließlich ein Recht auf seine Träume. Als aber eine volle Minute verstrich, hustete ich laut.

Er schlug die Augen auf und setzte sich gerade. »Archie? Haben Sie etwas vorzuschlagen?«

Also hatte es ihn tatsächlich gepackt. Es war sogar denkbar, daß er sich einverstanden erklärte, zumindest teilweise, und das hätte natürlich keinen Sinn gehabt. Um das zu verhindern, gab es nur eine Möglichkeit: die Dame loswerden, und zwar schnell.

»Nicht aus dem Stegreif«, antwortete ich. »Ich habe keinen Vorschlag, nur eine Bemerkung. Sie meinten, wenn sie beschattet würde, sei sie auch hierher verfolgt worden. Aber wenn ihr Telefon abgehört wird, brauchen sie sich nicht die Mühe zu machen und sie zu bespitzeln, da sie ja gehört haben, wie ihre Sekretärin die Verabredung traf.«

Stirnrunzelnd murrte er: »Also wird mein Haus sowieso beobachtet.«

»Möglich. Es könnte aber auch sein, daß es nicht so schlimm ist, wie sie denkt. Natürlich würde sie nicht absichtlich übertreiben, aber . . .«

»Ich übertreibe nie!« fiel sie scharf ein.

»Selbstverständlich nicht«, entgegnete ich und fuhr zu Wolfe gewandt fort: »Aber Leute, die es nicht gewohnt sind, geärgert zu werden, ärgern sich leicht. Das mit dem Beschatten können wir gleich nachprüfen.« Ich drehte mich zu ihr. »Sind Sie im Taxi gekommen, Mrs. Bruner?«

»Nein, mein Chauffeur wartet draußen.«

»Schön. Ich werde Sie hinausbegleiten und stehen bleiben, bis Sie abfahren, und sehen, ob sich etwas tut.« Ich erhob mich. »Mr. Wolfe kann Ihnen morgen seine Entscheidung mitteilen.« Ich trat zur Couch und holte den Zobel.

Es klappte. Das Verfahren paßte ihr gar nicht. Sie war gekommen, um Nero Wolfe einen Auftrag zu erteilen, und sie versuchte noch fünf Minuten lang, die Sache festzumachen; aber bald sah sie, daß er nur ungeduldig wurde. Deshalb stand sie auf und schlüpfte in ihren Mantel. Sie war richtig zornig auf Wolfe. Weil sie wußte, daß er nicht gern Hände schüttelte, machte sie keine Anstalten dazu, aber als wir auf der Treppe standen, beehrte sie mich mit einem festen warmen Händedruck, denn sie hatte offenbar begriffen, daß ich an der Entscheidung beteiligt sein würde. Auf den sieben Stufen vor dem Eingang waren ein paar vereiste Stellen, deshalb führte ich sie am Ellbogen auf den Gehweg hinunter, und da stand auch schon der Chauffeur dienstbereit an der offenen Wagentür. Ehe sie auf ihn zutrat, sah sie mit ihren schwarzbraunen Augen schräg zu mir auf und sagte: »Vielen Dank, Mr. Goodwin. Selbstverständlich bekommen Sie auch einen Scheck.«

Der Chauffeur berührte sie nicht; offenbar stieg sie lieber allein ein. Also gehörte sie nicht zu jenen Witwen mittleren Alters, die gern den Griff einer starken Männerhand an ihrem Arm spüren. Als sie eingestiegen war, schlug der Chauffeur die Tür zu, setzte sich hinters Lenkrad und fuhr los. Dreißig Meter östlich bei der Ninth Avenue glitt ein Wagen aus der Reihe der geparkten Autos und schoß vorbei. Zwei Männer auf dem Vordersitz. Ich blieb so lange im kalten Januarwind stehen, daß ich sah, wie der Wagen in die Tenth Avenue einbog. Es war lachhaft, deshalb lachte ich laut, als ich die Treppe hinaufstieg. Aber ehe ich in die Halle eintrat, klappte ich den Mund wieder zu.

Wolfe saß zurückgelehnt mit geschlossenen Augen im Sessel, aber sein Mund war verkniffen, kein Mundwinkel zeigte nach oben. Als ich an seinem Schreibtisch vorbeikam, öffnete er die Augen zu Schlitzen. Ich nahm den Scheck auf und untersuchte ihn. Noch nie hatte ich einen Scheck über saubere, ehrliche, runde hunderttausend Dollar in der Hand gehabt, wenn ich auch schon größere gesehen hatte. Ich ließ ihn fallen, ging zu meinem Schreibtisch, setzte mich, kritzelte die Zulassungsnummer des Verfolgerwagens auf den Notizblock, schwenkte das Telefon zu mir her, wählte eine Nummer und bekam einen Mann an die Strippe, einen städtischen Angestellten, dem ich einmal eine riesengroße Gefälligkeit erwiesen hatte. Ich gab ihm die Zulassungsnummer durch; er meinte, es könne eine Stunde dauern.

Als ich auflegte, ertönte Wolfes Stimme: »Ist es Humbug?«

Ich wirbelte herum. »Nein, Sir. Sie ist wirklich in Gefahr. Zwei Mann saßen in einem Wagen. Als sie einstieg, schalteten sie ihre Scheinwerfer ein, und als ihr Rolls in die Tenth Avenue einbog, folgten sie so dicht, daß sie ihren Wagen fast rammten. Wenn der Rolls-Royce scharf bremst, fahren sie auf. Sie ist in Gefahr.«

»Grrrh!« grunzte er.

»Jawohl, Sir, ganz meine Meinung. Die Frage ist: Wer sind sie? Ist es etwas Privates, so sind die hunderttausend Dollar vielleicht zu verdienen. Wenn es wirklich FBI-Beamte sind, wird sie es eben ertragen müssen, genau wie Sie sagten. In ungefähr einer Stunde werden wir es wissen.«

Er warf einen Blick auf die Wanduhr. Zwölf Minuten vor sieben. Dann schaute er mich an. »Ist Mr. Cohen in seinem Büro?«

»Wahrscheinlich. Er geht im allgemeinen kurz nach sieben.«

»Laden Sie ihn zum Abendessen ein.«

2

Um neun Uhr saßen wir wieder im Büro, Lon im roten Ledersessel, Wolfe und ich an unseren Schreibtischen; Fritz brachte Kaffee und Cognac. Die anderthalb Stunden im Eßzimmer auf der andern Seite der Halle waren sehr gesellig verlaufen; kein Wunder bei Muschelpastete mit Pfeffersoße, in Rotwein geschmortem Rinderbraten, Rahmsoße mit feingewiegtem Dill, Avocado mit Wasserkresse und schwarzen Walnußkernen. Das Gespräch hatte die Zustände im Staat, die Beschaffenheit des weiblichen Gemüts, die Eßbarkeit gekochter Austern, Sprachstrukturen und Bücherpreise berührt. Nur beim weiblichen Gemüt war es hitzig zugegangen, und das hatte Lon absichtlich herbeigeführt, um zu sehen, wie scharf Wolfe werden konnte.

Lon trank einen Schluck Cognac und sah auf seine Armbanduhr. »Wenn es Ihnen recht ist«, meinte er, »wollen wir zur Sache kommen. Um zehn Uhr bin ich verabredet. Sie erwarten nicht von mir, daß ich mein Abendessen bezahle, das weiß ich; aber es ist mir klar, daß Archie im allgemeinen einfach anruft oder hereinschaut, wenn Sie etwas erfahren oder mitteilen wollen, so muß es wohl dieses Mal etwas Außerordentliches sein, phantastisch wie dieser Cognac.«

Wolfe nahm einen Zettel in die Hand, der auf seinem Schreibtisch lag, runzelte die Stirn und ließ ihn fallen. Ich hatte ihn vor einer halben Stunde dort hingelegt. Während des Essens hatte der städtische Angestellte angerufen und mir die gewünschte Auskunft erteilt, und ehe ich ins Eßzimmer zurückgeeilt war, hatte ich ›FBI‹ auf einen Notizblockzettel geschrieben und ihn auf Wolfes Schreibtisch gelegt. Es hatte meinen Appetit nicht gerade angeregt. Hätte sie sich mit dem Beschatten getäuscht, so hätte die Sache womöglich gute Aussichten gehabt, einschließlich eines fetten Schecks für mich persönlich.

Wolfe schlürfte seinen Kaffee, setzte die Tasse ab und sagte: »Ich habe noch vierzehn Flaschen davon.«

»Guter Gott!« seufzte Lon und schnupperte an dem Cognac. Es war merkwürdig mit ihm. Mit seinem straff zurückgekämmten Haar und seinem hübschen, kleinen, glatten Gesicht sah er ganz alltäglich aus, aber irgendwie schien er immer in den Rahmen zu passen, sei es in seinem Büro im zwanzigsten Stock des ›Gazette‹-Hochhauses, zwei Türen hinter dem Eckzimmer des Chefredakteurs, oder beim Tanzen im ›Flamingo‹ oder in Saul Panzers Wohnung beim Pokern – oder wenn er an fünfzig Jahre altem Cognac schnupperte.

Er genehmigte sich noch einen Schluck. »Alles, was Sie wünschen«, sagte er. »Ohne Ausnahme.«

»Eigentlich«, meinte Wolfe, »ist es gar nicht so phantastisch. Zuerst eine Frage: Wissen Sie etwas von einer auch noch so losen Verbindung zwischen Mrs. Lloyd Bruner und dem Federal Bureau of Investigation?«

»Aber sicher, wer wüßte das nicht? Sie hat an zahllose Leute Fred Cooks Buch geschickt, auch an unseren Verlagsleiter und unseren Chefredakteur. Es war ein Indiz für Rang und Stellung in der Gesellschaft, und, zum Kuckuck, ich habe keins bekommen! Sie?«

»Nein, ich habe mir ein Exemplar gekauft. Wissen Sie etwas von einem Racheakt des FBI? Unser Gespräch ist natürlich privat und vertraulich.«

Lon lächelte. »Da müßten Sie schon J. Edgar Hoover persönlich fragen – es sei denn, Sie wüßten bereits etwas. Trifft das zu?«

»Ja.«

Lons Kinn ruckte hoch. »Das wäre ja noch schöner! Dann müßten es auch die Leute wissen, die sein Gehalt zahlen!«

Wolfe nickte. »Das ist Ihre Ansicht. Sie forschen nach Informationen, um sie zu veröffentlichen, ich suche sie aus privatem

Interesse. Im Augenblick brauche ich sie nur, um festzustellen, wo meine Interessen liegen. Ich habe keinen Auftraggeber und keinen Auftrag, und ich möchte ganz klar herausstellen, daß ich Ihnen wahrscheinlich nie eine druckreife Information zugehen lassen kann, selbst wenn ich einen Auftrag annehme und mich an die Arbeit mache. Wenn es möglich ist, wird es geschehen, aber ich bezweifle es stark. Stehen wir in Ihrer Schuld?«

»Nein. Ich stehe in Ihrer.«

»Gut, dann werde ich mein Guthaben ausnutzen. Warum verschickte Mrs. Bruner die Bücher?«

»Das weiß ich nicht.« Er nahm einen Schluck Cognac und rollte ihn im Mund, ehe er ihn schluckte. »Vermutlich als Dienst an der Öffentlichkeit. Ich habe selbst fünf Exemplare gekauft und sie an Leute gesandt, die sie eigentlich lesen wollten, aber es wahrscheinlich nicht tun. Ein Bekannter verschenkte dreißig Stück zu Weihnachten.«

»Wissen Sie, ob sie einen privaten Grund zum Groll auf das FBI hat?«

»Nein.«

»Haben Sie andeutungsweise von einem solchen Groll sprechen hören? Irgendeine Vermutung?«

»Nein, aber Sie offensichtlich. Hören Sie, Mr. Wolfe, streng außerhalb des Protokolls: Wer will Ihnen einen Auftrag erteilen? Wenn ich das wüßte, könnte ich eine Tatsache oder zwei beisteuern.«

Wolfe goß sich Kaffee nach und stellte die Kanne ab. »Vielleicht bekomme ich den Auftrag gar nicht«, sagte er. »Und wenn, dann ist es sehr wohl möglich, daß Sie nie erfahren, wer der Auftraggeber ist. Doch zu den Tatsachen: Ich benötige eine Liste aller Fälle, die kürzlich von FBI-Agenten bearbeitet wurden und werden, und zwar in und um New York. Können Sie mir die liefern?«

»Zum Teufel, nein.« Lon lächelte. »Ich bin wie vor den Kopf

geschlagen. Ich dachte nämlich – es ist absurd, aber ich dachte, oder vielmehr ich fragte mich, ob vielleicht Hoover selbst Sie auf Mrs. Bruner ansetzt. Das wäre ein Knüller! Aber wenn Sie ... Da soll doch gleich!« Seine Augen verengten sich. »Wollen *Sie* der Öffentlichkeit einen Dienst erweisen?«

»Nein. Vielleicht nicht einmal einer Privatperson. Ich überlege es mir. Wissen Sie, wie ich an eine solche Liste kommen kann?«

»Das können Sie nicht. Natürlich ist ihr Eingreifen in manchen Fällen allgemein bekannt, zum Beispiel beim Juwelenraub im Museum und beim Überfall auf den Geldtransport, als damals in Jersey eine halbe Million in kleinen Scheinen erbeutet wurde. Aber viele Fälle sind alles andere als öffentlich bekannt. Natürlich hört man nichts Druckreifes, aber Klatsch gibt es immer. Wäre auch Klatsch nützlich?«

»Kann sein; hauptsächlich wenn es um etwas Zwielichtiges, möglichst Ungesetzliches geht.«

»Aber natürlich. Es macht doch sonst keinen Spaß zu klatschen.« Er sah auf seine Uhr. »Ich habe noch zwanzig Minuten. Wenn Sie mir noch einen kleinen Schluck zubilligen, wenn das alles unter uns bleibt und wenn Sie das Ziel im Auge haben, das mir vorschwebt, beteilige ich mich gern am Tratsch.«

Zwanzig Minuten später war sein Glas leer, fünf Seiten in meinem Notizbuch waren voll, und er war fort. Über den Inhalt der fünf Seiten berichte ich nichts, weil sehr wenig davon überhaupt benutzt wurde und weil manche der genannten Personen sicher etwas dagegen hätten. Als ich Lon hinausbegleitet hatte und ins Büro zurückschlenderte, dachte ich also an Wolfe, nicht an das Notizbuch. Überlegte er es sich wirklich? Nein, unmöglich. Er hatte sich lediglich die Zeit vertrieben und natürlich versucht, mich auf die Palme zu bringen. Jetzt war nur die Frage, wie ich es anpacken sollte. Er erwartete sicher, daß ich mich gewaltig aufplusterte. Deshalb trottete ich zu meinem

Schreibtisch, grinste Wolfe an und sagte: »Das war ein Spaß!«, zupfte die fünf Seiten aus dem Notizbuch, riß sie einmal durch und wollte gerade weitermachen, als er bellte: »Aufhören!«

Ich hob nur eine Augenbraue, was er nicht kann. »Entschuldigung«, sagte ich friedfertig.

»Nein. Bitte setzen Sie sich.«

Ich ließ mich nieder. »Habe ich etwas übersehen?«

»Kaum. Das kommt selten vor bei Ihnen. Eine hypothetische Frage: Was würden Sie sagen, wenn ich Ihnen erklärte, ich hätte mich entschlossen, die hunderttausend Dollar zu behalten?«

»Das gleiche wie Sie. Absurd.«

»Versteht sich von selbst. Was noch?«

»Rückhaltlos ehrlich?«

»Ja.«

»Ich würde sagen, Sie sollten das Haus samt Mobiliar verkaufen und in ein Pflegeheim ziehen, da Sie offensichtlich geistig gestört sind. Lassen Sie die Finger davon, es sei denn, Sie wollten Mrs. Bruner einen Denkzettel verpassen.«

»Nein.«

»Dann sind Sie unzurechnungsfähig. Sie haben das Buch gelesen. Wir kämen nicht einmal so weit, daß wir irgendwo einhaken könnten, denn wir müßten es so aufziehen, daß Sie zum FBI sagen können: ›Hände weg, und zwar für immer.‹ Also Quatsch. Nur herumstänkern hat keinen Zweck. Wir müßten sie wirklich in die Enge treiben, bis auf den letzten Agenten. Also gut. Angenommen, wir fangen irgendwo an. Wir nehmen uns eine von diesen Affären vor« – ich klopfte auf die zerissenen Notizblätter – »und bohren. Von diesem Augenblick an müßte ich, wenn ich das Haus verlasse, meine ganze Zeit darauf verwenden, Verfolger abzuschütteln, und zwar gute. Jeder, der in die Affäre verwickelt war, würde auf Herz und Nieren geprüft. Unsere Telefonleitungen würden angezapft, und nicht nur unsere, sondern auch die bei andern, zum Beispiel bei Miss Rowan, bei Saul, Fred und Orrie, ob wir sie heranziehen oder nicht. Und natürlich Parkers Telefon. Sie könnten einen Anschlag auf uns aushecken. Wahrscheinlich halten sie es nicht für nötig, aber wenn, dann wäre es ein sorgfältig ausgeklügelter Plan. Ich müßte hier im Büro schlafen, Fenster und Türen, auch mit Ketten gesicherte, sind eine Kleinigkeit für sie. Sie könnten unsere Post aufmachen. Ich übertreibe nicht. Was sie wirklich unternehmen, hängt von den Umständen ab, aber möglich ist ihnen alles. Sie verfügen über sämtliche Techniken, die es gibt, auch über solche, von denen wir noch nie gehört haben.«

Ich schlug die Beine übereinander. »Wir könnten uns nicht mal einen Ausgangspunkt schaffen. Aber nehmen wir an, es würde uns doch glücken und wir könnten tatsächlich einen Keil in so etwas wie einen Spalt treiben – dann würden sie erst richtig in Aktion treten! Sie haben sechstausend ausgebildete Männer, darunter ein paar hervorragende Agenten, und dreihundert Millionen Dollar Jahresbudget.«

Ich setzte die Füße wieder nebeneinander. »Dazu kommt noch: Was ist mit der Dame? Ich glaube nicht, daß sie nur geärgert werden soll. Ich wette zwanzig zu eins, daß sie Angst hat. Jemand hat Dreck am Stecken. Wenn nicht sie, so doch ihr Sohn oder ihre Tochter oder ihr Bruder oder sogar ihr verstorbener Mann, und sie fürchtet, sie könnten es herausfinden. Sie weiß, daß sie sie nicht nur kitzeln, sondern daß sie hinter etwas her sind, was sie wirklich verletzen würde. Die hunderttausend Dollar sind für sie wenig Geld, sie unterliegt ohnehin einem Steuersatz, der es wie Kleingeld erscheinen läßt.«

Ich schlug die Beine erneut übereinander. »Das würde ich also dazu sagen.«

Wolfe murrte: »Der letzte Teil war unerheblich.«

»Ich lasse oft Unerhebliches einfließen. Das verwirrt die Leute.«

»Sie schlenkern dauernd mit den Beinen!«

»Das verwirrt sie auch.«

»Pfui! Sie sind zappelig, und das ist kein Wunder. Ich dachte immer, ich kenne Sie, Archie, aber das ist ein neuer Zug an Ihnen.«

»Gar nicht neu. Nur Pferdeverstand.«

»Nein, Hundeverstand. Sie wollen kneifen, deshalb bewegen Sie ständig die Beine. Ihre lange Rede besagte also folgendes: Man bietet mir einen Auftrag mit dem größten Vorschuß in meiner Laufbahn und ohne Limit für Auslagen oder Honorar, aber ich soll ihn ablehnen. Und zwar nicht, weil er schwierig und vielleicht unmöglich ist – ich habe schon viele Aufträge übernommen, die unmöglich aussahen –, sondern weil ein gewisser Herr dabei beleidigt werden und sich rächen könnte. Sie legen mir nahe, den Auftrag abzulehnen, weil ich ihn nicht anzunehmen wage; eher würde ich einer Erpressung nachgeben als . . .«

»Das habe ich nicht gesagt!«

»Aber gemeint. Sie sind eingeschüchtert. Sie sind erschrocken. Nicht ohne Grund, das gebe ich zu; die Hände und die Stimmen vieler hochgestellter Persönlichkeiten wurden schon von demselben nervösen Zittern befallen. Vielleicht könnte mir das auch passieren, wenn es nur darum ginge, einen Auftrag abzulehnen oder anzunehmen. Aber ich will diesen Scheck über hunderttausend Dollar nicht aus dem unwürdigen Grund zurückgeben, daß ich vor einem Angeber Angst habe. Das läßt meine Selbstachtung nicht zu. Ich möchte Ihnen vorschlagen, auf unbestimmte Zeit in Urlaub zu gehen. Das Gehalt läuft weiter; ich kann es mir leisten.«

Ich setzte die Beine nebeneinander. »Ab sofort?«

»Ja.« Er sah finster aus.

»Die Notizen sind in meiner Spezialkurzschrift abgefaßt. Soll ich sie abtippen?«

»Nein. Damit wären Sie bereits an der Sache beteiligt. Ich werde Mr. Cohen noch einmal einladen.«

Ich verschränkte die Hände hinter dem Kopf und heftete den Blick auf ihn. »Ich behaupte immer noch, daß Sie den Verstand verloren haben«, sagte ich, »und ich wehre mich gegen Ihre Anschuldigungen, daß ich kneifen will, denn das wäre mir mit übereinandergeschlagenen Beinen unmöglich gewesen; auch wäre es ein Fest, beiseite zu treten und zuzusehen, wie Sie die Sache ohne mich anpacken, aber nach all den Jahren im gleichen Boot wäre es schändlich von mir, Sie allein untergehen zu lassen. Wenn ich unterwegs Angst kriege, lasse ich es Sie wissen.« Ich hob die zerissenen Blätter auf. »Soll ich sie abtippen?«

»Nein. Sie können es von Fall zu Fall im Gespräch übertragen.«

»Gut. Ein Vorschlag: Möchten Sie in Ihrer derzeitigen Stimmung den Krieg damit erklären, daß Sie die Auftraggeberin anrufen? Sie gab uns ihre Geheimnummer, und der Anschluß ist natürlich angezapft. Soll ich sie an den Draht holen?«

»Ja.«

Ich wählte die Nummer.

3

Als ich um Mitternacht vor dem Zubettgehen in der Küche nachsah, ob Fritz die Hintertür verriegelt hatte, stellte ich mit Vergnügen fest, daß Teig für Sauermilch-Buchweizen-Kuchen in einer Schüssel auf dem Herd bereitstand. Knuspriger Toast oder lockere Hörnchen hätten der Situation nicht entsprochen.

Kurz nach neun am Mittwochmorgen stieg ich die zwei Treppen hinunter und wußte also im voraus, daß ich anständig ernährt werden würde. Kaum trat ich in die Küche, als Fritz auch schon die Flamme unter dem Kuchenblech höher stellte. Ich wünschte ihm einen guten Morgen und holte meinen Orangensaft aus dem Kühlschrank. Wolfe, der stets in seinem Schlafzimmer frühstückt, hatte sich schon zu seiner zweistündigen Morgenbeschäftigung mit den Orchideen in die Plantagenräume unter dem Dach begeben; ich hatte den Aufzug zur gewohnten Zeit summen hören. Als ich mich an den kleinen Wandtisch setzte, an dem ich stets frühstückte, fragte ich Fritz, ob etwas los sei.

»Ja«, entgegnete er, »und Sie sollen mir sagen, was es ist.«

»Oh, hat er es Ihnen nicht erklärt?«

»Nein. Er sagte nur, die Türen sollen verriegelt, die Fenster die ganze Zeit geschlossen bleiben, und ich soll auf der Hut sein.«

»Ja, seien Sie vorsichtig. Sagen Sie am Telefon nichts, was Sie nicht in der Zeitung lesen möchten. Wenn Sie ausgehen, unternehmen Sie nichts, was Sie nicht auf dem Bildschirm sehen möchten. Zum Beispiel: Freundinnen. Lassen Sie die Finger davon. Verdächtigen Sie alle Fremden.«

Während die Kuchen genau den richtigen Braunton annahmen, unterhielt sich Fritz nicht. Erst als zwei fertige Kuchen vor mir lagen und ich diese mit Butter bestrich, sagte er: »Ich möchte es wissen, Archie, das ist mein gutes Recht. Er sagte, Sie werden es mir erklären. Das kann ich verlangen.«

Ich nahm die Gabel in die Hand. »Wissen Sie, was das FBI ist?«

»Aber ja. Mr. Hoover.«

»Das glaubt er wenigstens. Im Auftrag eines Klienten wollen wir ihm eins auf die Nase geben. Lediglich eine Routinearbeit, aber er ist empfindlich und wird versuchen, uns daran zu hindern. Völlig zwecklos.« Ich steckte ein Stück Kuchen in den Mund.

»Aber er . . . er ist doch ein großer Mann, nicht?«

»Sicher.«

Als ich fertig war und ins Büro ging, hatte Fritz seinen Seelenfrieden wiedergefunden. Die Güte der Mahlzeiten war gesichert, wenigstens für heute. Während ich die Schreibtische abstaubte, die Kalenderblätter abriß und die Post aufmachte, dachte ich mir ein Experiment aus. Wenn ich eine Nummer wählte, irgendeine, vielleicht Parkers Nummer, konnte ich feststellen, ob unsere Leitung abgehört wurde. Ich hätte gern gewußt, ob sie schon auf den Anruf bei Mrs. Bruner reagierten. Ich schlug es mir aber aus dem Kopf, weil ich die Absicht hatte, mich streng an Wolfes Anweisungen zu halten. Zu diesem Zweck holte ich mein Taschennotizbuch aus meiner Schreibtischschublade, schloß den Panzerschrank auf, nahm den Scheck an mich, steckte den Kopf in die Küche, um Fritz zu sagen, er solle mich nicht zum Mittagessen erwarten, griff mir Hut und Mantel und ging aus.

Ich marschierte in östlicher Richtung los. Es ist ein Kinderspiel, einen Verfolger zu orten, auch einen guten, vor allem an einem Wintertag, wenn eisiger Wind durch die Straßen fegt und die Fußgänger verscheucht. Aber vermutlich wußten sie, wohin ich ging, deshalb brauchte ich mir keine Mühe zu geben. In der Bank an der Lexington Avenue beobachtete ich mit innigem Vergnügen, daß der Kassierer die Augen aufriß, als er den Scheck prüfte. Draußen wandte ich mich stadteinwärts. Es waren drei Kilometer Fußmarsch, aber die Uhr zeigte erst zwanzig Minuten nach zehn. Ich mache mir gern Bewegung, und falls mich jemand beschattete, würde es seiner Lunge und seinen Beinen nur guttun.

Das vierstöckige Haus in der 74. Straße zwischen Madison und Park Avenue war mindestens doppelt so breit wie Wolfes Backsteinhaus. Die Tür zu dem drei Stufen tiefer gelegenen Vorplatz war schon dick, aber die Innentür bestand noch aus einem Metallgitter mit Glas. Ein Mann in Schwarz öffnete sie einen Spalt und riß sie erst weit auf, als er meinen Namen verstanden hatte. Er führte mich durch den Flur zu einer offenen Tür links und ließ mich eintreten.

Es war ein kleines Büro mit Aktenschränken, einem Safe, zwei Schreibtischen, Regalen und einem überladenen Tisch. An der Wand hinter dem Tisch hing ein eindrucksvolles Bild des Bruner-Hochhauses. Nach raschem Umherschweifen kam mein Blick auf einem Gesicht zur Ruhe, auf einem durchaus betrachtenswerten Gesicht, das der am Schreibtisch sitzenden weiblichen Person gehörte. Der Blick ihrer haselnußbraunen Augen traf sich mit meinem.

»Archie Goodwin«, stellte ich mich vor.

Sie nickte. »Ich bin Sarah Dacos. Bitte setzen Sie sich, Mr. Goodwin.« Sie hob einen Hörer ab, drückte auf einen Knopf und erklärte gleich darauf irgend jemandem, ich sei da. Dann legte sie auf und sagte, Mrs. Bruner werde bald herunterkommen. Ich setzte mich und fragte: »Wie lange arbeiten Sie schon hier?«

Sie lächelte. »Ich weiß, daß Sie Detektiv sind, Mr. Goodwin, Sie brauchen es nicht zu beweisen.«

Ich erwiderte das Lächeln. »Ich muß in Übung bleiben.« Es war nicht schwer, sie anzulächeln. »Wie lange?«

»Fast drei Jahre. Wollen Sie es genau wissen?«

»Vielleicht später. Soll ich warten, bis Mrs. Bruner kommt?«

»Nicht unbedingt. Sie sagte schon, Sie würden mir ein paar Fragen stellen.«

»Na, also dann: Wo haben Sie vorher gearbeitet?«

»Bei der Bruner AG als Stenotypistin und dann bei Mr. Thompson, dem Vizepräsidenten, als Sekretärin.«

»Haben Sie jemals für die Regierung gearbeitet? Zum Beispiel für das FBI?«

Sie lächelte. »Nein, nie. Ich war zweiundzwanzig, als ich bei der Bruner AG anfing. Jetzt bin ich achtundzwanzig. Sie machen sich keine Notizen?«

»Hier drin«, sagte ich und tippte mir an die Stirn. »Wie kommen Sie auf den Gedanken, daß das FBI Sie beschattet?«

»Ich bin nicht sicher, daß es das FBI ist. Aber sonst würde mich doch niemand verfolgen.«

»Wie genau wissen Sie, daß Sie beschattet werden?«

»Oh, das steht fest. Ich drehe mich zwar nicht andauernd um, aber meine Arbeitszeit hier ist unregelmäßig, und ich gehe zu verschiedenen Zeiten weg; wenn ich zur Omnibushaltestelle gehe, kommt immer ein Mann daher, steigt hinter mir ein und mit mir aus. Stets der gleiche Mann.«

»Im Madison-Avenue-Bus?«

»Nein, Fifth Avenue. Ich wohne im Village.«

»Wann hat es angefangen?«

»Das kann ich nicht genau sagen. Zum erstenmal bemerkte ich ihn am Montag nach Weihnachten. Er ist auch morgens zur Stelle. Und abends, wenn ich ausgehe. Ich wußte nicht, daß man es so macht; ich dachte immer, wenn man jemanden beschattet, würde man vermeiden, daß er es merkt.«

»Das kommt darauf an. Manchmal will man gerade, daß er es merkt. So etwas nennt man eine offenkundige Beschattung. Können Sie den Mann beschreiben?«

»Gewiß. Er ist fünfzehn oder sechzehn Zentimeter größer als ich, ungefähr dreißig, vielleicht auch etwas älter, hat ein langes Gesicht mit breitem Kinn, schmaler, gestreckter Nase und kleinem Mund mit dünnen Lippen. Seine Augen sind graugrün. Er hat immer einen Hut auf, deshalb kann ich nichts über sein Haar sagen.«

»Haben Sie schon mit ihm gesprochen?«

»Natürlich nicht!«

»Haben Sie es der Polizei gemeldet?«

»Nein, der Anwalt riet ab. Mrs. Bruners Anwalt. Er meinte, wenn es tatsächlich das FBI sei, könnten sie ohne weiteres behaupten, es sei eine Sicherheitsmaßnahme.«

»Das können sie, und sie tun es auch. Haben Sie übrigens Mrs. Bruner vorgeschlagen, die Bücher zu versenden?«

Eine Braue hob sich. Es war eine hübsch geschwungene Braue. »Aber nein, warum denn? Ich hatte es damals noch gar nicht gelesen. Erst später las ich es.«

»Als Sie beschattet wurden?«

»Nein, als sie beschloß, die Bücher zu versenden.«

»Wissen Sie, wer es ihr nahegelegt hat?«

»Ich weiß nicht, ob überhaupt jemand sie dazu veranlaßte.« Sie lächelte. »Ich nehme an, es ist ganz natürlich, daß Sie mich das fragen, da Sie ja Detektiv sind, aber ich würde es für viel besser halten, sie selbst zu fragen. Selbst wenn ich wüßte, daß es ihr jemand geraten hat, glaube ich nicht ...«

Schritte hallten im Gang und kamen näher. Mrs. Bruner trat ein. Ich erhob mich sofort. Sarah Dacos ebenfalls. Ich trat auf Mrs. Bruner zu, schüttelte ihre ausgestreckte Hand und setzte mich, als sie sich an dem zweiten Schreibtisch niederließ. Den Stoß Briefe unter einem Beschwerer streifte sie nur mit einem flüchtigen Blick, schob ihn zur Seite und sagte: »Ich vermute, daß ich Ihnen Dank schulde, Mr. Goodwin. Mehr als ein einfaches Dankeschön.«

Ich schüttelte den Kopf. »Nein, das stimmt nicht. Die Schecks liegen bei der Bank, aber ich war dagegen. Jetzt ist es ein Auftrag, und ich bin dafür.« Ich zog ein Blatt Papier, auf das ich folgendes getippt hatte, aus der Brusttasche und reichte es ihr.

Mr. Nero Wolfe
914 West 35th Street
New York City I

Sehr geehrter Mr. Wolfe,
hiermit bestätige ich unsere gestrige Unterredung und beauftrage Sie, in der besprochenen Angelegenheit in meinem Inter-

esse vorzugehen. Ich glaube, daß das Federal Bureau of Investigation verantwortlich zu machen ist für die Überwachung, der ich, meine Familienangehörigen und Bekannten unterzogen werden, und zwar aus den angegebenen Gründen, aber wer auch immer der Urheber ist, Sie sind verpflichtet, Nachforschungen anzustellen und sich nach besten Kräften zu bemühen, der Sache Einhalt zu gebieten. Ohne Rücksicht auf das Ergebnis werde ich keinen Anspruch auf die $ 100 000 erheben, die ich Ihnen als Vorschuß überreichte. Ich komme für sämtliche Unkosten auf, die Ihnen entstehen, bezahle, falls Sie das gewünschte Resultat erzielen, das Honorar, das Sie zu gegebener Zeit festsetzen werden.

(Rachel Bruner)

Sie las es zweimal, erst flüchtig, dann Wort für Wort, und blickte auf. »Das soll ich unterschreiben?«

»Ja.«

»Unmöglich. Ich unterzeichne nie etwas, was mein Anwalt nicht gelesen hat.«

»Rufen Sie ihn an und lesen Sie es ihm vor.«

»Aber mein Telefon wird doch überwacht!«

»Das weiß ich. Sie werden kaum kalte Füße bekommen, wenn sie erfahren, daß Sie Nero Wolfe freie Hand lassen und unbegrenzte Mittel zur Verfügung stellen. Sagen Sie das Ihrem Anwalt. Nicht etwa, daß sie Respekt vor ihm hätten – sie haben vor niemandem Respekt –, aber sie wissen eine ganze Menge über ihn. Im letzten Satz, bei dem Honorar, das er festsetzen soll, ist ein Hintertürchen. Er lautet: ›Falls Sie das gewünschte Resultat erzielen.‹ Das werden natürlich Sie entscheiden. Sie unterzeichnen also keinen Blankoscheck, und Ihr Anwalt dürfte nichts dagegen haben.«

Sie las es noch einmal, dann sah sie mich mit ihren schwarzbraunen Augen an. »Das kann ich nicht machen. Meine Anwälte wissen nicht, daß ich zu Nero Wolfe gegangen bin. Sie wären nicht damit einverstanden. Niemand weiß es, nur Miss Dacos.«

»Dann stecken wir in einer Sackgasse.« Ich hob eine Hand. »Verstehen Sie doch, Mrs. Bruner, ohne etwas Schriftliches kann Mr. Wolfe die Sache einfach nicht in Angriff nehmen. Was ist, wenn sie so heiß wird, daß Sie aussteigen und ihn im Stich lassen?«

»Das würde ich niemals tun! Ich bin kein Drückeberger, Mr. Goodwin.«

»Sehr schön. Dann unterschreiben Sie.«

Sie sah den Brief an, dann mich, dann wieder den Brief und schließlich Miss Dacos. »Hier, Sarah«, seufzte sie, »schreiben Sie's ab!«

»Ich habe einen Durchschlag«, fiel ich ein und reichte ihn ihr. Nicht zu fassen – sie las auch ihn durch! Sie nahm einen Füller von einem Ständer und unterzeichnete das Original. Ich griff danach.

»Also deshalb wollte Mr. Wolfe, daß Sie mich heute früh besuchen«, murmelte sie.

Ich nickte. »Zum Teil. Er bat mich, Miss Dacos ein paar Fragen wegen der Überwachung zu stellen; das ist bereits geschehen. Gestern habe ich übrigens Ihre Beschatter gesehen. Als Sie wegfuhren, folgte Ihnen ein Wagen in kürzester Entfernung. Zwei Männer saßen darin, ich habe die Zulassungsnummer. Es waren FBI-Leute. Sie wollen es Sie merken lassen. Von jetzt an werden wir Ihnen wahrscheinlich nichts mitzuteilen und Sie nichts zu fragen haben, es sei denn, es tritt eine plötzliche Wendung ein; für diesen Fall sollten wir etwas vereinbaren. Da Sie das Buch gelesen haben, wissen Sie, was ›präpariert‹ bedeutet. Ist dieses Zimmer präpariert?«

»Das kann ich nicht sagen. Natürlich habe ich es mir auch schon überlegt, und wir haben schon mehrmals nachgesehen. Ich bin aber nicht sicher. Sie müßten doch eindringen und irgendwo etwas anbringen, nicht?«

»Ja, außer man hat etwas erfunden, was im Buch nicht erwähnt ist, und das möchte ich bezweifeln. Ich möchte nicht überängstlich erscheinen, Mrs. Bruner, doch ich glaube, kein Zimmer in diesem Haus eignet sich für ein Gespräch. Es ist zwar kalt draußen, aber ein bißchen frische Luft wird Ihnen guttun. Würden Sie sich einen Mantel holen?«

Sie nickte. »Da haben Sie's, Mr. Goodwin. In meinem eigenen Haus. Also gut.« Sie stand auf. »Warten Sie bitte hier auf mich.« Damit ging sie hinaus.

Sarah Dacos lächelte mich an. »Sie hätten ruhig nach oben gehen können. Ich lausche nicht an der Wand und gucke auch nicht durchs Schlüsselloch.«

»Nicht?« Ich musterte sie von oben bis unten, froh über den Vorwand. Sie bot einen höchst erfreulichen Anblick. »Vielleicht tragen Sie aber Mikrofone an sich; da gibt es nur eine Nachprüfmöglichkeit, und die würde Ihnen keinen Spaß machen.«

Die haselnußbraunen Augen blickten mich an. »Woher wollen Sie das wissen?«

»Menschenskind. Sie gehören zum zimperlichen Typ. Sie sind nicht auf Ihren Verfolger zugegangen, um ihn zu fragen, wie er heißt und was er will.«

»Natürlich nicht. Glauben Sie, das sollte ich?«

»Nein. Darf ich fragen: Gehen Sie gern tanzen?«

»Gelegentlich.«

»Ich könnte mehr von Ihnen erfahren, wenn Sie mit mir tanzen gingen. Nicht über die Möglichkeit, daß Sie mit dem FBI gemeinsame Sache machen, denn wenn Sie hier als Agentin angesetzt wären, brauchten sie nicht Mrs. Bruner und der ganzen Familie hinterherzulaufen. Der einzige Grund . . .«

Unsere Klientin erschien im Türrahmen. Ich hatte ihre Schritte nicht gehört, das war schlimm. Miss Dacos war zwar anziehend, aber doch nicht so sehr, daß ich deshalb Schritte überhört hätte, auch nicht im Gespräch. Es konnte nur bedeuten, daß mich meine Ansicht über den Auftrag daran hinderte, mich ganz und gar einzusetzen, und so ging es nicht. Als ich mich verabschiedete und Mrs. Bruner zum Ausgang begleitete, riß ich mich zusammen. Der Mann in Schwarz öffnete die Glastür, ich die Haustür, und der Januarwind peitschte uns ins Gesicht. Wir marschierten nach Osten auf die Park Avenue zu und blieben an der Ecke stehen.

»Im Stehen können wir uns besser unterhalten«, sagte ich. »Zuerst müssen wir festlegen, wie wir Sie notfalls schnell erreichen können. Es läßt sich in keiner Weise vorhersehen, was geschehen wird. Vielleicht müssen sogar Mr. Wolfe und ich das Haus verlassen und uns irgendwo verkriechen. Wenn Sie also telefonisch oder sonstwie die Botschaft erhalten, daß die Pizza sauer ist, gehen Sie bitte sofort ins ›Churchill Hotel‹ und fragen Sie nach einem Mann namens William Coffey. Er gehört dort zur Hauswache, ist Sicherheitsbeamter in Zivil. Sie können das ganz offen tun. Er wird Ihnen etwas auszurichten oder etwas zu geben haben. Also: Die Pizza ist sauer. ›Churchill Hotel‹, William Coffey. Behalten Sie's im Kopf, schreiben Sie es nicht auf.«

»Nein.« Sie runzelte die Stirn. »Sind Sie sicher, daß Sie ihm trauen können?«

»Ja. Wenn Sie Mr. Wolfe und mich besser kennen würden, käme Ihnen diese Frage gar nicht in den Sinn. Haben Sie es sich gemerkt?«

»Ja.« Sie zog ihren Mantelkragen enger; es war nicht der Zobel, sondern etwas anderes.

»Schön. Jetzt kommt, wie Sie uns im Notfall erreichen können. Rufen Sie von einer Telefonzelle aus Mr. Wolfes Nummer an und sagen Sie dem, der abnimmt, daß Fido krank sei, sonst nichts. Dann legen Sie auf. Gehen Sie nach zwei Stunden ins

›Churchill Hotel‹ zu William Coffey. Das ist natürlich nur nötig, wenn es sich um etwas handelt, was die anderen nicht wissen sollen. Ist es etwas, was sie getan oder bereits erfahren haben, so rufen Sie uns einfach an. Fido ist krank.«

Ihre Stirn hatte sich noch nicht geglättet. »Aber das mit William Coffey werden sie merken, sobald ich das erstemal zu ihm hingehe.«

»Vielleicht brauchen wir ihn nur einmal. Überlassen Sie das uns. Wirklich, Mrs. Bruner, Sie sind jetzt mehr oder weniger aus der Sache raus. Wir werden für Sie arbeiten. Wahrscheinlich brauchen wir gar nicht mit Ihnen in Verbindung zu treten. Das Ganze ist nur eine Vorsichtsmaßnahme. Aber etwas sollten wir jetzt sofort erfahren: Sie sagten, Sie seien zu Mr. Wolfe gekommen und hätten ihm den sechsstelligen Scheck überreicht – lediglich, weil Sie geärgert würden. Natürlich sind Sie sehr wohlhabend, aber es ist trotzdem unglaubhaft. Sicher liegen wir nicht ganz falsch, wenn wir vermuten, daß irgendwo etwas begraben ist – über Sie oder die Ihren –, was Sie nicht ausgebuddelt haben möchten; daß Sie befürchten, die anderen könnten der Sache auf die Spur kommen. Wenn das zutrifft, sollten wir es wissen; nicht was es ist, sondern wie dringlich es ist. Kommen die vom FBI der Sache näher?«

Ein Windstoß fuhr ihr ins Gesicht, sie zog den Kopf zwischen die Schultern. »Nein«, antwortete sie, aber der Wind verwehte es, und sie wiederholte lauter: »Nein.«

»Aber es könnte ihnen natürlich gelingen.«

Sie blickte mich scharf an. »Darüber wollen wir nicht sprechen, Mr. Goodwin«, sagte sie. »Ich nehme an, jede Familie hat ihr – eben was. Vielleicht habe ich diese Gefahr nicht richtig in Betracht gezogen, als ich die Bücher verschickte, aber nun ist es geschehen, und ich bereue es nicht. Soviel ich weiß, kommen sie keiner ›Sache‹ näher. Noch nicht.«

»Ist das alles, was Sie dazu sagen möchten?«

»Alles.«

»Na ja. Wenn Sie uns mehr darüber sagen wollen, wissen Sie, was Sie zu tun haben. Was ist sauer?«

»Die Pizza.«

»Wer ist krank?«

»Fido.«

»Wie heißt er?«

»William Coffey. Im ›Churchill‹.«

»Gut so. Jetzt gehen Sie lieber wieder nach Hause. Ihre Ohren sind rot gefroren.«

Sie legte mir die Hand auf den Arm. »Was unternehmen Sie jetzt?«

»Ich sehe mich um. Ich schwirre durch die Gegend. Ich spioniere.«

Sie wollte noch etwas sagen, überlegte es sich aber anders, drehte sich um und ging weg. Ich sah ihr nach, bis sie in ihrer Haustür verschwunden war, dann setzte ich mich nach Westen zu in Bewegung. Es war sinnlos, auf Hofeinfahrten oder Fenster zu achten, aber über parkende Wagen ließ ich im Vorbeigehen doch den Blick schweifen, und diesseits der Madison Avenue stand einer mit zwei Männern auf dem Vordersitz. Ich blieb stehen. Sie sahen weg, genauso wie man es ihnen in Washington beibringt. Ich stieg die paar Stufen einer Vortreppe hinauf, zog mein Notizbuch heraus und schrieb mir die Zulassungsnummer auf. Wenn sie es ›offen‹ wollten – bitte sehr! Sie sahen immer noch weg, und ich ging weiter.

Als ich in die Madison Avenue einbog, machte ich mir nicht die Mühe, einen Verfolger zu orten, denn ich hatte mich am Abend vorher telefonisch von einer Zelle aus mit Al Goller, einem Taxichauffeur, den ich kannte, verabredet. Auf meiner Uhr war es 11.35, also hatte ich noch viel Zeit und blieb ab und zu vor Schaufenstern stehen. An der Ecke der 65. Straße trat ich in ein Kaufhaus mit Imbißraum, stieg auf einen Hocker an der Theke und bestellte Roggenbrot mit Corned beef und ein Glas Milch. Corned beef oder Roggenbrot suchte man vergeblich auf Wolfes Tisch. Als es weggeputzt war, verlangte ich ein Stück Apfelkuchen und Kaffee. Um 12 Uhr 27 war ich mit der zweiten Tasse fertig und rutschte auf dem Hocker herum, um durchs Fenster zu schauen. Um 12 Uhr 31 blieb ein braun und gelb gestreiftes Taxi draußen stehen, und ich stürzte davon, aber fast nicht schnell genug, denn auch eine Frau rannte schon zur Tür. Ich schlug sie um eine Nasenlänge, sprang hinein, Al stieß das ›Frei‹-Schild nach oben, gab Gas, und wir rasten davon.

»Hoffentlich nicht vor Polypen«, warf er mir über die Schulter zu.

»Nee«, antwortete ich, »vor Arabern auf Kamelen. Fahren Sie mal um ein paar Ecken. Die Wahrscheinlichkeit ist äußerst gering, aber ich muß ganz sicher sein. Entschuldigen Sie, wenn ich Ihnen den Rücken zukehre.« Ich drehte mich auf dem Rücksitz um und betrachtete die Aussicht hinter uns. Nach sechsmaligem Abbiegen gab es keinen Zweifel mehr, daß wir nicht verfolgt wurden, und ich nannte ihm die Ecke First Avenue und 36. Straße. Dort reichte ich ihm einen Dollar Trinkgeld und bat ihn, zwanzig Minuten sitzen zu bleiben und erst dann Leine zu ziehen, wenn ich nicht auftauchte. Weniger hätte auch genügt, aber die Klientin konnte es sich leisten, und wahrscheinlich würden wir Al noch öfter brauchen. Ich ging anderthalb Häuserblocks in südlicher Richtung weiter, trat in ein Hochhaus, sah auf dem Wegweiser in der Eingangshalle, daß Evers Electronics, Inc., im achten Stock zu finden war, und ließ den Aufzug kommen.

Die Firma beanspruchte das ganze Stockwerk. Als ich aus dem Aufzug trat, stand ich auch schon vor dem Empfang, aber am Schreibtisch saß nicht die übliche Dame, sondern ein breitschultriger Bulle mit eckigem Kinn und unfreundlichem Blick.

Ich sprach ihn an: »Mein Name ist Archie Goodwin. Ich möchte Mr. Adrian Evers sprechen.«

Er glaubte es nicht. Er hätte mir auch nicht geglaubt, wenn ich gesagt hätte, heute sei der 6. Januar. Er fragte: »Sind Sie angemeldet?«

»Nein. Ich arbeite für Nero Wolfe, den Privatdetektiv. Ich habe Informationen für Mr. Evers.«

Das glaubte er auch nicht. »Sagten Sie Nero Wolfe?«

»Ja. Haben Sie eine Bibel, damit ich's beschwören kann?«

Es war ihm zu anstrengend, sich zu ärgern. Er griff nach dem Telefon, meldete etwas, nahm Anweisungen entgegen, legte auf und befahl barsch: »Warten Sie hier.« Daraufhin blickte er mich herausfordernd an und berechnete offensichtlich, wie lange er brauchen würde, um mich zu Boden zu schicken. Um ihm zu zeigen, daß ich mich nicht beeindrucken ließ, wandte ich ihm den Rücken zu und betrachtete ein Bild an der Wand, die Fotografie eines langgestreckten, zweistöckigen Gebäudes mit der Unterschrift ›EVERS ELECTRONICS, WERK DAYTON‹. Ich hatte schon fast alle Fenster gezählt, als eine Tür aufging, eine Frau heraustrat und meinen Namen rief. Ich folgte ihr durch den Flur zu einer Tür mit dem Schildchen: Mr. Evers. Sie öffnete, und ich trat ein, aber sie nicht.

Er saß am Schreibtisch zwischen zwei Fenstern und biß in ein Brot. Nach zwei Schritten blieb ich stehen und räusperte mich. »Ich möchte Sie nicht beim Essen stören.«

Kauend musterte er mich durch seine randlose Brille. Sein glattes Gesicht gehörte zu denen, die keinen Eindruck hinterlassen. Als er den Brocken geschluckt hatte, schlürfte er Kaffee aus einem Pappbecher und murmelte: »Irgend jemand stört immer. Was faseln Sie da von Nero Wolfe und Informationen? Was für Informationen?« Er biß wieder herzhaft in sein Brot – es war Lachs auf Toast.

Ich griff mir einen Stuhl und setzte mich. »Sie haben sie vielleicht längst. Es hängt mit einem Regierungsauftrag zusammen.«

Er kaute, schluckte und fragte: »Arbeitet Nero Wolfe für die Regierung?«

»Nein. Für einen privaten Auftraggeber. Der Klient hat erfahren, daß die Regierung nach einer Sicherheitsprüfung bei einem leitenden Herrn Ihrer Gesellschaft einen Vertrag gekündigt hat oder bald kündigen wird. Das fällt in den Bereich des öffentlichen Interesses und ...«

»Wer ist dieser Klient?«

»Ich darf seinen Namen nicht nennen. Es ist vertraulich und ...«

»Steht er irgendwie mit meiner Gesellschaft in Beziehung?«

»Nein, in keiner Weise. Wie ich sagte, Mr. Evers: Es geht um das Interesse der Öffentlichkeit, das werden Sie einsehen. Wird das Recht zur Überprüfung der Sicherheit mißbraucht und werden dabei Personen- oder Eigentumsrechte der Bürger verletzt, so ist das nicht einfach eine Privatsache. Mr. Wolfes Auftraggeber befaßt sich mit dieser Seite der Angelegenheit. Was Sie mir sagen, wird streng vertraulich behandelt und nur mit Ihrer Einwilligung verwertet. Natürlich wollen Sie nicht, daß Ihnen der Vertrag entgeht, aber als Staatsbürger wollen Sie ebensowenig, daß Unrecht getan wird. Vom Standpunkt von Mr. Wolfes Klienten aus gesehen, stellt sich die Sache so dar.«

Er legte sein Brot, beziehungsweise das, was davon übrig war, aus der Hand und beäugte mich scharf. »Sie sagen, Sie hätten Informationen. Welche?«

»Nun, möglicherweise wußten Sie nicht, daß der Vertrag gelöst werden soll.«

»Zahllose Leute wissen das. Was sonst?«

»Anscheinend wird die Vertragsauflösung damit begründet, daß die Sicherheitsprüfung bei Ihrem Vizepräsidenten gewisse ›Tatsachen‹ aus seinem Privatleben zutage förderte. Damit erheben sich zwei Fragen: Sind die sogenannten Tatsachen zutreffend und wird er oder Ihre Gesellschaft deswegen tatsächlich ein Sicherheitsrisiko? Tritt man ihm – oder Ihnen – zu nahe?«

»Sonst noch etwas?«

»Das ist alles, und ich möchte meinen, es genügt, Mr. Evers. Wenn Sie mit mir nicht darüber sprechen wollen, reden Sie mit Mr. Wolfe selbst. Wenn Sie sein Ansehen und seinen Ruf nicht kennen, stellen Sie bitte Nachforschungen an. Er sagte, ich solle Sie ausdrücklich darauf hinweisen, daß er keine Bezahlung irgendwelcher Art erwartet. Er sucht keinen Klienten, er hat einen.«

Er blickte mich stirnrunzelnd an. »Ich verstehe nicht ganz. Der Klient – ist es eine Zeitung?«

»Nein.«

»Eine Zeitschrift?«

»Nein.« Ich beschloß, meine Anweisungen etwas weitherziger auszulegen. »Ich kann Ihnen lediglich mitteilen, daß es ein privater Staatsbürger ist, der den Eindruck hat, daß das FBI allmählich seine Kompetenzen überschreitet.«

»Das glaube ich nicht. Und das Ganze paßt mir verdammt wenig.« Er drückte einen Knopf auf einem Schaltbrett. »Sind *Sie* FBI-Agent?«

Ich verneinte und wollte gerade zu einer längeren Rede ansetzen, als die Tür aufging und die Frau erschien, die mich hereingeführt hatte. Evers befahl ihr kurz und bündig: »Begleiten Sie diesen Herrn hinaus, Miss Bailey. Zum Aufzug!«

Ich erhob Einspruch und erklärte, wenn er sich mit Nero Wolfe darüber unterhielte, würde er schlimmstenfalls seinen Vertrag verlieren, der offensichtlich ohnehin verloren war, und wenn es noch eine Rettung gäbe ... Aber aus seinem Gesichtsausdruck erkannte ich, daß es keinen Zweck hatte. Er griff auch schon nach dem Schaltbrett und wollte den nächsten Knopf drücken. Hoffnungslos. Ich stand auf und ging hinaus, die Frau dicht hinter mir, und kam draußen im Vorzimmer zu dem Schluß, daß ich eben keinen guten Tag erwischt hatte. Vor meiner Nase ging die Aufzugtür auf, und ein Mann trat heraus. Er war mir kein Fremder. Vor ungefähr einem Jahr hatte ich bei der Bearbeitung eines Falles mit einem FBI-Mann namens Morrison zu tun, und da stand er nun. Unsere Blicke trafen sich, dann begrüßten wir uns. Er streckte mir die Hand entgegen und sagte: »So so. Ist Nero Wolfe jetzt zur Elektronik übergegangen?«

Ich drückte ihm die Hand und grinste ihn freundschaftlich an. »Oh, wir versuchen auf der Höhe zu bleiben. Demnächst präparieren wir ein gewisses Gebäude in der neunundsechzigsten Straße.« Ich trat zum Aufzug und drückte auf den Knopf. »Ich verschaffe mir schon die neuesten Modelle.«

Er lachte aus Höflichkeit und meinte, dann müßten sie sich in Zukunft verschlüsselt unterhalten. Die Aufzugstür öffnete sich, ich trat ein, die Tür glitt zu. Ich hatte wirklich einen schlechten Tag. Nicht, daß es etwas ausgemacht hätte, da ich ja mit Evers ohnehin auf keinen grünen Zweig gekommen war, aber es ist immer schlecht, wenn es gleich am Anfang schiefgeht. Ich schwebte daher keineswegs auf Wolken, als ich auf den Gehweg hinaustrat und mich stadteinwärts wandte.

Es hatte länger als zwanzig Minuten gedauert, und Al war weggefahren. Zu dieser Tageszeit flitzen viele Taxis durch die First Avenue, also winkte ich eins herbei und gab dem Fahrer die Adresse an.

4

Pessimistisch und bedrückt schlich ich an jenem Mittwochabend um Viertel vor elf die Treppe vor dem alten Backsteinhaus hinauf und klingelte. Da die Kette vorgelegt war, mußte Fritz mich einlassen. Er fragte gleich, ob ich noch ein bißchen gewärmte Ente in Curry haben wolle, aber ich lehnte knurrend ab. Ich warf Hut und Mantel weg und trat ins Büro, und da saß das überlebensgroße Genie an seinem Schreibtisch in dem eigens für seine drei Zentner Lebendgewicht angefertigten Stuhl, mit einer Bierflasche samt Glas auf einem Tablett vor sich, behaglich vertieft in seine derzeitige Lektüre, ›*The Treasure of Our Tongue*‹ von Lincoln Barnett. Ich ging zu meinem Schreibtisch und setzte mich. Wolfe würde erst aufblicken, wenn er am Ende eines Absatzes angelangt war.

Tatsächlich, er hob den Kopf. Er steckte sogar das Lesezeichen ein, einen schmalen Goldstreifen, den ihm ein Klient vor Jahren geschenkt hatte, und legte das Buch vor sich hin. »Sie haben hoffentlich zu Abend gegessen«, sagte er.

»Nein«. Ich schlug die Beine übereinander. »Entschuldigen Sie, daß ich mit den Beinen zapple. Irgend etwas Fettes, ich weiß nicht mehr was, habe ich in einem Nepplokal in der Bronx gegessen. Es war . . .«

»Fritz wärmt Ihnen die Ente, und . . .«

»Nein, das wird er nicht tun. Ich habe es ihm verboten. Es war bei weitem der lausigste Tag, den ich je erlebt habe, und ich will ihn entsprechend beenden. Erst berichte ich ausführlich und dann gehe ich ins Bett, mit dem Fettgeschmack im Mund. Die Klientin . . .«

»Hol's der Teufel, Sie müssen doch etwas essen!«

»Ich sage nein. Die Klientin geht vor.«

Ich berichtete ihm die Gespräche wörtlich, erzählte von dem Spaziergang und ließ auch die beiden Männer in dem geparkten

Wagen, dessen Zulassungsnummer ich mir notiert hatte, nicht aus. Zum Schluß fügte ich ein paar Bemerkungen hinzu, und zwar a) daß es Geldverschwendung wäre, die Zulassungsnummer nachprüfen zu lassen. b) daß wir Sarah Dacos wahrscheinlich ausklammern oder wenigstens bis auf weiteres zu den Akten legen könnten, c) daß in der Familie Bruner vielleicht irgendwelcher Schmutz in einem Topf schmorte, daß aber der Deckel noch festsaß. Als ich aufstand und ihm das von Mrs. Bruner unterzeichnete Schreiben aushändigte, streifte er es nur mit einem flüchtigen Blick und sagte, ich solle es in den Stahlschrank legen.

Ich erzählte ihm auch die Sache mit Evers, Morrrison inbegriffen. Zu bemerken hatte ich hierzu nur, daß ich es nicht richtig angepackt hatte, daß ich ihm hätte sagen sollen, wir besäßen Geheiminformationen, die er nicht habe und auch nie bekommen könne, und wir wären möglicherweise in der Lage, einen Druck auszuüben, der seinen Vertrag retten würde, und in diesem Fall würden wir mit Bezahlung rechnen. Es wäre natürlich ein gewagtes Spiel gewesen, aber vielleicht hätte er sich dann etwas zugänglicher gezeigt. Wolfe schüttelte den Kopf und meinte, es hätte uns zu verletzlich gemacht. Ich erhob mich, ging um seinen Schreibtisch herum zu dem Regal mit dem Wörterbuch, schlug es auf, fand das gesuchte Wort und setzte mich wieder.

»Angriffen oder Beschädigungen ausgesetzt. Das versteht man unter ›verletzlich‹. Man müßte es schon besonders raffiniert anstellen, um uns noch verletzlicher zu machen, als wir es schon sind. Aber nun zum Rest des Tages. Ich brauchte den ganzen Nachmittag, um Ernst Muller aufzustöbern, der der Mittäterschaft beim Transport von Diebesgut über Staatsgrenzen angeklagt und gegen Kaution freigelassen worden war. Er war noch schlimmer als Evers. Er hatte den unglücklichen Einfall, gegen mich tätlich zu werden, und er war nicht allein, deshalb mußte ich mich wehren. Vielleicht habe ich ihm den Arm gebrochen. Dann ...«

»Sind Sie verletzt?«

»Nur seelisch. Dann, nachdem ich das fette Zeug gegessen hatte, machte ich mich auf die Jagd nach Julia Fenster, die wegen Spionage verhaftet worden war oder auch nicht, vor Gericht jedenfalls freigesprochen wurde. Mit der Suche nach ihr verbrachte ich den ganzen Abend. Schließlich fand ich ihren Bruder, sie nicht, und er ist stumm wie ein Fisch. Noch nie hat jemand so wenig aus einem Tag gemacht. Es ist ein Rekord! Dabei hatten wir diese drei als die aussichtsreichsten herausgesucht. Ich kann es fast nicht erwarten, Ihren Plan für morgen zu sehen. Ich lege ihn mir unters Kopfkissen.«

»Ihr Magen ist schuld«, sagte er. »Wenn nicht Ente, dann eben ein Omelett.«

»Nein.«

»Kaviar! Wir haben ein Pfund frischen Kaviar.«

»Sie wissen verdammt genau, daß ich gern Kaviar esse. Ich will den Kaviar nicht beleidigen.«

Er goß sich Bier ein, wartete, bis der Schaum einen Zentimeter gesunken war, trank einen Schluck, leckte sich die Lippen und sah mich an. »Archie, versuchen Sie, mir die Sache zu verleiden, damit ich den Vorschuß zurückgebe?«

»Nein. Ich weiß, daß ich das nicht kann.«

»Dann reden Sie bloß Quatsch. Sie sind sich vollkommen darüber im klaren, daß wir einen Auftrag übernommen haben, der, logisch betrachtet, absurd ist. Wir beide haben es ausgesprochen. Es ist äußerst unwahrscheinlich, daß uns Mr. Cohens Anregungen einen Anhaltspunkt verschaffen, aber es ist immerhin denkbar, daß uns eine davon weiterhilft. Etwas Narrenglück steckt in jedem Fall, aber dieser besteht ganz daraus. Wir sind auf Gedeih und Verderb dem unberechenbaren Zufall ausgeliefert; wir können nur herausfordern, nicht steuern. Ich habe keinen Plan für morgen; es hing alles von heute ab. Sie dürfen nicht behaupten, der heutige Tag sei nutzlos gewesen. Irgendein Dorn hat vielleicht jemanden zur Tat angestachelt, wenn nicht heute, so vielleicht morgen oder nächste Woche. Sie sind hungrig und müde. Zum Kuckuck, essen Sie was!«

Ich schüttelte den Kopf. »Was machen wir morgen?«

»Das überlegen wir uns morgen früh, nicht heute abend.« Er klemmte sich das Buch wieder vor die Nase.

Ich stand auf, gab meinem Stuhl einen Fußtritt, nahm das Schreiben und legte es in den Panzerschrank. Dann ging ich in die Küche und goß mir ein Glas Milch ein. Fritz war schon nach unten gegangen, um sich zur Ruhe zu legen. Plötzlich merkte ich, daß das, was für Kaviar eine Beleidigung gewesen wäre, auch für Milch eine war und goß sie zurück in die Papiertüte. Statt dessen holte ich ein anderes Glas und die Flasche Old Sandy Bourbon, goß mir drei Finger hoch ein und trank einen tüchtigen Schluck. Das würde das Fett neutralisieren, und nachdem ich nachgesehen hatte, ob die Hintertür verriegelt war, trank ich den Bourbon aus, spülte die Gläser, stieg die zwei Treppen in mein Zimmer hinauf und zog meinen Schlafanzug und Hausschuhe an.

Ich überlegte, ob ich meine Heizdecke mitnehmen sollte, entschied mich aber dagegen. In der Not muß der Mensch mit Härten rechnen. Aus meinem Bett zog ich nur das Kissen heraus, Leintücher und Wolldecken holte ich aus einem Wandschrank auf dem Flur. Schwer beladen stieg ich hinunter, ging ins Büro, räumte die Sofakissen von der Couch weg und breitete die Leintücher aus. Gerade faltete ich eine Decke auseinander, als Wolfes Stimme ertönte: »Ich bezweifle, daß das nötig ist.«

»Ich nicht.« Ich legte die Decke auf die Couch, die nächste darüber und wandte mich um. »Sie haben doch das Buch gelesen. Wenn die sich mal in Bewegung setzen, dann mit Höchstgeschwindigkeit. Manches in den Ordnern wäre das reinste Festessen für sie – und erst der Stahlschrank!«

»Bah, Sie übertreiben. In einem bewohnten Haus einen Panzerschrank knacken?«

»Das brauchten sie gar nicht, das ist längst überholt. Sie sollten sich Bücher über Elektronik verschaffen.«

Er schob seinen Stuhl zurück, hievte sich hoch, sagte gute Nacht und verzog sich mit dem *›Treasure of Our Tongue‹*.

Donnerstag früh bestand immerhin die winzige Hoffnung, daß Fritz das Frühstückstablett hinauftragen und mir beim Herunterkommen mitteilen würde, Wolfe wünsche mich zu einer kurzen Besprechung zu sehen. Aber nichts dergleichen geschah. Da Wolfe niemals vor elf Uhr aus den Plantagenräumen auftauchte, ließ ich mir Zeit mit der Routinearbeit, und es ging schon auf zehn, als alles bewältigt war – das Bettzeug wieder oben, das Frühstück verzehrt, die ›Times‹ gelesen, die Post geöffnet und unter einen Briefbeschwerer auf Wolfes Schreibtisch gepackt und Fritz unterrichtet. Er war zwar jetzt im Bilde, aber es war ihm nicht wohl bei der Sache. Nur zu lebhaft erinnerte er sich – wie wir alle – an jene Nacht, in der Maschinengewehre vom gegenüberliegenden Dach aus die Plantagenräume beschossen hatten, so daß der Boden mit zahllosen Glassplittern übersät war und Tausende von Orchideen eingingen; Fritz war überzeugt, ich schliefe im Büro, weil mein Zimmer auf die 35. Straße West hinausgeht und weil der Feuerüberfall wiederholt werden würde. Ich erklärte ihm zwar, ich sei als Wache da, nicht als Flüchtling, aber er glaubte es nicht, und das sagte er auch.

Nachdem ich die Post aufgemacht hatte, hatte ich im Büro nichts anderes zu tun, als mir die Zeit zu vertreiben. Es kam ein Anruf für Fritz von einem Fischhändler, und ich hörte mit, merkte aber nichts davon, daß die Leitung angezapft war, obwohl sie es natürlich war. Die moderne Technik hat es geschafft, daß jeder alles tun, aber niemand wissen kann, was eigentlich vorgeht. Ich holte mein Notizbuch aus der Schublade, ging die Geheiminformationen durch, die wir von Lon Cohen erhalten hatten, und wog die Möglichkeiten ab. Es waren insgesamt vierzehn Anhaltspunkte, und mindestens fünf davon waren offensichtlich hoffnungslos. Drei der neun anderen hatten wir vergeblich angestochen. Damit blieben sechs übrig, und ich schätzte sie nacheinander ab. Der aussichtsreichste oder jedenfalls am wenigsten aussichtslose Hinweis betraf eine Frau, die aus ihrer Stelle im Außenministerium geflogen und wieder eingestellt worden war, und ich griff gerade nach dem Telefonbuch von Washington, um zu sehen, ob sie drinstand, als es klingelte.

Ich ging in die Halle, um durch die Spionglasscheibe in der Haustür zu linsen, und erwartete einen Unbekannten, vielleicht auch zwei. Direkte Fühlungnahme. Oder möglicherweise Morrison. Aber was ich sah, war ein bekanntes Gesicht – auf der Treppe stand Dr. Vollmer, der seine Praxis in seinem eigenen Haus etwas weiter unten in der Straße hat. Ich riß die Tür auf und begrüßte ihn, und er trat ein, und mit ihm kam eine Menge eiskalte Luft herein. Ich schloß die Tür, drehte mich um und teilte ihm mit, wenn er die Werbetrommel für sein Geschäft rühren wolle, solle er es im nächsten Haus versuchen, und streckte die Hand nach seinem Hut aus.

Er behielt ihn auf. »Ich habe ohnehin schon viel zuviel zu tun, Archie. Jedermann scheint krank zu sein. Aber ich bekam eine Botschaft für Sie, gerade eben am Telefon. Ein Mann, kein Name. Er sagte, ich solle es Ihnen persönlich ausrichten. Sie sollen um elf Uhr dreißig oder sowenig später wie möglich im ›Westside Hotel‹, Zimmer zweihundertvierzehn, dreiundzwanzigste Straße, sein und sich vergewissern, daß Sie nicht verfolgt werden.«

Meine Brauen hoben sich. »Das kann man eine Botschaft nennen!«

»Ja, das dachte ich auch. Er sagte, Sie würden mir nahelegen, es für mich zu behalten.«

»Stimmt, ich lege es Ihnen nahe.« Ich sah auf meine Armbanduhr, es war 10.47. »Was hat er noch gesagt?«

»Sonst nichts, nur die Botschaft, nachdem er mich gefragt hatte, ob ich es Ihnen persönlich ausrichten würde.«

»Zimmer zweihundertvierzehn, Westside Hotel.«

»Richtig.«

»Was für eine Stimme war es?«

»Nichts Kennzeichnendes, weder hoch noch tief. Einfach eine normale Männerstimme.«

»Na schön, vielen Dank, Herr Doktor. Wir müssen Sie noch um eine Gefälligkeit bitten. Wir arbeiten gerade an einem Fall, der ein bißchen verzwickt ist, und Sie wurden wahrscheinlich gesehen. Möglicherweise wird jemand von Ihnen wissen wollen, warum Sie gekommen sind. Wenn irgend jemand fragt, können Sie ...«

»Ich werde sagen, Sie hätten angerufen und mich gebeten, kurz vorbeizukommen und Ihnen in den Hals zu schauen.«

»Nein. Doppelt falsch. Er weiß, daß mit meinem Hals nichts los ist, und auch, daß ich nicht angerufen habe. Unsere Leitung ist angezapft. Das Dumme ist nur, daß Ihr Telefon auch überwacht werden wird, wenn jemand Wind davon bekommt, daß wir über Sie vertrauliche Botschaften erhalten.«

»Guter Gott! Aber das ist doch ungesetzlich!

»Natürlich, um so mehr Spaß macht es. Wenn jemand dumm fragt, könnten Sie entrüstet tun und ihm sagen, es gehe ihn einen feuchten Lehm an, oder Sie könnten freundlich sein und sagen, Sie hätten Fritz den Blutdruck gemessen – ach so, nein, Sie haben Ihr Köfferchen nicht dabei. Sie sind also gekommen ...«

»Ich bin gekommen, um das Rezept für *Escargots bourguignonne* zu holen. Es ist mir lieber, wenn es nichts Berufliches ist.« Er trat zur Tür. »Wirklich, Archie, es ist sehr verzwickt!«

Ich stimmte zu und bedankte mich noch einmal, und er trug mir Grüße an Wolfe auf. Dann schloß ich die Tür hinter ihm, machte mir aber nicht die Mühe, die Kette vorzulegen, da ich ja gleich weggehen mußte. Zuerst aber begab ich mich in die Küche und teilte Fritz mit, er habe soeben Dr. Vollmer das Rezept für *Escargots bourguignonne* gegeben, dann flitzte ich ins Büro und ließ das Haustelefon in den Plantagenräumen summen. Ich weigerte mich zu glauben, daß sie imstande waren, auch ein Haustelefon abzuhören. Wolfe kam an den Apparat, ich berichtete. Er grunzte und fragte: »Haben Sie eine Ahnung?«

»Nicht die geringste. Es ist nicht das FBI. Warum auch? Es könnte sein, daß irgendein Dorn jemanden angestachelt hat. Evers oder Miss Fenster oder auch Muller. Irgendwelche Anweisungen?«

Er warf den Hörer auf die Gabel.

Es würde sich das Problem ergeben, einen Verfolger zu orten und abzuschütteln, und das ist manchmal zeitraubend; deshalb brauchte ich Hilfe, wenn ich pünktlich zu der Verabredung kommen wollte. Außerdem mußte ich mit der allerdings fernliegenden Möglichkeit rechnen, daß Ernst Muller empfindlich reagierte, da ihm der Arm verdreht wurde, und die Absicht hegte, das Kompliment zurückzugeben; deshalb holte ich das Schulterhalfter aus der Schublade und legte es um, dann den 38er Marley und lud ihn. Vielleicht brauchte ich aber auch noch andere Munition, daher schloß ich den Panzerschrank auf und steckte mir einen Tausender in zerknitterten Zehn- und Zwanzigdollarscheinen aus dem Barvorrat in die Tasche. Natürlich waren auch noch andere Aussichten denkbar, zum Beispiel, daß ich in einem Zimmer mit einer nackten Frau oder einer Leiche oder

der Himmel weiß was zusammen fotografiert werden sollte. Aber mit so etwas würde ich mich erst auseinandersetzen, wenn es soweit war.

Es war eine Minute vor elf, als ich aus dem Haus trat. Ohne mich umzusehen, ging ich zu dem Kaufhaus an der Ecke Ninth Avenue, trat ein, steuerte geradewegs auf die Telefonzelle zu und wählte die Nummer der Werkstatt in der Tenth Avenue, die den Heron Sedan beherbergt, den Wolfe besitzt und den ich fahre. Tom Halloran, der schon seit zehn Jahren dort ist, kam an den Apparat. Ich setzte ihm meinen Plan auseinander, und er erwiderte, er sei in fünf Minuten soweit. Da ich es für besser hielt, ihm zehn Minuten zuzugestehen, lungerte ich noch eine Zeitlang am Taschenbuchständer herum, ehe ich aufbrach. Ich marschierte die 35. Straße West zurück, an dem alten Backsteinhaus vorbei, bog an der Tenth Avenue rechts ein, betrat das Werkstattbüro, ging gleich nach hinten durch und quer hinüber zu einem Ford, der mit laufendem Motor wartete. Tom saß hinter dem Lenkrad, ich kletterte in den Fond, nahm den Hut ab und rollte mich auf dem Boden zusammen, ganz unten. Der Wagen sauste los.

Vielleicht hat dieses Fordmodell genügend Platz für die Beine, aber nicht für den Körper eines 1,80 Meter großen Mannes, der von Beruf kein Schlangenmensch ist; ich begann also stumm zu leiden. Nach fünf Minuten beschlich mich der Verdacht, daß Tom den Wagen absichtlich an Verkehrsampeln mit einem Satz zum Stehen brachte und ihn um Ecken jagte, nur um zu sehen, wie zäh ich war, aber ich saß in der Klemme, und zwar in mehr als einer Beziehung. Meine Rippen waren gerade im Begriff zu brechen und meine Beine längst gefühllos, als er zum sechstenmal anhielt. Er sagte: »Alles in Ordnung, Chef. Alles klar.«

»Verdammt, holen Sie eine Hebestange!«

Er lachte nur. Mit Mühe zwängte ich Kopf und Schultern

hoch, bekam den Rand des Rücksitzes zu fassen, schaffte es irgendwie und setzte meinen Hut auf. Wir befanden uns Ecke 23. Straße und Ninth Avenue. »Sind Sie sicher?« fragte ich ihn.

»Hundertprozentig. Einwandfrei.«

»Prächtig. Aber nächstes Mal nehmen Sie bitte einen Krankenwagen. Ein Stück von meinem Ohr finden Sie da in der Ecke. Behalten Sie's zur Erinnerung.«

Ich stieg aus. Er fragte, ob sonst noch etwas zu tun sei, ich verneinte und sagte, ich würde mich später bedanken. Er brauste ab.

Das ›Westside Hotel‹ in der Mitte der Häuserblocks florierte offensichtlich nicht besonders, denn es war schon mehrere Jahre her, seit es seine Fassade frisch verputzt und die Halle hergerichtet hatte. Ich trat ein, übersah alles und jedermann, einschließlich eines glatzköpfigen Pagen, drückte auf den Knopf am Selbstbedienungsaufzug und fuhr hinauf. Als mich der Aufzug entließ und ich auf die nächste Tür zutrat, um nach der Nummer zu sehen, merkte ich, daß meine Hand in den Mantel geglitten war und den Marley betastete. Ich mußte über mich selbst grinsen. Sollte J. Edgar Hoover persönlich auf mich warten, so tat er gut daran, sich ordentlich zu benehmen, sonst konnte er leicht durchlöchert werden. Die Tür von Zimmer 214, links auf halber Höhe des Ganges, war geschlossen. Meine Uhr zeigte 11.33. Ich klopfte und hörte Schritte, die Tür ging auf, und da stand ich und guckte dumm aus der Wäsche. Vor mir sah ich das runde rote Gesicht und die stämmige Gestalt von Inspektor Cramer vom Morddezernat Süd.

»Ziemlich pünktlich«, knurrte er. »Kommen Sie rein.« Er machte Platz, und ich trat über die Schwelle.

Meine Augen waren schon seit so langer Zeit darin geübt, alles zu beobachten, daß sie das Zimmer automatisch erfaßten – Doppelbett, Waschtisch mit Spiegel, zwei Stühle, Tisch mit Schreibunterlage, die mal ausgewechselt werden mußte, offene

Tür ins Bad –, während ich mich im Geist bemühte, den Schreck zu verdauen. Als ich Mantel und Hut aufs Bett legte, kam der nächste Schock: einer der Stühle stand am Tisch, und auf dem Tisch befanden sich eine Papiertüte Milch und ein Glas. Sage und schreibe: Er hatte es gekauft und für seinen Gast mitgebracht! Ich mache es niemandem zum Vorwurf, wenn er es nicht glaubt, denn ich konnte es auch nicht fassen, aber so war es.

Er trat zu dem anderen Stuhl, setzte sich und fragte: »Sind Sie unbeschattet?«

»Selbstverständlich. Ich befolge Anweisungen immer.«

»Nehmen Sie Platz.«

Ich ging zu dem anderen Stuhl. Er richtete seine grauen Augen auf mich. »Ist Wolfes Leitung angezapft?«

Ich erwiderte seinen Blick. »Hören Sie mal«, sagte ich, »Sie wissen verdammt genau, wie es ist. Hätte ich mir eine Liste mit hundert Namen von Personen angelegt, die mich möglicherweise hier erwarteten, so wäre Ihr Name nicht drauf gewesen. Ist die Milch für mich?«

»Ja.«

»Dann muß Sie etwas aus der Bahn geworfen haben. Sie sind nicht der Inspektor Cramer, den ich so gut kenne, und ich weiß nicht, wovor ich mich vorsehen muß. Warum wollen Sie wissen, ob unsere Leitung angezapft ist?«

»Weil ich die Dinge nicht noch schwieriger machen will, als sie ohnehin schon sind. Ich mag einfache Sachen. Ich möchte wissen, ob ich Sie hätte anrufen und hierherbitten können.«

»Oh, natürlich, aber wenn Sie angerufen hätten, hätte ich vorgeschlagen, lieber zusammen wegzufahren.«

Er nickte. »Verstehe. Ich möchte es genau wissen, Goodwin. Es ist mir bekannt, daß Wolfe sich mit dem FBI angelegt hat, und ich brauche das ganze Bild. Auch wenn es den ganzen Tag in Anspruch nimmt.«

Ich schüttelte den Kopf. »Es ist unmöglich, und das wissen Sie.«

Er brach los: »Verdammt und zugenäht! Ich dachte, Sie hätten einen Funken Verstand! Ist Ihnen denn nicht klar, was ich tue?«

»Nein. Ich habe nicht die geringste Ahnung, was Sie tun.«

»Dann werde ich es Ihnen sagen. Ich kenne Sie ziemlich gut, Goodwin. Ich weiß, daß Sie und Wolfe gern Kurven schneiden, aber ich kenne auch Ihre Skrupel. Ich werde es Ihnen also streng vertraulich erzählen. Vor ungefähr zwei Stunden ließ mich der Commissioner zu sich kommen. Er hatte gerade einen Anruf von Jim Perazzo erhalten – wissen Sie, wer Jim Perazzo ist?«

»Ja, zufällig. Abteilung Lizenzen, Außenministerium, Staat New York. Broadway.«

»Dachte ich mir's doch. Ich will Sie nicht auf die Folter spannen. Das FBI wünscht, daß Perazzo Wolfe und Ihnen die Lizenz entzieht. Perazzo wünscht, daß der Commissioner ihm sämtliche Unterlagen über Sie aushändigt. Der Commissioner weiß, daß ich seit Jahren mit Ihnen – hm, sagen wir – in Beziehung stehe, und wünscht einen ausführlichen, schriftlichen Bericht. Sie kennen ja Berichte – es kommt darauf an, wer sie aufsetzt. Ehe ich diesen Bericht schreibe, möchte ich wissen, was Wolfe angestellt hat oder noch anstellt, weshalb ihm das FBI auf den Pelz rückt. Ich brauche das ganze Bild.«

Wenn man etwas erfährt, was gründlich überlegt sein will, ist es manchmal hilfreich, die Hände zu beschäftigen und zum Beispiel eine Zigarette anzuzünden; aber ich rauche nicht. Also griff ich mir die Milchtüte, riß sie auf und goß mir vorsichtig ein Glas ein. Etwas lag auf der Hand: Er hätte mich entweder telefonisch in sein Büro bestellen oder zu Wolfe ins Haus kommen können, aber er hatte es unterlassen, weil er vermutete, daß unser Telefon abgehört und das Haus überwacht wird. Also wollte er nicht, daß das FBI von seiner Fühlungnahme erfuhr, und hatte es mit vieler Mühe anders eingerichtet. Er erzählte mir vom FBI und von Perazzo und vom Commissioner, und es war einfach lächerlich für einen Inspektor der Kriminalpolizei, mit einem Privatdetektiv darüber zu sprechen. Also wollte er nicht, daß wir unsere Lizenz einbüßten; also juckte ihn etwas, und es war höchst wünschenswert, das herauszufinden. In einer derartigen Situation hätte ich eigentlich Wolfe anrufen und ihm die Entscheidung überlassen müssen, aber diese Möglichkeit schied aus. Meine Arbeitsanweisungen besagten, daß ich in einer eventuellen Zwangslage Intelligenz und Erfahrung walten lassen solle.

Das tat ich auch. Ich schlürfte bedächtig etwas Milch, stellte das Glas ab und sagte: »Wenn Sie sich über eine Vorschrift hinwegsetzen können – ich auch. Der Fall liegt folgendermaßen.«

Ich erzählte ihm die ganze vertrackte Geschichte: von dem Gespräch mit Mrs. Bruner, vom Vorschuß über hundert Mille, dem Abend mit Lon Cohen, meiner Unterhaltung mit Mrs. Bruner und Sarah Dacos, von meinem Tag bei Evers Electronics, Ernst Muller und Julia Fenster, von meiner nächtlichen Wache auf der Couch im Büro. Nicht alles berichtete ich wörtlich, aber ich streifte die wichtigsten Punkte und beantwortete Cramers Fragen. Als ich endlich fertig war, war das Milchglas leer, und er hatte eine Zigarre zwischen den Zähnen. Er raucht seine Zigarren nicht, er kaut nur darauf herum.

Er nahm die Zigarre aus dem Mund und meinte: »Hunderttausend sind ihm also sicher, einerlei, was geschieht.«

Ich nickte. »Und ein Scheck für mich persönlich. Habe ich das nicht erwähnt?«

»Doch. Über Wolfe wundere ich mich nicht. Bei seiner Wesensart gibt es für ihn nichts und niemanden, mit dem er sich nicht anlegen würde, wenn er nur Geld dafür bekommt. Aber bei Ihnen überrascht es mich. Sie wissen verdammt genau, daß niemand dem FBI am Zeug flicken kann, nicht einmal das Weiße Haus. Aber Sie hüpfen in der Gegend rum und stochern in den alten Wunden der Leute. Sie fordern die Vergeltung heraus, und Sie werden sie erleben.«

Ich goß mir Milch nach. »Sie haben völlig recht«, sagte ich. »Von meinem Gesichtswinkel aus gesehen haben Sie verdammt recht. Vor einer Stunde hätte ich noch amen gesagt. Aber seltsam, jetzt ist mir anders zumute. Habe ich berichtet, was Mr. Wolfe gestern abend sagte? Er sagte, irgendein Dorn hätte vielleicht jemanden zur Tat angestachelt, er reagierte mit einem Anruf beim Commissioner, dieser meinte, er könne nicht umhin, Sie rufen zu lassen, und Sie hielten es für notwendig, mich ohne Begleitung hierherzuzitieren und mir ein Viertel Milch zu kredenzen – was völlig unglaublich ist. Wenn einmal etwas Unmögliches geschieht, kann es sich auch ein zweites Mal ereignen. Würden Sie eine Frage beantworten?«

»Fragen Sie.«

»Sie können Nero Wolfe nicht besonders und mich überhaupt nicht leiden. Warum wollen Sie Ihren Bericht für den Commissioner so abfassen, daß es schwierig sein wird, uns die Lizenzen zu entziehen?«

»Das habe ich nicht gesagt.«

»Unsinn.« Ich tippte an die Milchtüte. »Das hier sagt es mir. Die Art und Weise, wie Sie mich hierhergelockt haben, sagt es mir. Warum?«

Er stand auf, schlich auf Zehenspitzen zur Tür – geschmeidig und geräuschlos für sein Alter und seinen Umfang –, riß sie auf und streckte den Kopf hinaus. Offensichtlich war er nicht so sicher wie ich, daß er nicht beschattet wurde. Leise zog er die Tür zu, wanderte ins Badezimmer, drehte einen Hahn auf, ließ Wasser plätschern und kam mit einem Glas Wasser zurück. Er trank ohne jede Eile, stellte das Glas auf den Tisch, setzte sich und starrte mich aus zusammengekniffenen Augen an.

»Ich bin jetzt seit sechsunddreißig Jahren bei der Polizei«, sagte er, »und gebe zum allerersten mal den Gewinn an einen Außenstehenden ab.«

Ich lächelte. »Ich fühle mich geschmeichelt. Oder vielmehr: Mr. Wolfe wird sich geschmeichelt fühlen.«

»Quatsch! Er würde ein Kompliment nicht erkennen, selbst wenn es rundherum mit Schildchen beklebt wäre, und Sie auch nicht. Goodwin, ich werde Ihnen etwas sagen, was ausschließlich für Sie und Wolfe bestimmt ist, für niemanden sonst! Weder für Lon Cohen noch Saul Panzer, noch Lily Rowan. Haben Sie verstanden?«

»Ich verstehe nicht, warum Sie Miss Rowan in die Sache hineinziehen; sie ist lediglich eine private Freundin. Außerdem ist es sinnlos, mir etwas anzuvertrauen, wenn wir es nicht benutzen dürfen.«

»Sie werden es schon richtig verwenden. Aber es stammt nicht von mir! Erzählen Sie nie und niemandem, von wem Sie es haben.«

»Also schön. Da Mr. Wolfe nicht hier ist, um es mit seinem Ehrenwort zu besiegeln, tue ich es für ihn. Für uns. Unser Ehrenwort.«

»Das muß genügen. Sie mit Ihrem Tonbandgedächtnis brauchen sich keine Notizen zu machen. Sagt Ihnen der Name Morris Althaus etwas?« Er buchstabierte ihn.

Ich nickte. »Ich lese Zeitungen. Eine Nuß, die Sie nicht geknackt haben. Abgeknallt. Durch die Brust. Ende November. Noch keine Tatwaffe gefunden.«

»Am Freitagabend, dem zwanzigsten November. Die Putzfrau fand am anderen Morgen die Leiche. Der Tod trat ein zwischen zwanzig Uhr am Freitagabend und drei Uhr am Samstagmorgen. Ein Schuß in die Brust, mitten durchs Herz, eine Rippe angebrochen. Die Kugel trat im Rücken aus und traf einen Meter zweiundzwanzig über dem Boden die Wand, aber sie hatte keine Schlagkraft mehr und verursachte nur eine kleine Kerbe. Er lag auf dem Rücken, die Beine ausgestreckt, den linken Arm gerade an der Seite, den rechten Arm quer über der Brust. Angekleidet, aber ohne Rock, in Hemdsärmeln. Keine Unordnung, kein Anzeichen eines Kampfes. Keine Waffe, wie Sie sagten. Berichte ich zu schnell?«

»Nein.«

»Unterbrechen Sie mich, wenn sie Fragen haben. Es war im Wohnzimmer seiner Etagenwohnung im dritten Stock, Arbor Street dreiundsechzig; zwei Zimmer, Küche und Bad. Er wohnte seit drei Jahren dort, allein, ledig, sechsunddreißig Jahre alt. Er war freiberuflicher Schriftsteller und hatte in den letzten vier Jahren sieben Artikel für die Zeitschrift ›Tick-Tock‹ verfaßt. Im März wollte er Marian Hinckley heiraten, vierundzwanzig, beschäftigt bei ›Tick-Tock‹. Natürlich könnte ich Ihnen noch mehr erzählen. Ich hätte auch die Akten mitbringen können. Aber es steht nichts Brauchbares drin. Uns hat es jedenfalls nicht weitergeholfen.«

»Sie ließen eine kleine Einzelheit aus: das Kaliber der Kugel.«

»Ich habe es nicht ausgelassen. Es gibt keine Kugel. Es war keine Kugel zu finden.«

Ich riß die Augen auf. »Verdammt ordentlicher Mörder!«

»O ja. Ordentlich und kaltblütig. Nach der Wunde zu schließen, war es eine Achtunddreißiger oder größere Kugel. Jetzt noch zwei Tatsachen. Erstens: Seit drei Wochen hatte Althaus Material für einen Artikel über das FBI in der Zeitschrift ›Tick-Tock‹ gesammelt, aber in der Wohnung war nichts zu finden, überhaupt nichts. Zweitens: Ungefähr um dreiundzwanzig Uhr an jenem Freitagabend verließen drei FBI-Männer das Haus Nummer dreiundsechzig in der Arbor Street, gingen um die Ecke zu einem Wagen und fuhren weg.«

Ich saß da und starrte ihn an. Man kann aus verschiedenen

Gründen den Mund halten – der beste ist zweifellos der, daß man nichts zu sagen weiß.

»Sie brachten ihn also um«, fuhr Cramer fort. »Gingen sie mit der Absicht hin, ihn zu erschießen? Ganz sicher nicht. Man kann sich mehrere Möglichkeiten denken. Ich stelle es mir so vor, daß sie anriefen und er nicht an den Apparat ging. Also nahmen sie an, er sei ausgegangen. Sie begaben sich zu der Wohnung und klingelten, aber er machte nicht auf, deshalb brachen sie die Tür auf und drangen ein, um die Wohnung zu durchsuchen. Er zog die Waffe, und einer von ihnen schoß schneller. Sie werden ja erstklassig ausgebildet. Sie suchten das Gewünschte, fanden es und verschwanden, wobei sie die Kugel mitnahmen.«

Ich hörte ihm zu. Noch nie hatte ich jemandem so aufmerksam gelauscht. Dann fragte ich: »Besaß er eine Waffe?«

»Ja. Einen Revolver, Kaliber achtunddreißig. Und auch einen Waffenschein. Die Knarre war weg. Sie nahmen sie mit, und Sie müssen sie schon selbst nach dem Grund fragen. In einer Schublade lag eine fast volle Patronenschachtel.«

Ich starrte ihn noch eine Weile an und sagte dann: »Also haben Sie die Nuß doch geknackt. Herzlichen Glückwunsch.«

»Sie würden noch auf dem elektrischen Stuhl Witze reißen, Goodwin. Soll ich ihn beschreiben?«

»Nicht nötig. Aber: Wer hat sie gesehen?«

Er schüttelte den Kopf. »Ich sage Ihnen alles, nur das nicht. Er könnte Ihnen ohnehin schwer weiterhelfen. Er sah sie aus dem Haus kommen, zum Wagen gehen und wegfahren, und er hat die Zulassungsnummer. So haben wir es erfahren. Das ist alles, was wir wissen. Uns sind die Hände gebunden. Selbst wenn wir die Männer mit Namen nennen könnten – was hätten wir damit erreicht? Ich kann viele Mörder namentlich aufführen, aber was nutzt das, wenn ich ihnen nichts beweisen kann? In diesem Fall aber würde ich ein Jahresgehalt dafür geben, wenn ich sie an die Angel bekäme. Es ist nicht ihre Stadt, es ist meine, unsere! Schon jahrelang knirschen wir ihretwegen mit den Zähnen. Und jetzt glauben sie tatsächlich, sie könnten in Häuser einbrechen, darin Morde begehen – in meinem Bezirk, und mir dazu noch ins Gesicht lachen!«

»Wirklich? Sie haben gelacht?«

»Jawohl! Ich verfügte mich persönlich in die neunundsechzigste Straße zu Wragg und sagte, sie hätten selbstverständlich gewußt, daß Althaus Material für einen Artikel sammelte, und vielleicht hätten sie für den Abend, an dem er umgebracht wurde, sogar einen Termin mit ihm vereinbart, und falls das zutreffe, würde ich ihre Mitarbeit zu schätzen wissen. Er antwortete, sie würden gern helfen, aber sie hätten zuviel zu tun, als daß sie sich um einen überneugierigen Schreiberling kümmern könnten. Ich teilte ihm nicht mit, daß sie gesehen worden waren, sonst hätte er tatsächlich gelacht.«

Es arbeitete in Cramers Gesicht. »Natürlich wurde die Sache im Büro des Commissioners besprochen – mehrmals. Ich bin machtlos. Aber ich werde nicht nur den Bericht über Wolfe und Sie für den Commissioner verfassen, ich werde ihn auch aufsuchen und mit ihm reden. Ich glaube nicht, daß Sie Ihre Lizenzen verlieren werden. Ich binde es ihm aber nicht auf die Nase, daß ich mit Ihnen gesprochen habe.«

Er erhob sich, ging zum Bett und kam mit Hut und Mantel zurück. »Trinken Sie ruhig die Milch aus. Und hoffentlich gibt Mrs. Bruner ihr Geld nicht umsonst aus.« Er streckte mir die Hand hin. »Ein gutes neues Jahr.«

»Danke, Ihnen auch.« Ich stand auf und schüttelte ihm die Hand. »Könnte er sie identifizieren, falls es soweit kommen sollte?«

»Um Himmels willen, Goodwin! Drei gegen einen?«

»Weiß ich. Aber könnte er es, wenn es als zusätzliche Verschönerung nötig sein sollte?«

»Vielleicht. Er traut es sich zu. Ich habe Ihnen alles gegeben, was ich habe. Kommen Sie nicht zu uns, rufen Sie auch nicht an. Lassen Sie mir ein paar Minuten Vorsprung.« Er eilte auf die Tür zu, wandte sich nochmals um und fügte hinzu: »Viele Grüße an Wolfe.« Dann war er draußen.

Ich trank die Milch im Stehen aus.

5

Es war zwanzig nach zwölf, als ich die Halle des ›Westside Hotels‹ verließ. Mir war nach einem Fußmarsch zumute. Einesteils war ich immer noch unbeschattet, und es macht Spaß, einfach draufloszulaufen, ohne sich fragen zu müssen, ob ein stiller Begleiter folgt. Andernteils, wenn ich spazierengehe, vollzieht sich das ernsthafte Überlegen irgendwie selbständig, ohne Worte. Es war ein schöner, sonniger Wintertag, kaum windig, und ich wanderte zur Sixth Avenue und wandte mich nach Süden.

Ein Beispiel für die Gedanken, die mühelos an die Oberfläche steigen, wenn ich zu Fuß unterwegs bin: Als ich den Washington Square überquerte, kam mir in den Sinn, daß die Arbor Street im Village liegt und daß Sarah Dacos auch im Village wohnte. Das ist wohl kaum als tiefsinniger Gedanke zu bezeichnen, da ungefähr eine Viertelmillion Menschen im Village wohnen, aber es zeigt doch ziemlich gut, wie mein Geist arbeitet, wenn ich zu Fuß gehe.

Ich war schon früher in der Arbor Street gewesen, der Grund ist in diesem Zusammenhang unerheblich. Es ist eine schmale Straße mit alten Backsteinhäusern auf beiden Seiten. An Nummer 63, ungefähr in der Mitte, war nichts Besonderes. Ich stellte mich auf die andere Straßenseite und betrachtete das Haus. An den Fenstern im dritten Stock, wo Morris Althaus gelebt hatte und gestorben war, waren braune Vorhänge zugezogen. Ich schritt bis zu der Ecke, hinter der die Männer geparkt hatten. Wie ich schon sagte: als neugieriger, unbeobachteter Betrachter. Natürlich sah ich mir in Wirklichkeit von Berufs wegen den Tatort eines Verbrechens an, dem ich wahrscheinlich später meine Aufmerksamkeit widmen würde. Das hilft irgendwie. Mir, aber nicht Wolfe; er hätte sich nicht mal bis zum Fenster geschleppt, um den Tatort eines Verbrechens zu sehen. Sehr gern wäre ich in den dritten Stock hinaufgestiegen und hätte mich im Wohnzimmer umgesehen, aber ich wollte rechtzeitig zum Essen zu Hause sein. Ich marschierte daher zurück in die Christopher Street und winkte ein Taxi herbei.

Aus gutem Grund wollte ich zum Lunch zurechtkommen, und zwar wegen der Hausregel, die besagt, daß während des Essens nichts Geschäftliches zur Sprache kommen darf. Es war zwanzig nach eins, als Fritz mich einließ und ich Mantel und Hut in der Garderobe ablegte; Wolfe saß also schon bei Tisch. Ich schlenderte ins Eßzimmer, setzte mich lässig an meinen Platz ihm gegenüber und gab eine Bemerkung über das Wetter von mir. Er grunzte und schluckte einen Happen gebratenes Kalbsbries. Fritz erschien mit der Schüssel, ich bediente mich. Ich wollte nicht gemein sein, sondern ihm nur überdeutlich vor Augen führen, wie idiotisch ungeschriebene Gesetze manchmal sein können; eine Regel, die man aufstellt, damit man das Essen genießen kann, verdirbt zuweilen die ganze Mahlzeit.

Ich hatte noch einen anderen Grund, Wolfe auf die Folter zu spannen. Als wir unsere Stühle zurückschoben, erklärte ich, ich wolle ihm im Keller etwas zeigen. Ich ging ihm voraus durch die Halle und rechts die Treppe hinunter. Im Untergeschoß befinden sich Fritz' Zimmer und sein Bad, eine Vorratskammer und ein großer Raum mit einem Billardtisch. Drin steht nicht nur die übliche Sitzbank, sondern auch ein riesiger Sessel auf einem Podest, bestimmt für Wolfe, falls er Lust hat, Saul Panzer und mir zuzusehen, wie wir die Queues handhaben – ein seltenes, ungefähr einmal im Jahr stattfindendes Ereignis. In diesen Raum geleitete ich ihn, suchte den Schalter an der Wand, machte Licht und hielt folgende Rede: »Ihr neues Büro. Hoffentlich gefällt es Ihnen. Wahrscheinlich steht es eins zu einer Million, daß sie die Zimmer auch präparieren können, ohne drin zu sein, aber das ist genau eine Möglichkeit zuviel. Bitte, nehmen Sie Platz.« Ich selbst setzte mich schwungvoll auf den Rand des Billardtisches.

Die Augen fielen ihm fast aus dem Kopf. »Schikanieren Sie mich oder ist es möglich?«

»Es ist denkbar. Ich würde es nicht wagen, durchblicken zu lassen, daß mir Inspektor Cramer herzliche Grüße an Sie auftrug. Ebensowenig, daß er mir eine Papiertüte Milch spendierte, mir die Hand schüttelte und ein gutes neues Jahr wünschte.«

»Larifari!«

»O nein, Sir. Es war Cramer.«

»In dem Hotelzimmer?«

»Ja.«

Er bestieg das Podest und setzte sich. »Berichten Sie«, knurrte er.

Das tat ich, und zwar ohne jede Hast, weil ich wollte, daß jedes einzelne Wort ankam. Im Büro hätte er sich zurückgelehnt und die Augen zugemacht, aber dafür war das Monstrum von Sessel nicht konstruiert, und er mußte geradesitzen. Während der letzten zehn Minuten preßte er die Lippen zu einem Strich zusammen, entweder wegen des Berichts, den er vernahm, oder wegen des Platzes, auf dem er saß, wahrscheinlich aus beiden Gründen. Ich schloß den Bericht mit meinem Spaziergang ab und sagte, jemand auf der andern Straßenseite, der vielleicht seinen Hund ausführte, oder jemand in einem Vorderzimmer von zwei bestimmten Häusern hätte sie aus Nummer 63 heraustreten und um die Ecke zum Wagen gehen und sogar die Zulassungsnummer sehen können. An der Ecke stand eine Straßenlampe.

Er atmete mehrere Kubikmeter Luft durch die Nase ein und stieß sie durch den Mund wieder aus. »Nie hätte ich gedacht«, sagte er, »daß Mr. Cramer so ein Narr ist!«

Ich nickte. »Stimmt, so sieht es aus. Aber ehe ich es ihm sagte, wußte er nicht, warum wir das FBI auf dem Hals haben. Er wußte lediglich, daß wir es irgendwie angekratzt hatten; er saß da mit einem Mord, den er ihnen nicht anhängen konnte, und beschloß, Ihnen den Fall zu übergeben. Sie werden sehen, wie schmeichelhaft es für Sie ist, daß er denkt, es bestünde eine wenn auch geringe Wahrscheinlichkeit, daß Sie das Rätsel lösen; und bedenken Sie doch, wie große Umstände er sich gemacht hat. Nachdem ich ihm von Mrs. Bruner berichtet hatte, hielt er nicht inne, um zu überlegen. Wahrscheinlich hat er es jetzt durchdacht und gemerkt, daß es nicht zusammenpaßt. Nehmen wir mal an, Sie würden ein Wunder vollbringen und ihnen den Mord unwiderlegbar nachweisen. Damit wäre aber der Auftrag ihrer Klientin nicht erledigt. Sie könnten das Honorar nur verdienen, wenn Sie zum FBI sagten: ›Hören Sie gut zu. Ich lasse von dem Mord ab, wenn Sie Mrs. Bruner in Ruhe lassen.‹ Das würde Cramer nicht passen, so hat er es sich nicht vorgestellt. Sie übrigens auch nicht. Mit einem Mörder zu feilschen, liegt Ihnen nicht. Stimmt's?«

Er grunzte. »Ihre persönlichen Fürwörter gefallen mir nicht.«

»Also gut, sagen wir ›wir‹ und ›uns‹. Es liegt auch mir nicht.«

Er schüttelte den Kopf. »Es ist eine Zwickmühle.« Plötzlich hob sich sein Mundwinkel.

Ich starrte ihn fassungslos an und fragte: »Warum lachen Sie eigentlich?«

»Die Zwickmühle. Das ist die Alternative! Sie haben deutlich genug zu verstehen gegeben, es wäre sinnlos, feststellen zu wollen, daß das FBI den Mann umbrachte. Schön und gut, dann stellen wir eben fest, daß sie es nicht waren.«

»Freut mich. Und dann?«

»Das werden wir sehen.« Er drehte eine Hand um. »Archie, wir hatten nichts. Die Punkte von Mr. Cohen waren völlig unergiebig und hoffnungslos. Jetzt wissen wir dank Mr. Cramer von einem Geheimnis, hinter dem etwas steckt, von einem ungelösten Mordfall, in den das FBI verwickelt ist, ob nun das Verbrechen auf sein Konto geht oder nicht. Das ist ein offener Appell an unsere Kombinationsgabe, an unsere Talente, wenn wir welche besitzen. Natürlich müssen wir zuallererst erfahren, wer den Mann umbrachte. Sie haben Mr. Cramers Gesicht gesehen und seinen Tonfall gehört. Ist er wirklich überzeugt, daß es das FBI war?«

»Ja.«

»Zu Recht?«

»Er glaubt es. Selbstverständlich sagt es ihm auch zu. Als er erfahren hatte, daß die drei FBI-Männer zur richtigen Zeit am Tatort waren, ließ er wahrscheinlich andere Möglichkeiten außer Betracht. Aber er ist ein guter Polizist, und hätte sich eine andere Spur ergeben, so hätte er sie verfolgt. Doch das hat er offensichtlich nicht getan. Andererseits, wenn Althaus schon tot war, als sie eindrangen – warum meldeten sie es nicht? Anonym natürlich. Vielleicht hatten sie Gründe dafür, aber die Frage ist berechtigt. Dann die Sache mit der Kugel. Nur wenige Mörder hätten bemerkt, daß sie das Opfer durchschlug, an der Wand abprallte und zu Boden fiel, hätten sie gesucht und mitgenommen. Bei einem alten Profi wie Cramer ist das ein schwerwiegender Gesichtspunkt. Ich nehme also an, daß man sagen kann, er vertritt seine Ansicht zu Recht.«

Er runzelte die Stirn. »Wer ist dieser Wragg, von dem Mr. Cramer sprach?«

»Richard Wragg. Oberster FBI-Mann in New York, beauftragter Sonderagent.«

»Weiß er oder glaubt er, daß einer seiner Männer Althaus niederschoß?«

»Das müßte man ihm fragen. Er könnte wissen, ob es einer von ihnen war, aber er kann nicht wissen, daß sie es nicht waren, weil er nicht dabei war. Er ist alles andere als ein Dummkopf und wäre schön blöd, wenn er alles glauben würde, was sie ihm erzählen. Ist es wichtig?«

»Vielleicht. Es könnte folgenschwer sein.«

»Vermutlich weiß er dann entweder, daß ein FBI-Mann Althaus abknallte, oder hält es für wahrscheinlich. Sonst wäre er nicht so zugeknöpft gewesen, als Cramer hinging und ihn um seine Mitarbeit bat. FBI-Leute sind gern gefällig, wenn es sie nichts kostet. Vielleicht liegt also die Kugel sogar in einer Schublade in Wraggs Schreibtisch.«

»Was halten Sie von der Sache? Stimmen Sie mit Mr. Cramer überein?«

»Was für eine seltsame Frage. Ich habe keine Meinung, und Sie auch nicht. Vielleicht hat der Hausbesitzer Althaus erschossen, weil er mit der Miete im Rückstand war.«

Er nickte. »Genau das müssen wir erkunden. Fangen Sie gleich damit an. Vielleicht mit seiner Familie. Ich erinnere mich, daß sein Vater David Althaus heißt und Damenkleider herstellt.«

»Stimmt. Seventh Avenue.« Ich rutschte vom Billardtisch. »Da wir die Annahme vorziehen, daß er nicht von einem FBI-Mann um die Ecke gebracht wurde, interessieren wir uns vermutlich nicht für das, was er über das FBI zusammengetragen hat.«

»Wir interessieren uns für alles.« Er schnitt eine Grimasse. »Und wenn Sie jemanden aufstöbern, den ich persönlich unter die Lupe nehmen sollte, dann bringen Sie ihn her.« Er verzog noch einmal das Gesicht und fügte hinzu: »Oder sie.«

»Mit dem größten Vergnügen. Zuerst gehe ich auf einen

Sprung zur ›Gazette‹, um die Akten durchzusehen, und vielleicht hat Lon noch ein paar ungedruckte Histörchen im Rückhalt. Die Leute herzubringen wird schwer sein. Das Haus wird wohl von allen Seiten überwacht. Wie schmuggle ich sie rein und raus?«

»Durch die Tür. Wir stellen Nachforschungen zu einem Mordfall an, mit dem das FBI nicht befaßt ist. Das teilte Mr. Wragg Mr. Cramer mit. Zur Abwechslung wird sich Mr. Cramer einmal nicht beklagen.«

»Dann brauche ich mich auch nicht mehr um Verfolger zu kümmern?«

»Nein.«

»Das erleichtert die Sache.« Ich verzog mich.

6

Auf meiner Uhr war es 16.35, als ich mich in ein Warenhaus in der Nähe des Grand-Central-Bahnhofs schlängelte, das Telefonbuch von Manhattan wälzte, eine freie Zelle suchte und eine Nummer wählte.

Mit den Auszügen aus den Akten der ›Gazette‹ und Lon Cohens höchst vertraulichen Mitteilungen hatte ich ein Dutzend Seiten in meinem Notizbuch eng bekritzelt. Das Ganze würde im Druck ebenfalls zwölf Seiten füllen, deshalb berichte ich hier nur, was zum Verständnis der Vorfälle notwendig ist. Die wichtigsten Namen:

MORRIS ALTHAUS, verstorben, 36 Jahre, 1,78 m groß, 78 kg schwer, gebräunte Haut, gutaussehend, beliebt bei Männern, mehr als beliebt bei Frauen. Hatte 1962 und 1963 eine Affäre mit einer gewissen Bühnenschauspielerin, Name tut nichts zur Sache. Verdiente als Schriftsteller ungefähr zehntausend im Jahr, wahrscheinlich ohne Wissen seines Vaters aufgestockt von seiner Mutter. Nirgends verzeichnet, wann er sich mit Marian Hinckley zusammentat, aber soweit bekannt, hatte er mehrere Monate lang keine andere Freundin. 384, mit der Maschine geschriebene, Seiten eines unvollendeten Romans wurden in seiner Wohnung gefunden. Bei der ›Gazette‹ hegte niemand, auch nicht Lon, irgendeine Vermutung, wer ihn umgebracht hat. Vor dem Mord hatte dort niemand gewußt, daß er Material zu einem Artikel über das FBI sammelte, und das betrachtete Lon als Schande für den Journalismus im allgemeinen und für das Personal der ›Gazette‹ im besonderen.

DAVID ALTHAUS, Vater von Morris Althaus, etwa sechzig Jahre, Teilhaber bei Althaus & Greif, Hersteller von Kleidern und Kostümen Marke *Peggy Pilgrim* (Näheres aus jeder Zeitung ersichtlich). David grollte seinem einzigen Kind Morris, weil er *Peggy Pilgrim* den Rücken gewandt hatte; ihr Verhältnis war in den letzten Jahren nicht gerade herzlich gewesen.

IVANA ALTHAUS, Ehefrau von David Althaus, hatte keinen Reporter vorgelassen. Sie verkehrte auch jetzt noch, sieben Wochen nach dem Tod ihres Sohnes, nur mit wenigen guten Freunden.

MARIAN HINCKLEY, 24 Jahre, arbeitete seit etwa zwei Jahren in der Redaktion von ›Tick-Tock‹. Die Akten enthielten Bilder von ihr, nach denen leicht zu begreifen war, warum sich Althaus entschlossen hatte, sich eingehend mit ihr zu befassen. Sie hatte sich ebenfalls geweigert, mit Reportern zu sprechen, aber eine Schnüfflerin von der ›Post‹ hatte schließlich doch so viel aus ihr herausbekommen, daß es zu einem Artikel reichte. Bei der ›Gazette‹ flogen daraufhin die Federn. Eine Dame bei der ›Gazette‹ war so sehr gekränkt, daß sie die Theorie zusammenbastelte, Marian Hinckley habe Althaus aus Eifersucht mit seiner eigenen Waffe erschossen, aber die Sache verlief im Sand.

TIMOTHY QUAYLE, etwa vierzig Jahre, Chefredakteur

bei ›Tick-Tock‹. Ich nenne ihn, weil er ausfällig und aggressiv wurde gegen einen Reporter der ›Daily News‹, der Marian Hinckley in der Halle des ›Tick-Tock‹-Gebäudes in die Enge zu treiben versuchte. Ein so ritterlicher Mann verdient besondere Aufmerksamkeit.

VINCENT YARMACK, um die Fünfzig, ebenfalls Chefredakteur bei ›Tick-Tock‹. Ihn führe ich an, weil Althaus' Artikel über das FBI seine Idee gewesen war.

Die Chancen zum Einhaken waren nicht gerade vielversprechend. Ich dachte auch kurz an die Bühnenschauspielerin, aber ihr Flirt mit Althaus lag schon über ein Jahr zurück. Die beiden Redakteure würden sich in Schweigen hüllen. Der Vater wußte wahrscheinlich nichts. Marian Hinckley würde mich abfahren lassen. Das beste Pferd im Stall war die Mutter, und ihre Nummer war es auch, die ich herausgesucht hatte und jetzt in der Telefonzelle wählte.

Erste Schwierigkeit war, sie an den Apparat zu locken. Der Dame, die den Hörer abnahm, sagte ich meinen Namen nicht; ich wies sie lediglich mit offiziellem Unterton an, Mrs. Althaus auszurichten, ich spreche von einer Telefonzelle aus, ein FBI-Mann sei bei mir, und ich müsse sie persönlich haben. Der Erfolg blieb nicht aus.

Nach zwei Minuten klang eine andere Stimme durch den Draht: »Wer ist dort? Ein FBI-Mann?«

»Mrs. Althaus?«

»Ja.«

»Mein Name ist Archie Goodwin. Ich bin kein FBI-Mann. Ich arbeite für Nero Wolfe, den Privatdetektiv. Der FBI-Mann ist nicht bei mir in der Zelle, er ist bei mir, weil er mich verfolgt, Er beschattet mich. Er wird mir auch bis zu Ihnen nachlaufen, aber das macht mir nichts aus, wenn es Ihnen einerlei ist. Ich muß Sie sehen – sofort, wenn möglich. Es wird . . .«

»Ich empfange niemanden.«

»Das weiß ich. Haben Sie schon von Nero Wolfe gehört?«

»Ja.«

»Er hat von einem guten Bekannten erfahren, daß Ihr Sohn Morris von FBI-Agenten ermordet wurde. Deshalb werde ich beobachtet. Und deshalb muß ich Sie sehen. Ich kann in zehn Minuten bei Ihnen sein. Haben Sie meinen Namen verstanden? Archie Goodwin.«

Schweigen. Schließlich: »Wissen Sie denn, wer meinen Sohn umgebracht hat?«

»Nicht den Namen. Ich weiß nur, was Mr. Wolfe erfahren hat. Mehr kann ich am Telefon nicht sagen. Wenn ich eine Anregung geben darf: Wir finden, Miss Marian Hinckley sollte das alles auch wissen. Vielleicht können Sie sie telefonisch bitten, zu Ihnen zu kommen, und ich könnte es Ihnen beiden sagen. Wollen Sie das tun?«

»Sicher. Sind Sie Reporter? Ist es eine List?«

»Nein. Für einen Journalisten wäre es ein ziemlich törichter Annäherungsversuch, denn Sie würden mich einfach hinauswerfen. Ich bin Archie Goodwin.«

»Aber ich verstehe nicht . . .« Lange Pause. »Also gut. Der Portier wird Sie um Ihren Ausweis bitten.«

»Selbstverständlich.« Ich legte schnell auf, ehe sie es sich anders überlegen konnte.

Als ich von zu Hause aufgebrochen war, hatte ich mir fest vorgenommen, die Beschattungsfrage vollkommen zu übergehen, aber als ich nun die Straße nach einem freien Taxi absuchte, nahmen meine Augen unwillkürlich die parkenden Autos wahr. Kaum saß ich aber im Taxi und fuhr die Madison Avenue und dann die Park Avenue hinauf, als ich nur noch stur geradeaus blickte. Zum Teufel mit allem, was sich hinter meinem Rücken abspielte!

Es war ein keineswegs außergewöhnliches, bienenstockartiges

Haus in den achtziger Nummern der Park Avenue – zeltartiges Vordach, Hausdiener, der beim Anfahren des Taxis heraushinkte. Gummimatte statt Teppich in der Halle – aber es war insofern erstklassig, als der Hausdiener nicht gleichzeitig als Portier fungierte. Ich zeigte dem Portier, der mich bereits erwartete, meine Privatdetektivlizenz. Er betrachtete sie aufmerksam, reichte sie mir zurück und murmelte: »Zehn B.« Mit dem Aufzug fuhr ich in den zehnten Stock, wo mir ein Mädchen in Dienstkleidung die Tür öffnete, mir Hut und Mantel abnahm und mich durch einen Bogen in ein Zimmer führte, das noch größer war als Lily Rowans Wohnzimmer, in dem immerhin zwanzig Paare tanzen können. Für Leute mit so riesigen Zimmern habe ich einen Test: nicht die Teppiche oder die Möbel oder die Vorhänge, sondern die Bilder an den Wänden. Wenn ich erkennen kann, was sie darstellen, ist alles in Butter. Wenn ich raten muß, ist Vorsicht am Platz. Dieses Zimmer bestand den Test einwandfrei. Ich betrachtete ein Ölgemälde mit drei Mädchen, die unter einem Baum im Gras saßen, als sich Schritte näherten, und ich wandte mich um. Sie trat zu mir, streckte zwar nicht die Hand aus, begrüßte mich aber mit leiser, sanfter Stimme: »Mr. Goodwin? Ich bin Ivana Althaus.« Sie setzte sich.

Auch ohne den Bildertest hätte sie die Prüfung bestanden. Sie war klein und schlank mit ehrlichen Rundungen, hatte ehrlich graue Haare und Augen voll ehrlichem Zweifel. Als ich einen Stuhl umdrehte, um mich so zu setzen, daß ich sie sehen konnte, beschloß ich, so ehrlich wie möglich zu sein. Sie erklärte, Miss Hinckley werde bald kommen, aber wir brauchten nicht auf sie zu warten. »Habe ich recht verstanden, daß Sie am Telefon sagten, ein FBI-Agent habe meinen Sohn umgebracht? Stimmt das?«

Sie schaute mich offen an, ich wich ihrem Blick nicht aus.

»Nicht ganz«, antwortete ich. »Ich sagte, jemand habe es Mr.

Wolfe berichtet. Vielleicht sollte ich Mr. Wolfe näher beschreiben. Er ist – äh – exzentrisch und hegt eine gewisse Abneigung gegen die Polizei New Yorks. Ihre Einstellung zu ihm und seiner Arbeit gefällt ihm nicht, und er findet, sie mischt sich zu sehr ein. Er liest Zeitungen, vor allem die Mordberichte, und vor ein paar Wochen konnte er sich des Eindrucks nicht erwehren, daß Polizei und Staatsanwaltschaft die Ermittlungen über den Mord an Ihrem Sohn einzustellen im Begriff waren. Als er erfuhr, daß Ihr Sohn Material zu einem Artikel über das FBI gesammelt hatte, vermutete er, daß die Polizei absichtlich aufgab. Sollte das zutreffen, so winkt ihm vielleicht die Gelegenheit, der Polizei an den Wagen zu fahren, und nichts würde ihm größeres Vergnügen bereiten.«

Sie blickte mich weiterhin unverwandt an, kaum daß sie einmal blinzelte. »Da wir gerade nichts zu tun hatten«, fuhr ich fort, »stellte er ein paar Nachforschungen an. Dabei erfuhren wir – was nicht an die Öffentlichkeit drang –, daß nichts über das FBI, weder Notizen noch Dokumente, in der Wohnung Ihres Sohnes gefunden wurde. Sie wissen das vielleicht schon.«

»Ja.« Sie nickte.

»Das dachte ich mir, und deshalb erwähne ich es auch. Wir erfuhren noch ein paar weitere Tatsachen, die ich nicht erwähnen soll. Das werden Sie verstehen. Mr. Wolfe will sie zurückbehalten, bis er genug zusammengetragen hat, um eine Ausgangsbasis zu haben. Aber gestern nachmittag berichtete ihm jemand, er wisse, daß Ihr Sohn von einem FBI-Agenten umgebracht wurde, und er stützte diese Aussage mit gewissen Informationen. Seinen Namen werde ich Ihnen nicht mitteilen, auch die Informationen nicht, aber er ist zuverlässig, die Informationen sind stichhaltig, wenn auch nicht vollständig genug für eine Beweisführung. Daher möchte Mr. Wolfe soviel wie möglich von all den Personen hören, die Ihrem Sohn nahestanden; zum Beispiel von Leuten, mit denen er sich vielleicht darüber unterhielt, was er über das FBI in Erfahrung gebracht hatte. Dazu gehören natürlich Sie und Miss Hinckley. Auch Mr. Yarmack. Ich bin angewiesen worden, Ihnen ausdrücklich zu versichern, daß Mr. Wolfe weder auf einen Auftraggeber noch auf ein Honorar aus ist. Er unternimmt die Nachforschungen aus eigener Initiative, er wünscht und erwartet nicht, daß ihn jemand dafür bezahlt.«

Sie überlegte sich etwas. »Ich weiß eigentlich nicht ...«, fing sie an und brach ab.

Ich wartete ein Weilchen und sagte dann leise: »Ja, Mrs. Althaus?«

»Ich weiß eigentlich nicht, warum ich es Ihnen nicht sagen sollte. Ich hatte immer schon Agenten im Verdacht, seit mir Mr. Yarmack berichtete, in der Wohnung sei nichts über das FBI gefunden worden. Mr. Yarmack übrigens auch und Miss Hinckley ebenfalls. Ich glaube nicht, daß ich rachsüchtig bin, Mr. Goodwin, aber er war mein ...« Ihre Stimme zitterte, sie verstummte. Nach kurzer Zeit fuhr sie fort: »... er war mein einziger Sohn. Ich kann es immer noch nicht fassen, daß er – daß er nicht mehr lebt. Haben Sie ihn gekannt? Sind Sie ihm je begegnet?«

»Nein.«

»Sind Sie Detektiv?«

»Ja.«

»Sie erwarten also von mir, daß ich Ihnen helfe, den zu finden, der – der den Tod meines Sohnes auf dem Gewissen hat. Das möchte ich gern, aber ich fürchte, ich kann es nicht. Er redete selten mit mir über seine Arbeit. Ich kann mich nicht entsinnen, daß er jemals vom FBI gesprochen hätte. Miss Hinckley und Mr. Yarmack fragten mich schon danach. Es tut mir leid, daß ich Ihnen nichts sagen kann, es tut mir wirklich leid, denn wenn sie ihn umbrachten, müssen sie bestraft werden. Im dritten Buch Moses steht: ›Du sollst nicht Rache üben‹, aber Aristoteles schrieb, die Rache sei gerecht. Sie sehen, ich habe darüber nachgedacht.«

Sie wandte sich um und blickte zu dem Bogen hin. Eine Tür war ins Schloß gefallen. Stimmen waren zu hören, und dann trat ein Mädchen ins Blickfeld. Als sie hereinkam, stand ich auf, aber Mrs. Althaus blieb sitzen. Die Bilder in den Akten der ›Gazette‹ waren der Person nicht gerecht geworden. Marian Hinckley war eine Augenweide. Sie war ein Zwischentyp, weder blond noch dunkel, hatte braune Haare und blaue Augen und bewegte sich aufrecht und geschmeidig. Sie kam herein, gab Mrs. Althaus einen Kuß auf die Wange und drehte sich zu mir um, als Mrs. Althaus meinen Namen sagte. Die blauen Augen blickten mich aufmerksam an. Mrs. Althaus bat Marian Platz zu nehmen. Sie setzte sich und wandte sich an Mrs. Althaus: »Wenn ich dich am Telefon recht verstanden habe, hast du gesagt, Nero Wolfe weiß, daß es das FBI war? War es so?«

»Ich fürchte, ich habe mich nicht ganz richtig ausgedrückt«, entgegnete Mrs. Althaus. »Würden Sie es ihr erklären, Mr. Goodwin?«

Ich setzte ihr die drei Hauptpunkte auseinander: Warum sich Wolfe für die Sache interessierte, was ihm Argwohn einflößte und wie sein Verdacht bestätigt wurde durch die Mitteilung, die ihm gestern jemand machte. Ich erklärte ihr, daß er nicht mit Sicherheit wußte, ob es das FBI war, und es auch nicht beweisen könne, daß er aber diesen Versuch wagen wolle und ich aus diesem Grunde hier sei.

Miss Hinckley runzelte die Stirn. »Aber ich begreife nicht ... Hat er der Polizei gemeldet, was ihm dieser Jemand mitteilte?«

»Entschuldigen Sie, ich habe mich wohl nicht ganz klar ausgedrückt. Er nimmt an, die Polizei wisse oder vermute, daß es das FBI war. Zu den Fragen, die er Ihnen allen stellen möchte, gehört zum Beispiel die folgende: Läßt Ihnen die Polizei keine

Ruhe? Kommt sie immer wieder und belästigt Sie ständig mit denselben Fragen? Mrs. Althaus?«

»Nein.«

»Miss Hinckley?«

»Nein. Aber wir haben ihnen alles gesagt, was wir wissen.«

»Das spielt keine Rolle. Wenn sie in den Ermittlungen zu einem Mordfall keine Spur haben, die ihnen zusagt, lassen sie nie von den Leuten ab; aber es hat den Anschein, als befaßten sie sich mit niemandem mehr. Das ist einer der Punkte, die wir wissen müssen. Mrs. Althaus sagte mir eben, Sie und Mr. Yarmack hegten den Verdacht, daß das FBI Morris umbrachte. Stimmt das?«

»Ja. Ja, das ist richtig, und zwar deshalb, weil in seiner Wohnung nichts über das FBI war.«

»Wissen Sie, was möglicherweise hätte dort sein können? Was er zutage gefördert hatte?«

»Nein. Über solche Sachen sprach Morris nie mit mir.«

»Weiß es Mr. Yarmack?«

»Ich glaube kaum.«

»Wie stehen Sie zu der ganzen Angelegenheit, Miss Hinckley? Wollen Sie, daß der Mörder – wer es auch sei – geschnappt wird? Gefaßt und vor Gericht gestellt?«

»Aber natürlich! Sicher!«

Ich wandte mich an Mrs. Althaus. »Und Sie auch. Das ist gut, und ich halte jede Wette, daß ihn niemand überführen wird, außer Nero Wolfe. Vielleicht wissen Sie, daß er sich niemals selbst zu den Leuten bemüht. Sie werden zu ihm kommen müssen, in sein Haus – Sie und Miss Hinckley und womöglich auch Mr. Yarmack. Können Sie heute abend um neun Uhr kommen?«

»Aber ...« Sie preßte die Hände zusammen. »Ich weiß nicht ... Was soll das nutzen? Es gibt nichts, was ich ihm sagen könnte.«

»Vielleicht doch. Ich glaube auch oft, ich könne ihm nichts sagen, und muß später einsehen, daß ich mich getäuscht habe. Es hilft schon, wenn er nur feststellt, daß niemand von Ihnen ihm etwas sagen kann. Kommen Sie?«

»Ich denke . . .« Sie blickte das Mädchen an, das ihre Schwiegertochter hätte werden sollen.

»Ja«, sagte Miss Hinckley, »ich gehe.«

Ich hätte sie am liebsten umarmt. Ich fragte sie: »Können Sie Mr. Yarmack mitbringen?«

»Vielleicht. Ich will's versuchen.«

»Gut.« Ich stand auf. »Die Adresse steht im Telefonbuch.« Zu Mrs. Althaus sagte ich: »Eines sollte ich noch hinzufügen. Es ist fast sicher, daß das FBI unser Haus überwacht und Sie gesehen werden. Wenn es Ihnen nichts ausmacht, Mr. Wolfe ist es einerlei. Er will diese Leute gern wissen lassen, daß er Nachforschungen zum Mord an Ihrem Sohn anstellt. Neun Uhr?«

Sie nickte, und ich entfernte mich. Im Flur kam das Mädchen herangehuscht und wollte mir in den Mantel helfen. Um sie nicht zu kränken, ließ ich es zu. Unten in der Halle öffnete mir der Hausdiener die Tür und warf mir dabei einen Blick zu, aus dem ich schloß, daß der Portier ihm gesagt hatte, wer ich war, und um nicht aus der Rolle zu fallen, begegnete ich seinem Blick mit scharfem, wachsamem Auge. Draußen vollführten ein paar Schneeflocken Wirbelkunststücke. Im Taxi kümmerte ich mich wieder nicht um die Aussicht nach hinten. Höchstwahrscheinlich waren sie mir auf den Fersen. Ich rechnete mir aus, daß ungefähr ein Cent pro zehntausend Dollar Einkommensteuer von Wolfe und ein Zehntelcent pro zehntausend von mir insofern verschwendet wurden, als sie an Regierungsbeamte gezahlt wurden, nur damit mir diese unaufgefordert Gesellschaft leisteten, und das hielt ich für verkehrt.

Wolfe war gerade von seiner Nachmittagssitzung bei den Orchideen heruntergekommen und hatte es sich in seinem Sessel mit dem *›Treasure of Our Tongue‹* äußerst gemütlich gemacht. Statt wie üblich zu meinem Schreibtisch zu marschieren, blieb ich an der Tür stehen, und als er aufblickte, deutete ich mit einem Finger vielsagend nach unten, machte kehrt und raste die Kellertreppe hinunter. Ich knipste das Licht an und hockte mich auf den Billardtisch. Zwei Minuten. Drei. Vier. Dann Schritte. Er erschein im Türrahmen, blickte mich wild an und stieß hervor: »Das werde ich nicht dulden!«

Ich hob eine Braue. »Ich kann es auch schriftlich niederlegen.«

»Pfui! Zwei Bemerkungen. Erstens: Das Risiko ist äußerst gering. Zweitens: Wir machen es uns zunutze. Sie können in Ihren mündlichen Bericht beliebige Erklärungen oder Feststellungen einfügen, die ich außer Betracht lassen soll, und mir dies jeweils zu verstehen geben, indem Sie einen Finger heben. Ich werde es genauso machen. Natürlich ohne Mr. Cramer zu erwähnen; das dürfen wir nicht wagen, und unter Beibehaltung unseres Schlusses, daß das FBI den Mann umbrachte und wir das beweisen wollen.«

»Aber in Wirklichkeit wollen wir es gar nicht.«

»Gewiß nicht.« Er wandte sich um und schlurfte hinauf.

Hatte er mich doch wieder einmal überlistet! Es war sein Haus und sein Büro, und in seinem Sessel wollte er sitzen. Als ich aber bedächtig die Treppe hinaufstieg, mußte ich zugeben, daß er trotz seiner Dickköpfigkeit keinen schlechten Gedanken gehabt hatte. Wenn sie wirklich ein elektronisches Ohr im Büro versteckt hatten, was ich nicht glaubte, war es sogar vielleicht ein verdammt guter Gedanke. Als ich schließlich ins Büro kam, saß er schon an seinem Schreibtisch; ich schlich zu meinem, und als ich mich setzte, sagte er: »Nun?«

Eigentlich hätte er dabei den Finger heben müssen, denn er verschwendet nie seinen Atem, um »Nun?« zu sagen, wenn ich von einem Ausgang zurückkehre; er legt einfach das Buch vor sich hin oder stellt sein Bierglas ab und ist ganz Ohr.

Ich hob einen Finger. »Ihre Vermutung, sie seien bei der ›Gazette‹ auf die FBI-Theorie gestoßen und bearbeiteten sie, war nicht zutreffend.« Ich senkte den Finger. »Lon Cohen sagte nichts davon, ich also auch nicht. Sie haben keine Theorie. Er ließ mich die Akten durchsehen, und wir unterhielten uns, und ich habe eine Ausbeute von einem Dutzend Seiten mit Namen und ausgewählten Einzelheiten, die vielleicht teilweise nützlich sind.« Ich hob den Finger. »Ich werde das Ganze wie üblich zu fünf Dollar die Seite mit der Maschine schreiben.« Ich senkte den Finger. »Dann rief ich von einer Telefonzelle aus Mrs. David Althaus an, und sie erklärte, sie würde mich empfangen. Also verfügte ich mich zu ihr. In den achtziger Nummern der Park Avenue, Wohnung im zehnten Stock, sämtlicher Luxus, der zu erwarten stand. Bilder einwandfrei. Ich beschreibe Mrs. Althaus nicht, weil Sie sie persönlich sehen werden. Sie zitiert Moses und Aristoteles.« Finger hoch. »Ich wollte Plato heranziehen, konnte es aber nicht anbringen.« Finger runter. »Am Telefon hatte ich sie aufgefordert, auch Marian Hinckley zu bitten, und sie erklärte, sie würde bald kommen. Sie fragte, ob sie recht verstanden habe, daß ich am Telefon sagte, ein FBI-Agent habe ihren Sohn umgebracht, und ob das stimme. Alles Weitere gebe ich Ihnen lieber wörtlich.«

Ich berichtete von A bis Z, weil ich wußte, daß ich nichts gesagt hatte, was er das FBI nicht hören lassen wollte. Da er sich zurücklehnte und die Augen schloß, hätte er einen erhobenen Finger gar nicht sehen können, daher konnte ich nichts einfügen. Als ich fertig war, grunzte er, schlug die Augen auf und murmelte: »Es ist schon schlimm genug, wenn man weiß, daß eine Stecknadel im Heuhaufen liegt. Wenn man aber nicht einmal . . .«

Da klingelte es schrill. Ich ging in die Halle und spähte hinaus, und was ich sah, war ein FBI-Mann auf der Vortreppe. Nicht daß ich ihn erkannt hätte, aber er mußte einer sein – im richtigen Alter, breite Schultern, männliches Gesicht mit harten Kiefern, unauffälliger dunkelgrauer Mantel. Ich öffnete die Tür die fünf Zentimeter weit, die die Kette Spielraum gab, und sagte: »Ja, bitte?«

Er brüllte durch den Spalt: »Mein Name ist Quayle, und ich möchte Nero Wolfe sprechen!«

»Bitte buchstabieren sie.«

Timothy Quayle! Q - u - a - y - l - e!«

»Mr. Wolfe ist beschäftigt. Einen Augenblick.«

Ich stellte mich in die Bürotür. »Ein Name aus meinem Notizbuch, Timothy Quayle. Chefredakteur bei der Zeitschrift ›Tick-Tock‹, Heldentyp. Er verprügelte einen Reporter, der Marian Hinckley belästigte. Sie muß ihm, kurz nachdem ich wegging, von Ihnen berichtet haben.«

»Nein«, murrte er.

»Es ist noch eine halbe Stunde bis zum Abendessen. Stecken Sie wirklich mitten in einem Kapitel?«

Er starrte mich finster an. »Also rein mit ihm.«

Ich wanderte wieder zur Haustür, machte die Kette los, riß die Tür auf, und er stürmte herein. Ich drückte die Tür ins Schloß, er sagte, ich sei Archie Goodwin, und ich bestätigte es. Dann versorgte ich seinen Hut und seinen Mantel und führte ihn ins Büro. Er trat drei Schritte vor, blickte sich um, starrte Wolfe an und fragte: »Haben Sie meinen Namen verstanden?«

Wolfe nickte. »Mr. Quayle.«

Er trat an den Schreibtisch. »Ich bin mit Miss Marian Hinckley befreundet und will wissen, was für einen Zirkus Sie aufziehen. Ich wünsche eine Erklärung!«

»Bah«, grunzte Wolfe.

»Bahen Sie mich nicht an! Was haben Sie im Sinn?«

»Ich blicke meinem Gegenüber gern auf gleicher Höhe in die

Augen. Falls Sie nichts anderes können, als mir unverschämt zu kommen, wird Mr. Goodwin Sie hinausgeleiten. Falls Sie sich auf den Stuhl dort setzen, Ihren Ton ändern und mir einen annehmbaren Grund nennen, warum ich Ihnen Rechenschaft geben sollte, höre ich vielleicht zu.«

Quayle riß den Mund auf und klappte ihn wieder zu. Ruckzuck drehte er den Kopf und sah mich an, offensichtlich, um festzustellen, ob ich Manns genug sei. Es wäre mir ebenso lieb gewesen, wenn er zu dem Schluß gelangt wäre, ich sei es nicht, denn nach der letzten Nacht und diesem Tag hätte ich einen Vorwand zu Grobheiten sehr begrüßt. Aber er entschied sich anders, tappte zu dem roten Ledersessel, setzte sich und knurrte Wolfe an: »Ich kenne Sie.« Nicht mehr so unverschämt, aber keineswegs höflich. »Ich weiß, wie Sie vorgehen. Wenn Sie Mrs. Althaus angeln und ausquetschen wollen, soll das Ihre Sache sein, aber Miss Hinckley werden Sie nicht hineinziehen. Ich habe nicht die Absicht . . .«

»Archie!« bellte Wolfe. »Raus mit ihm! Fritz wird die Tür aufmachen.« Er drückte auf einen Knopf.

Ich stellte mich ungefähr eine Armlänge von dem roten Ledersessel entfernt in Position und blickte auf den Helden hinab. Fritz erschien, Wolfe befahl ihm, die Haustür aufzuhalten, und er verschwand.

Quayles Lage war alles andere als rosig. Da ich mich so schön vor ihm aufgebaut hatte, konnte ich ihn beliebig zu fassen bekommen, sobald er Anstalten traf, sich aus dem Sessel zu wuchten. Aber meine Lage war auch schlimm. Einen Koloß von neunzig Kilo Lebendgewicht aus einem gepolsterten Sessel zu entfernen ist schon ein Problem, und er hatte Grips genug, sitzen zu bleiben und sich zurückzulehnen. Aber seine Füße hatte er nicht genug eingezogen. Ich tauchte plötzlich weg, packte seine Knöchel, zerrte unaufhaltsam und hatte ihn auf dem Rükken in die Halle geschleift, ehe er sich überhaupt wehren konnte; da versuchte der Einfaltspinsel doch wirklich herumzuschnellen und mit den Händen am Boden abzustützen. Ich bremste erst an der Haustür. Fritz drückte seine Arme nach unten.

»Auf der Treppe liegt Schnee«, teilte ich ihm mit. »Wenn ich Sie jetzt aufstehen lasse und Ihnen Hut und Mantel reiche, gehen Sie einfach hinaus. Ich kenne mehr Tricks als Sie. Verstanden?«

»Ja, Sie verdammter Grobian!«

»Goodwin. Sie haben meinen Namen falsch verstanden, aber ich trage es Ihnen nicht nach. Okay, Fritz.«

Wir ließen ihn los, er schlug um sich und kam auf die Beine. Fritz holte seine Sachen von der Garderobe, aber er knurrte: »Ich will wieder hinein! Ich will ihn etwas fragen.«

»Nein. Sie haben kein Benehmen. Wir müßten Sie noch einmal hinausbefördern.«

»Nicht nötig. Ich möchte ihn nur etwas fragen.«

»Höflich und zurückhaltend?«

»Ja.«

Ich schloß die Haustür. »Sie können zwei Minuten von seiner kostbaren Zeit bekommen. Setzen Sie sich nicht, erheben Sie die Stimme nicht und benutzen Sie keine Ausdrücke wie ›Grobian‹. Fritz, gehen Sie voraus.«

Im Gänsemarsch trotteten wir durch die Halle ins Büro, Fritz führte, ich beschloß den Zug. Wolfe, der mit seinen scharfen Ohren alles hört, was in der Halle gesprochen wird, blickte ihn kalt an, als er dicht am Schreibtisch stehenblieb, mit Fritz und mir als Bewacher.

»Sie wollten einen annehmbaren Grund wissen«, brachte er vor. »Wie ich schon sagte, bin ich mit Miss Hinckley befreundet. So gut befreundet, daß sie mich anrief und mir von Goodwin berichtete. Ich riet ihr, heute abend nicht hierherzukommen, aber sie tut es trotzdem. Um neun Uhr?«

»Ja.«

»Dann werde ich ...« Er brach ab, es war nicht die richtige Ausdrucksweise. Es kam ihm nicht leicht über die Lippen, aber er brachte es fertig. »Ich möchte auch hier sein. Würden Sie ... Darf ich kommen?«

»Wenn Sie sich zusammennehmen.«

»Ja, das werde ich.«

»Sprechzeit zu Ende«, verkündete ich, packte ihn am Arm und schob ihn hinaus.

7

Zehn Minuten nach neun Uhr am Abend dieses langen Tages schob ich mich durch die Küchentür. Wolfe saß am Tisch in der Mitte und stritt mit Fritz über die Anzahl von Wacholderbeeren, die zu einer Marinade für Wildbretnieren erforderlich waren. Da ich wußte, daß sie sich darüber bis in alle Ewigkeit unterhalten konnten, mußte ich sie leider unterbrechen. Ich sagte: »Bitte vielmals um Entschuldigung, aber es sind alle da, sogar ein paar mehr. Auch David Althaus, der Vater, hat sich herbemüht. Der Glatzkopf rechts hinten. Ebenso ein Anwalt namens Bernard Fromm, links hinten. Langer Schädel, stechender Blick.«

Wolfe zog die Brauen zusammen. »Ich will ihn nicht sehen!«

»Natürlich nicht. Soll ich es ihm ausrichten?«

»Hol's der Teufel!« Er wandte sich an Fritz. »Also schön, machen Sie nur weiter. Ich sage drei, aber machen Sie, was Sie wollen. Wenn Sie fünf reingeben, brauche ich es nicht mal zu kosten, ich merke es schon am Geruch. Mit vier ist es eventuell eßbar.« Er nickte mir zu, ich eilte voraus ins Büro, er folgte.

Geschickt schlängelte er sich um den roten Ledersessel, in dem Mrs. Althaus saß, und blieb stehen, während ich die Gäste vorstellte. Ich hatte zwei Reihen gelber Sessel aufgebaut; Vincent Yarmack, Marian Hinckley und Timothy Quayle saßen vorn, David Althaus und Bernard Fromm hinten. Somit befand sich Quayle am nächsten bei mir, was ich für ratsam befunden hatte. Wolfe setzte sich, ließ seinen Blick von links nach rechts und wieder zurück schweifen und begann mit seiner Begrüßungsansprache. »Ich möchte Ihnen gleich zu Anfang sagen, daß vielleicht Agenten des Federal Bureau of Investigation mit einer elektronischen Abhöranlage jedes Wort mithören, das in diesem Raum gesprochen wird. Mr. Goodwin und ich halten es für unwahrscheinlich, aber es ist durchaus möglich. Ich bin der Ansicht, Sie . . .«

»Warum sollten sie?« Natürlich Fromm, der Anwalt. Im Gerichtston, Kreuzverhör.

»Das wird sich zeigen, Mr. Fromm. Ich bin der Ansicht, Sie sollten sich dieser Möglichkeit bewußt bleiben. Und jetzt bitte ich Sie, mich anzuhören. Ich werde mich eine Zeitlang über den Fall verbreiten, denn ich darf von Ihnen nur dann Kooperation erwarten, wenn ich Ihnen vor Augen zu führen vermag, daß Ihr Interesse mit meinem gleichläuft. Sie sind der Vater, die Mutter, die Braut und die Geschäftspartner eines Mannes, der vor sieben Wochen ermordet wurde. Der Mörder wurde nicht gefaßt. Ich habe die Absicht, das nachzuholen. Ich will beweisen, daß Morris Althaus von einem Agenten des Federal Bureau of Investigation umgebracht wurde. Dafür habe ich . . .«

Sie stellten gleichzeitig zwei Fragen; Yarmack sagte: »Wie?«, und Fromm fragte: »Warum?«

Wolfe nickte. »Dafür habe ich zwei Gründe. Kürzlich übernahm ich einen Auftrag, der es mit sich brachte, daß ich Erkundungen bezüglich gewisser Tätigkeiten des FBI anzustellen hatte; man rächte sich unverzüglich damit, daß man versuchte, mir meine Lizenz zu entziehen. Vielleicht gelingt ihnen das; aber selbst in diesem Falle bin ich berechtigt, als privater Bürger in meinem persönlichen Interesse Nachforschungen zu treiben. Das ist der eine Grund. Der andere ist mein jahrelanger Groll gegen die Beamten des Morddezernats der New Yorker Polizeibehörde. Sie sind ebenso anmaßend wie das FBI. Bei zahllosen Gelegenheiten hinderten sie mich an der rechtmäßigen Ausübung meines Berufs. Mehr als einmal drohten sie mir, mich wegen Verschleierung des Tatbestandes oder Behinderung des Rechtsweges gerichtlich zu verfolgen. Es wäre mir eine innere Befriedigung, ihnen Gleiches mit Gleichem zu vergelten und darzulegen, daß sie wußten oder vermuteten, das FBI sei in einen Mordfall verwickelt, und daß *sie* den Rechtsweg behinderten. Das würde auch . . .«

»Sie reden zuviel«, unterbrach Fromm. »Können Sie es denn beweisen?«

»Durch Rückschlüsse, ja. Die Polizei und der District Attorney wissen, daß Morris Althaus Material zu einem Artikel über das FBI sammelte, aber sie fanden nichts von diesem Material in seiner Wohnung. Mr. Yarmack, Sie waren an diesem Plan beteiligt?«

Vincent Yarmack entsprach weit mehr meiner Vorstellung von einem Chefredakteur als Timothy Quayle. Er hatte runde, hängende Schultern, einen schmalen kleinen Mund und so blasse Augen, daß man sie hinter der schwarzgeränderten Brille nur vermuten konnte.

»Ja«, erwiderte er in einem Ton, der einem Quieken nicht unähnlich war.

»Hatte Mr. Althaus wirklich Material gesammelt?«

»Gewiß.«

»Hatte er es Ihnen übergeben, oder befand es sich in seinem Besitz?«

»Ich dachte, es befinde sich in seinem Besitz, aber die Polizei teilte mir mit, in seiner Wohnung habe sich nichts über das FBI entdecken lassen.«

»Zogen Sie daraus keine Rückschlüsse?«

»Nun – eine Folgerung lag auf der Hand, daß nämlich jemand es an sich genommen hatte. Es war nicht anzunehmen, daß Morris es irgendwo anders aufbewahrte.«

»Mrs. Althaus sagte heute nachmittag zu Mr. Goodwin, Sie vermuteten, es sei das FBI gewesen. Stimmt das?«

Yarmack wandte den Kopf, sah zu Mrs. Althaus hinüber und richtete den Blick wieder auf Wolfe. »Vielleicht ergab sich bei ihr in einem Privatgespräch dieser Eindruck. Unsere Unterhaltung ist, wie Sie sagten, nicht gerade privater Natur.«

Wolfe grunzte: »Ich sagte, es sei möglich, aber nicht erwiesen, daß wir belauscht werden. Wenn Sie diesen Rückschluß zogen, zog ihn die Polizei ganz bestimmt.« Seine Augen wanderten. »Nicht wahr, Mr. Fromm?«

Der Anwalt nickte. »Vermutlich. Aber das rechtfertigt noch nicht die Folgerung, daß Sie den Rechtsweg behindern.«

»Die Folgerung nicht, aber die Annahme, und wenn sie ihn nicht behindern, so beschreiten sie ihn auch nicht. Als Mitglied der Anwaltskammer kennen Sie die Beharrlichkeit der Polizei und des District Attorney bei einem ungelösten Mordfall. Wenn sie ...«

»Ich befasse mich nicht mit Strafrecht.«

»Sie wissen doch sicher, was jedes Kind weiß. Wenn die Polizei mit der Vermutung, daß das FBI für das Verschwinden des Materials verantwortlich und daher wahrscheinlich in den Mord verwickelt ist, nicht zufrieden wäre, würde sie zweifellos anderen Spuren nachgehen – zum Beispiel Mr. Yarmack. Bedrängt Sie die Polizei?«

Der Redakteur riß die Augen auf. »Mich bedrängen? Weswegen?«

»Wegen der Möglichkeit, daß Sie Morris Althaus umbrachten und das Material an sich rafften. Regen Sie sich nicht auf. Zahlreiche Morde hatten schon weniger einsichtige Motive. Er erzählte Ihnen von einer Entdeckung, die ihm gelungen war, und von Beweismaterial, das er sich beschaffen konnte und das vielleicht ohne sein Wissen für Sie eine tödliche Bedrohung darstellte, und Sie beseitigten ihn und das Beweismaterial. Eine ausgezeichnete Theorie. Sicher . . .«

»Unsinn, einfach ausgekochter Unsinn!«

»Vielleicht für Sie. Aber die Polizei, die in einem ungelösten Mordfall nicht weiterkommt, würde Ihnen zweifellos auf der Spur bleiben. Das tut sie jedoch nicht. Ich klage Sie nicht des Mordes an, Sir, im Augenblick nicht; ich mache lediglich klar, daß die Polizei ihrer Pflicht ausweicht. Es sei denn, Sie hätten ein stichhaltiges Alibi für den Abend und die Nacht des zwanzigsten November. Haben Sie eins?«

»Nein. Kein stichhaltiges.«

»Und Sie, Mr. Quayle?«

»Quatsch«, sagte Quayle. Schon wieder schlechte Manieren.

Wolfe durchbohrte ihn mit Blicken. »Sie sind hier nur gelitten. Sie wollten wissen, was ich vorhabe. Das lege ich dar. Einzig und allein von meinem privaten Interesse geleitet, hege ich die Absicht, die Beteiligung des FBI an einem Mord und die Pflichtverletzung der Polizei zu enthüllen. Gestern erhielt ich vertrauliche Informationen mit einem deutlichen Hinweis auf die Schuld des FBI, aber diese Informationen sind nicht beweiskräftig. Ich darf die Möglichkeit nicht übersehen, daß die Polizei lediglich aus taktischen Gründen untätig bleibt, daß sie und das FBI den Mörder kennen und sich zurückhalten, bis sie schlüssiges Beweismaterial haben. Über diesen Punkt muß ich vollständige Klarheit haben, ehe ich etwas unternehme. Sie können mir helfen, zu dieser Klarheit zu gelangen, aber wenn Sie mich statt dessen lieber verhöhnen, brauche ich Sie nicht. Mr. Goodwin hat Ihnen schon einmal die Tür gewiesen und kann es erforderlichenfalls auch ein zweites Mal tun. Vor Zuschauern wäre er sogar noch eindrucksvoller; er hat ebenso gern Publikum wie ich. Sollten Sie es vorziehen hierzubleiben – ich habe Sie etwas gefragt.«

Quayle biß die Zähne zusammen. Der arme Kerl saß in der Patsche. Neben ihm, so nahe, daß er sie hätte berühren können, befand sich das Mädchen, für das er einen superneugierigen Zeitungshund angefallen hatte, und jetzt bedrängte ihn ein superneugieriger Bluthund. Ich erwartete, daß er den Kopf wenden würde, entweder zu ihr hin, um ihr zu zeigen, daß er um ihretwillen sogar seinen Stolz überwinden könne, oder zu mir her, um mir zu zeigen, daß ich für ihn kein Problem war; aber er starrte Wolfe an.

»Ich versprach Ihnen, daß ich mich zusammennehme«, sagte er. »Also gut. Ich habe kein stichhaltiges Alibi für den Abend und die Nacht des zwanzigsten November. Damit ist Ihre Frage beantwortet, und jetzt möchte ich eine stellen. Wie stellen Sie sich vor, daß Miss Hinckley Ihnen zur Klarheit verhilft?«

Wolfe nickte. »Das ist vernünftig und sachdienlich. Miss Hinckley, offensichtlich sind Sie zur Mitarbeit bereit, sonst wären Sie nicht hier. Ich habe eine Theorie für Mr. Yarmacks Schuld vorgebracht, aber keine in Mr. Quayles Fall. Die ist viel einfacher. Viele Männer haben andere Männer wegen einer Frau umgebracht, um sie zu kränken, um ihr einen Verlust zuzufügen oder um sie zu bekommen. Falls Mr. Quayle Ihren Verlobten ermordet hat – wollen Sie, daß er vor Gericht gestellt wird?«

Sie hob die Hände und ließ sie wieder fallen. »Aber das ist doch lächerlich!«

»Keineswegs. Den Angehörigen und Freunden der meisten Mörder kommt die Anklage lächerlich vor, aber deshalb ist sie noch lange nicht lächerlich. Ich klage Mr. Quayle nicht des Mordes an; ich erwäge nur die Möglichkeiten. Hatten Sie Grund zu der Annahme, daß ihm Ihre Verlobung mit Mr. Althaus mißfiel?«

»Sie können nicht von mir verlangen, daß ich diese Frage beantworte.«

»Aber ich antworte!« sprudelte Quayle heraus. »Jawohl! Es mißfiel mir!«

»Tatsächlich? Zu Recht? War es ein Vergehen?«

»Ob ›zu Recht‹, weiß ich nicht. Ich hatte Miss Hinckley gefragt, ob sie mich heiraten wolle. Ich hatte – ich hatte gehofft, sie würde ja sagen.«

»Hat sie eingewilligt?«

Der Anwalt fiel ein: »Alles mit der Ruhe, Wolfe. Sie sprachen von Vergehen; ich finde, Sie vergehen sich. Ich bin auf Ersuchen von Mr. Althaus, meinem Klienten, hier und nicht befugt, für Miss Hinckley oder Mr. Quayle aufzutreten, aber ich finde, Sie gehen zu weit. Ich kenne Ihren Ruf und weiß, daß Sie kein Spekulant sind, und ich werde Ihre Zuverlässigkeit nicht ohne Grund anzweifeln, aber als vor Gericht zugelassener Anwalt muß ich sagen, daß Sie ziemlich dick auftragen. Mr. Althaus, seine Gattin und ich als ihr gesetzlicher Vertreter möchten unter allen Umständen, daß Gerechtigkeit geübt wird. Wenn Sie aber Informationen mit einem deutlichen Hinweis auf die Schuld des FBI erhielten – warum spielen Sie dann den Inquisitor?«

»Ich dachte, das hätte ich eindeutig erläutert.«

»Ja, als Erklärung einer Stellungnahme oder als Aufforderung zur Vorsicht, aber nicht als Entschuldigung für ein Verhör. Als nächstes werden Sie mich wohl fragen, ob mich Morris bei einem Vertrauensbruch ertappte.«

»Hat er Sie dabei ertappt?«

»Ich werde mich nicht dazu hergeben, eine Rolle in einer Posse zu spielen. Ich wiederhole: Sie gehen zu weit!«

»Dann werde ich mich zurückhalten, aber deshalb nicht weniger wißbegierig sein. Eine Frage möchte ich Ihnen stellen, eine Routinefrage: Wer brachte Morris Althaus um, wenn es das

FBI nicht war? Nehmen Sie einmal an, das FBI sei endgültig über jeden Verdacht erhaben und ich sei der District Attorney. Wer hatte einen Grund, diesem Mann den Tod zu wünschen? Wer haßte ihn oder fürchtete ihn oder hatte etwas zu gewinnen? Können Sie einen Namen nennen?«

»Nein. Daran habe ich natürlich auch schon gedacht. Nein.«

Wolfes Augen schweiften nach rechts und nach links. »Kann jemand von Ihnen Namen nennen?«

Zwei von ihnen schüttelten den Kopf. Niemand antwortete.

»Es ist zwar eine Routinefrage«, fuhr Wolfe fort, »aber sie ist nicht immer sinnlos. Bitte, denken Sie darüber nach, ohne zu befürchten, Sie würden jemanden verleumden; Ihr Name bleibt geheim. Sicherlich lebte Morris Althaus nicht sechsunddreißig Jahre lang, ohne jemanden zu kränken. Er beleidigte seinen Vater. Er verletzte Mr. Quayle.« Wolfe blickte auf Yarmack. »Waren die Artikel, die er für Ihre Zeitschrift schrieb, harmlos?«

»Nein«, antwortete der Redakteur. »Aber wenn sie jemanden so sehr erzürnten, daß er ihn deswegen ermorden wollte, glaube ich nicht, daß er so lange gewartet hätte.«

»Einer mußte warten«, warf Quayle ein, »weil er im Gefängnis saß.«

Wolfe wandte sich dem anderen Redakteur zu. »Warum?«

»Wegen Betrugs. Es ging um ein zweifelhaftes Geschäft mit Liegenschaften. Morris schrieb einen Artikel, den wir ›Trick mit dem Grundbesitz‹ nannten. Er löste eine Ermittlung aus, und einer wurde festgenagelt. Er bekam zwei Jahre Gefängnis. Das war vor knapp zwei Jahren, und er kann jetzt frei sein, wenn ihm wegen guter Führung ein paar Monate erlassen wurden. Er ist aber kein Mörder; dazu hätte er nicht den Mumm. Ich habe ihn ein paarmal gesehen, als er sich bemühte, uns zu überreden, wir sollten seinen Namen nicht nennen. Er ist nur ein kleiner Gelegenheitsstrolch.«

»Sein Name?«

»Ich erinnere mich nicht – doch! Tut er etwas zur Sache? Odell. Soundso Odell. Frank, glaube ich. Frank Odell.«

»Ich verstehe nicht . . .«, setzte Mrs. Althaus an, aber es war nur ein Krächzen, und sie räusperte sich. Sie blickte Wolfe an. »Ich verstehe das alles nicht. Wenn es das FBI war, warum stellen Sie dann all diese Fragen? Warum fragen Sie nicht Mr. Yarmack, was Morris über das FBI zutage förderte? Ich fragte ihn, aber er sagt, er wisse es nicht.«

»Ich weiß es auch nicht«, sagte Yarmack.

Wolfe nickte. »Das habe ich angenommen. Sonst würden Sie nicht nur von der Polizei belästigt. Erzählte er Ihnen nichts von seinen Entdeckungen und Mutmaßungen?«

»Nein. Er erzählte nie etwas. Er wartete, bis er ein Manuskript vorlegen konnte. Das war seine Arbeitsweise.«

Wolfe grunzte. »Gnädige Frau«, wandte er sich an Mrs. Althaus, »wie ich schon sagte, muß ich Klarheit haben. Ich sollte Tausende von Fragen stellen, die ganze Nacht, die ganze Woche hindurch. Das Federal Bureau of Investigation ist ein fürchterlicher Feind, verschanzt hinter Macht und Vorrechten. Es ist keine Prahlerei, sondern nur die Feststellung nackter Tatsachen, wenn ich sage, daß sich keine Einzelperson und keine Personengruppe in Amerika an die Aufgabe heranwagen würde, die ich mir vorgenommen habe. Falls ein FBI-Agent Ihren Sohn umgebracht hat, besteht nicht die geringste Aussicht, ihn zur Rechenschaft zu ziehen, es sei denn, ich würde es tun. Deshalb liegt die Wahl des Verfahrens ausschließlich bei mir. Gehe ich damit zu weit, Mr. Fromm?«

»Nein«, entgegnete der Anwalt. »Es wäre unrealistisch, bezüglich des FBI nicht mit Ihnen übereinzustimmen. Als ich erfuhr, daß kein Material in der Wohnung gefunden worden war, zog ich den naheliegenden Schluß und sagte zu Mr. Althaus, ich hielte es für höchst unwahrscheinlich, daß der Mörder jemals gestellt würde. Das FBI ist unangreifbar. Goodwin teilte Mrs. Althaus mit, jemand habe Ihnen gestern berichtet, er wisse, daß ein FBI-Agent ihren Sohn umbrachte, und er habe das mit Informationen untermauert. Ich bin mit der Absicht hierhergekommen, nach dem Namen des Mannes und den Informationen zu fragen, aber Sie haben recht. Über das Verfahren haben Sie zu entscheiden. Ich glaube, daß die Sache aussichtslos ist, aber ich wünsche Ihnen viel Glück, und ich würde Ihnen gern helfen.«

»Das wäre mir sehr lieb.« Wolfe schob seinen Sessel zurück und stand auf. »Falls dieses Gespräch belauscht wurde, ist es sehr wohl möglich, daß jemand oder mehrere von Ihnen belästigt werden. Bitte, teilen Sie mir das gegebenenfalls mit. Ich möchte über jede auch noch so nebensächlich scheinende Entwicklung unterrichtet werden. Ob nun unsere Unterhaltung belauscht wurde oder nicht – das Haus wird jedenfalls überwacht, und das FBI weiß jetzt, daß ich mich mit dem Mord an Morris Althaus befasse. Die Polizei hat davon, soviel ich weiß, keine Ahnung, und ich bitte Sie, es ihr nicht zu sagen; das würde die Dinge nur komplizieren. Entschuldigen Sie, daß ich Ihnen keine Erfrischungen angeboten habe; ich war von Wichtigerem in Anspruch genommen. Mr. Althaus, Sie haben sich nicht geäußert. Möchten Sie etwas sagen?«

»Nein«, erwiderte David Althaus – das einzige Wort, das er an diesem Abend von sich gab.

»Dann guten Abend.« Wolfe watschelte hinaus.

Ich stand auf, als sich die anderen erhoben und in die Halle traten. Die Herren konnten den Damen in ihre Mäntel helfen, ich wurde dazu nicht gebraucht. Ich muß wohl am tiefsten Tiefpunkt angelangt gewesen sein, denn es kam mir nicht in den Sinn, daß es ein Vergnügen wäre, Miss Hinckley in den Mantel zu helfen, ehe ich die Haustür klappen hörte, und da war es zu spät. Wie gelähmt blieb ich stehen, bis ich die Tür zuschnappen hörte, dann ging ich hin und legte die Kette vor. Sie waren draußen auf dem Gehweg.

Ich hatte den Aufzug nicht gehört, Wolfe mußte also in der Küche sein, und ich schlich dorthin. Er war aber nicht da, und Fritz auch nicht. Sollte er die Treppe hinaufgestiegen sein? Warum wohl? Die einzige andere Möglichkeit war das Untergeschoß. Ich entschied mich dafür und hörte schon auf der Kellertreppe seine Stimme. Sie schallte aus der offenen Tür von Fritz' Zimmer, und ich wanderte dorthin und trat ein.

Fritz hätte oben ein Zimmer haben können, aber das Untergeschoß ist ihm lieber. Sein Reich ist so groß wie das Büro und das Vorderzimmer zusammen, aber im Lauf der Jahre wurde es ziemlich überladen – Tische mit Stößen von Zeitschriften, die Büsten von Escoffier und Brillat-Savarin auf Ständern, an den Wänden gerahmte Menüs, ein überlebensgroßes Bett, fünf Sessel, Bücherregale (er besitzt 289 Kochbücher), der Kopf eines Wildschweins, das er in den Vogesen erlegt hatte, ein Fersehgerät und eine Stereoanlage, zwei große Kisten mit antikem Kochgeschirr, darunter ein Topf, den nach Fritz' Ansicht schon Julius Cäsars Koch benutzt hatte, und vieles andere mehr.

Wolfe thronte im größten Sessel an einem Tisch und hatte eine Flasche Bier und ein Glas vor sich. Fritz saß ihm gegenüber und stand auf, als ich eintrat, aber ich zog mir einen anderen Sessel heran.

»Zu dumm«, bemerkte ich, »daß der Aufzug nicht hinunterfährt. Vielleicht könnten wir ihn umbauen.«

Wolfe trank einen Schluck Bier, setzte das Glas ab und fuhr sich über die Lippen. »Ich möchte über dieses elektronische Teufelszeug etwas wissen. Können wir hier belauscht werden?«

»Weiß ich nicht. Ich habe von einem Gerät gelesen, das Stimmen über siebenhundert Meter Entfernung einfangen soll, aber ich weiß weder, wie weit es in die Breite reicht, noch, wie Hindernisse wie Wände und Fußböden darauf wirken. Vielleicht gibt es auch Anlagen, die ein ganzes Haus einbeziehen; allerdings habe ich davon noch nichts gelesen. Falls sie noch nicht erfunden sind, wird es nicht mehr lange dauern. Die Leute werden sich mit Händen und Füßen verständigen müssen.«

Er starrte mich böse an. Da ich nichts getan hatte, um das zu verdienen, starrte ich zurück. »Ist Ihnen klar«, fragte er, »daß absolute Geheimhaltung noch nie so dringend notwendig war wie jetzt?«

»O ja. Nur zu klar.«

»Kann man es hören, wenn wir flüstern?«

»Nein. Eine Billion zu eins.«

»Dann werden wir flüstern.«

»Das paßt nicht zu Ihnen. Wenn Fritz das Fernsehgerät anstellt, ziemlich laut, und wir nahe zusammensitzen und nicht gerade brüllen, sollte es genügen.«

»Das könnten wir auch im Büro.«

»Jawohl, Sir.«

»Warum haben Sie es dann noch nicht vorgeschlagen?«

Ich nickte. »Sie sitzen in der Klemme. Ich auch. Es überrascht mich, daß es mir jetzt erst eingefallen ist. Wir wollen es hier ausprobieren. Im Büro müßte ich mich über Ihren Schreibtisch beugen.«

Er wandte sich um. »Also bitte, Fritz. Einerlei was.«

Fritz trat an den Apparat, drehte an einem Knopf, und bald sagte eine Frau zu einem Mann, sie bereue, daß sie ihn je kennengelernt habe. Er fragte (nicht der Mann, sondern Fritz), ob es laut genug sei, und ich antwortete: »Ein bißchen lauter bitte«, und rückte meinen Sessel näher an Wolfe heran. Er beugte sich vor und knurrte kurz vor meinem Ohr: »Wir werden eine Zusammenkunft arrangieren. Wissen Sie, ob es die *Ten for Aristology* nocht gibt?«

Meine Schultern zuckten auf und ab. Nur ein Schwachsinniger oder ein Genie kann eine vollkommen sinnlose Frage stellen.

»Nein«, antwortete ich. »Das liegt schon sieben Jahre zurück. Wahrscheinlich gibt es sie noch. Ich kann Lewis Hewitt anrufen.«

»Nicht von hier.«.

»Ich gehe in eine Telefonzelle. Gleich?«

»Ja. Wenn er sagt, der Verein sei noch – nein. Was er auch über die *Ten for Aristology* sagt, fragen Sie ihn, ob ich ihn morgen vormittag besuchen und ihn in einer dringenden Privatsache zu Rate ziehen darf. Wenn er mich zum Essen einlädt – und das wird er sicher tun –, nehmen Sie die Einladung an.«

»Er wohnt das ganze Jahr auf Long Island.«

»Das weiß ich.«

»Wir werden wahrscheinlich einen Verfolger abschütteln müssen.«

»Nicht nötig. Wenn es registriert wird, daß ich mich zu ihm begebe – um so besser.«

»Warum soll ich ihn dann nicht von hier aus anrufen?«

»Weil ich möchte, ja wünsche, daß mein Besuch bei ihm bekannt wird, aber nicht, daß ich mich selbst einlade.«

»Was ist, wenn er morgen keine Zeit hat?«

»Dann so bald wie möglich.«

Ich machte mich auf den Weg. Als ich in die Halle hinaufstieg, meinen Hut und Mantel holte, die Tür aufsperrte und der Ninth Avenue zusteuerte, quälte mich ein Gedanke: zwei Lebensregeln an einem Tag durchbrochen – der vormittägliche Stundenplan und der Grundsatz, das Haus niemals aus geschäftlichen Gründen zu verlassen –, und warum? Die *Ten for Aristology* waren ein Verein von zehn betuchten Männern, die satzungsgemäß ›dem Ideal der Vollkommenheit im Essen und Trinken nachstrebten‹. Vor sieben Jahren hatten sie sich im Hause eines Mitglieds – es war Benjamin Shriver, der Schiffsreeder – zusammengesetzt, um ihrem Ideal mit Essen und Trinken nachzueifern. Lewis Hewitt, ebenfalls Mitglied, hatte mit

Wolfe vereinbart, daß Fritz das Abendessen kochen sollte. Natürlich waren Wolfe und ich eingeladen worden und auch hingegangen, und der Knabe zwischen uns am Tisch war beim ersten Gang – Kaviar auf Blini mit einem Klacks Sauerrahm – mit Arsen gefüttert worden und ziemlich rasch gestorben. Wirklich eine schöne Einladung. Das hatte aber Wolfes Beziehungen zu Lewis Hewitt nicht beeinträchtigt. Lewis Hewitt war ihm nach wie vor dankbar für eine besondere Gefälligkeit, die ihm Wolfe vor langer Zeit erwiesen hatte; er besaß ein dreihundert Meter langes Orchideenhaus bei seinem Gut auf Long Island und kam ungefähr zweimal im Jahr zum Abendessen in das alte Backsteinhaus.

Es dauerte lange, bis ich ihn an die Strippe bekam, weil der Anruf ins Gewächshaus oder in die Ställe oder sonstwohin umgeschaltet werden mußte, aber es war ihm ein Vergnügen, meine Stimme zu vernehmen; er sagte es mir nämlich. Als ich ihm mitteilte, Wolfe würde ihm gern einen Besuch abstatten, erklärte er, das finde er ganz reizend, und wir sollten natürlich zum Mittagessen dableiben, und er würde gern Wolfe wegen des Menüs etwas fragen.

»Leider müssen Sie mit mir vorliebnehmen«, sagte ich. »Ich rufe aus einer Telefonzelle an. Entschuldigen Sie meine Neugier, aber besteht die Möglichkeit, daß jemand an einem Nebenapparat mithört?«

»Nein, wie kommen Sie darauf? Warum auch?«

»Dann ist es gut. Ich telefoniere in einer Zelle, weil unsere Leitung angezapft ist und weil Mr. Wolfe nicht bekanntmachen möchte, daß der Vorschlag von ihm ausging. Rufen Sie uns also bitte nicht an. Möglicherweise wird morgen nachmittag jemand telefonisch nach Ihnen fragen und behaupten, er sei Reporter und würde sich gern mit Ihnen unterhalten. Ich erwähne es jetzt, falls ich es morgen vergesse. Die Hauptsache: Unsere Verabredung zum Mittagessen wurde bereits letzte Woche getroffen. Einverstanden?«

»Ja, natürlich. Aber um alles in der Welt, wenn Ihre Leitung überwacht wird – ist das nicht ungesetzlich?«

»Doch, deshalb macht es uns auch den größten Spaß. Wir erzählen Ihnen morgen davon – ich nehme es wenigstens an.«

Er sagte, er könne seine Neugier fast nicht bis morgen bezähmen und erwarte uns gegen Mittag.

Im Büro stehen ein Fernsehgerät und ein Radio, und als ich zurückkam, erwartete ich, Wolfe dort in seinem Lieblingssessel vielleicht bei schrillem Radiogedudel vorzufinden, aber das Büro war leer. Deshalb trottete ich nach hinten und die Kellertreppe hinunter und traf ihn dort, wo ich ihn verlassen hatte. Der Fernsehapparat war noch an, Fritz blickte gähnend auf die Mattscheibe. Wolfe hatte sich zurückgelehnt und die Augen geschlossen. Seine Lippen waren in Bewegung, er stülpte sie vor und zog sie wieder ein, unablässig. Also arbeitete er; aber was? Ich blieb stehen und betrachtete ihn. Zu den Tätigkeiten, bei denen ich ihn nie unterbreche, gehört seine Lippengymnastik, aber dieses Mal mußte ich die Kiefer verkrampfen, damit mein Mund geschlossen blieb, denn ich konnte es nicht glauben. Es gab absolut nichts, worüber er hätte brüten können. Zwei ganze Minuten. Drei. Ich kam zu dem Schluß, daß er nur trainierte, sozusagen als Trockenübung, deshalb ließ ich mich auf einen Stuhl fallen und hustete laut. Es dauerte nicht lange, da schlug er die Augen auf, blinzelte mich an und straffte sich.

Ich zog meinen Stuhl näher heran. »Alles in Butter«, meldete ich. »Wir werden gegen Mittag erwartet und sollten daher um zehn Uhr dreißig abfahren.«

»Sie bleiben hier«, knurrte er. »Ich habe Saul angerufen. Er kommt um neun.«

»Ach so. Sie wollen, daß ich hier bin, falls Wragg seine Leute herschickt, damit sie gestehen.«

»Ich will, daß Sie Frank Odell aufstöbern.«

»Um Himmels willen! Das haben Ihre Lippen also ausgequetscht!«

»Nein.« Er wandte den Kopf. »Ein bißchen lauter, Fritz.« Der Kopf ruckte zu mir zurück. »Nach dem Mittagessen sagte ich, Sie hätten klar und deutlich herausgestellt, daß es sinnlos wäre, beweisen zu wollen, daß das FBI den Mord beging. Das nehme ich zurück. Ich werde mich nicht der Sinnlosigkeit beugen. Wir müssen eine Situation herbeiführen, in der keine der drei Möglichkeiten sinnlos ist. Es sind die folgenden: Erstens – der Beweis, daß das FBI den Mord beging; zweitens – der Beweis, daß es ihn nicht beging; drittens – beides nicht beweisen, sondern den Mord dahingestellt sein lassen. Die zweite Möglichkeit ist uns bei weitem am liebsten, und deshalb sollen Sie Frank Odell aufstöbern; aber falls wir gezwungen werden, die erste oder die dritte Möglichkeit anzunehmen, müssen wir die Umstände so gestalten, daß wir trotzdem in der Lage sind, unsere Pflicht unserer Klientin gegenüber zu erfüllen.«

»Sie haben keine Pflicht, außer Nachforschungen anzustellen und sich nach Ihren besten Kräften einzusetzen.«

»Die persönlichen Fürwörter!«

»Na ja, sagen wir ›wir‹ und ›unsere‹.«

»Schon besser. Genau, unsere besten Kräfte. Das ist die höchstmögliche Verpflichtung für einen Mann mit Selbstachtung, und davon besitzen wir beide ein gerütteltes Maß. Ein Gesichtspunkt ist grundlegend. Einerlei, welche Möglichkeit uns die Umstände aufzwingen – Mr. Wragg muß glauben, oder wenigstens argwöhnen, daß einer seiner Männer Morris Althaus umgebracht hat. Ich kann mir kein Manöver unsererseits vorstellen, das dazu beitragen würde; als Sie zurückkehrten, bemühte ich mich gerade darum. Haben Sie sich etwas ausgedacht?«

»Nein. Entweder er glaubt es, oder er glaubt es nicht. Zehn zu eins, daß er es glaubt.«

»Wenigstens haben wir die Vorgabe. Ich brauche Vorschläge hinsichtlich der Vorbereitungen, die ich morgen mit Mr. Hewitt treffen will. Das wird längere Zeit in Anspruch nehmen, und ich habe nichts mehr zu trinken. Fritz.«

Keine Antwort. Ich drehte mich um. Er schlief den Schlaf des Gerechten in seinem Sessel. Wahrscheinlich schnarchte er, aber der Fernsehapparat übertönte es. Ich schlug vor, die Sitzung ins Büro zu verlegen und zur Abwechslung etwas Musik zu hören. Wolfe war einverstanden, deshalb weckten wir Fritz, bedankten uns für seine Gastfreundschaft und wünschten ihm eine gute Nacht. Auf dem Weg ins Büro machte ich einen Abstecher in die Küche und holte Bier für Wolfe und Milch für mich; als ich ins Büro kam, quäkte das Radio, und er saß hinter seinem Schreibtisch. Da es längere Zeit in Anspruch nehmen sollte, schnappte ich mir einen gelben Sessel und stellte ihn neben seinen. Er goß sich Bier ein, ich trank einen Schluck Milch und sagte: »Ich vergaß zu erwähnen, daß ich Hewitt nicht nach den *Ten for Aristology* fragte. Sie wollen ihn ja ohnehin besuchen und können sich morgen danach erkundigen. Und der Plan?«

Er fing an zu reden.

Es hatte längst Mitternacht geschlagen, als er zum Aufzug schlurfte und ich mir die Leintücher, Decken und Kissen für meine zweite Nacht auf der Couch zusammensuchte.

8

Mehr als hundert Odell standen im Telefonbuch der fünf Stadtteile, aber kein Frank. Als ich mit meinen Nachforschungen so weit gediehen war, setzte ich mich an meinen Schreibtisch – es war 9.30 Uhr am Freitagmorgen – und überlegte mir die weiteren Schritte. Solche Probleme kann man mit Wolfe nicht besprechen; außerdem war er ohnehin nicht greifbar. Saul Panzer war Punkt neun Uhr erschienen, und statt sich in die Plantagenräume hinaufzubewegen, war Wolfe heruntergefahren, hatte seinen schweren Mantel angezogen und seinen breitrandigen Hut aufgesetzt, war hinter Saul hinausgeschlurft und hatte todesmutig seinen Platz im Auto eingenommen. Selbstverständlich wußte er genau, daß die Heizung, wenn man sie ganz aufdrehte, das Innere des Heron in einen Ofen verwandelte, aber er hüllte sich in seinen dicken Mantel, weil er allen technischen Errungenschaften mißtraute. Selbst wenn ich den Wagen gefahren hätte, wäre er darauf gefaßt gewesen, an irgendeinem öden, einsamen Ort Long Islands zu stranden.

Nur mit beträchtlicher Willensanstrengung konnte ich mich auf den Frank-Odell-Seitensprung konzentrieren. Er war nichts anderes als ein Blindekuhspiel, und Wolfe hatte lediglich deshalb darauf bestanden, weil er die zweite der drei Möglichkeiten vorzog. Viel lieber wäre ich in Long Island gewesen. In meiner langjährigen Erfahrung mit Wolfe als einfallsreichem Pläneschmied hatte ich noch nie erlebt, daß er etwas so Verzwicktes ausheckte wie das Vorhaben, für das er Lewis Hewitt einspannen wollte; ich hätte unbedingt dabeisein müssen. Ein Genie zu sein ist schön und gut für den zündenden Funken, will man aber ans Ziel gelangen, so muß jemand dasein und dafür sorgen, daß die Heizung funktioniert und daß kein Reifen platt wird. Ich hätte mir das Mitfahren nicht ausreden lassen, wenn es nicht Saul Panzer gewesen wäre. Wolfe hatte versichert, Saul würde ihm nicht von der Seite weichen, und Saul war der einzige Mensch, dem ich jedes Problem anvertrauen konnte, wenn ich mir mal ein Bein brach.

Ich konzentrierte mich also auf Frank Odell. Am einfachsten wäre es gewesen, das Entlassungsamt des Staates New York anzurufen und mich zu erkundigen, ob er auf der Liste stand. Aber selbstverständlich nicht von unserem Apparat aus. Falls die FBI-Leute wußten, daß wir nach dem, was Quayle über Frank Odell gesagt hatte, Zeit und Geld an ihn wandten, würden sie daraus schließen, daß es nicht einfach eine Vorsichtsmaßnahme war, sondern daß wir annahmen, er könne vielleicht wirklich in die Sache verwickelt sein. Das mußte ich verhindern. Ich beschloß also, auf Nummer Sicher zu gehen.

Ich steckte den Kopf in die Küche, um mich bei Fritz abzumelden, holte mir Hut und Mantel aus der Halle, nahm die Kette von der Tür, trat hinaus, marschierte zur Tenth Avenue und weiter zum Autosalon, bat Tom Halloran um die Erlaubnis, sein Telefon benutzen zu dürfen, wählte die Nummer der ›Gazette‹ und bekam Lon Cohen an den Apparat. Er war sehr zurückhaltend. Er fragte nicht, wie wir mit Mrs. Bruner und dem FBI weiterkamen, er erkundigte sich nur, ob ich wisse, wo er eine Flasche Schnaps bekommen könne.

»Vielleicht schicke ich Ihnen mal eine«, entgegnete ich, »wenn Sie sie sich verdienen. Und damit können Sie gleich anfangen. Vor ungefähr zwei Jahren kam ein Mann namens Frank Odell wegen Betrugs ins Kittchen. Falls er sich gut führte und ihm ein Teil der Strafe erlassen wurde, könnte er jetzt entlassen sein und auf der Bewährungsliste stehen. Ich bin bei der Sozialfürsorge und möchte ihn finden, und zwar schnell, um ihn ins bürgerliche Leben zurückzuführen. Sie erreichen mich – je eher, desto besser – unter folgender Nummer.« Ich gab sie ihm. »Meine soziale Tätigkeit übe ich insgeheim aus, sprechen Sie also bitte nicht davon.«

Er sagte, eine Stunde müßte ungefähr genügen, und ich schlenderte in die Ausstellungshalle, um die Autos anzusehen. Wolfe kauft jedes Jahr einen neuen Wagen, weil er glaubt, damit das Schadenrisiko zu verringern – was gar nicht zutrifft. Dabei überläßt er mir die Wahl. Ich war schon in Versuchung, einen Rolls-Royce anzuschaffen, aber es wäre viel zu schade, so etwas schon nach einem Jahr wieder wegzugeben. An dem Tag entdeckte ich in der ganzen Halle keinen Wagen, gegen den ich den Heron getauscht hätte. Tom und ich unterhielten uns gerade über das Armaturenbrett eines neuen Lincoln, als das Telefon schrillte. Ich meldete mich. Es war Lon, und er hatte die gewünschte Auskunft. Frank Odell war im August freigelassen worden, die Bewährungsfrist lief bis Ende Februar. Er wohnte in der Lamont Avenue Nr. 2553, Bronx, und arbeitete in einem Außenbüro der Wohnungsagentur Driscoll, Grand Concourse Nr. 4618. Lon meinte, ein guter Auftakt der Resozialisierung wäre, ihn zum Poker einzuladen, aber ich sagte, ein Würfelspiel erschiene mir eher geeignet.

Ich beschloß, mit der Untergrundbahn statt mit dem Taxi zu fahren, nicht um der Klientin Kosten zu sparen, sondern weil ich dachte, es sei Zeit, endlich einmal etwas gegen die Beschattung zu unternehmen. Es war schon zwei Tage und zwei Nächte her, seit sich das FBI vermutlich für uns interessierte, und fünfundzwanzig Stunden, seit man Perazzo aufgefordert hatte, uns die Lizenzen zu entziehen, aber ich hatte immer noch keinen Hinweis darauf entdeckt, daß ich Gesellschaft hatte. Natürlich hatte ich es entweder sehr geschickt angestellt oder einfach überhaupt nicht aufgepaßt. Jetzt beschloß ich, mich umzusehen, aber nicht beim Gehen. Ich geduldete mich, bis ich an der Grand-Central-Untergrundstation war und einen Eilzug stadteinwärts erwischt hatte.

Wenn man sich in der Untergrundbahn beschattet fühlt und den Beschatter orten möchte, geht man durch den fahrenden

Zug und stellt sich an jedem Bahnhof dicht an die Tür, als wolle man aussteigen. In der Hauptverkehrszeit ist es schwierig, aber es war 10.30 Uhr morgens, und wir fuhren, wie gesagt, stadteinwärts. Beim dritten Halten hatte ich ihn – das heißt sie. Sie waren zu zweit. Der eine war ein klobiger Zeitgenosse, der kaum die vorgeschriebene Größe besaß, mit weit aufgerissenen braunen Augen, die er nicht in der Gewalt hatte; der andere sah aus wie Gregory Peck, bis auf seine faltigen kleinen Ohren. Das Spiel, das heißt der Spaß, bestand darin, sie ohne ihr Wissen zu orten, und als ich an der 170. Straße ausstieg, war ich fast sicher, daß ich gewonnen hatte. Draußen auf dem Gehweg übersah ich sie großzügig.

Wenn man nicht gerade ein Spatzenhirn hat, kann man einen bekannten Verfolger in den Straßen New Yorks kinderleicht abschütteln. Es gibt tausend Ausweichmöglichkeiten, und der Beschattete braucht lediglich für Ort und Zeit geeignete herauszusuchen. Ich schlenderte also durch die Tremont Avenue, blickte gelegentlich auf meine Armbanduhr und auf Hausnummern an Türen, und plötzlich sah ich ein leeres Taxi heranbrausen. Als es noch dreißig Meter weg war, schoß ich zwischen den geparkten Wagen durch, winkte, sprang hinein, sagte zu dem Fahrer, als ich die Tür zuschlug, »Los, Tempo!« und sah, wie Gregory Peck mir nachstarrte, als wir vorbeiflitzten. Der zweite stand auf der anderen Straßenseite. Wir schafften sieben Straßen, ehe wir bei einer Ampel halten mußten, und damit war der Fall erledigt. Allerdings muß ich zugeben, daß ich diesmal die Aussicht nach hinten im Auge behielt. Ich nannte dem Chauffeur die Grand-Concourse-Adresse, die Ampel wurde grün, und wir starteten.

Manche Außenbüros von Grundstücksagenturen befinden sich im ersten Stock, aber dieses lag im Erdgeschoß eines Apartment-Hauses, natürlich einem Gebäude der Gesellschaft. Ich trat ein. Es war klein: zwei Schreibtische, ein Tisch, ein Aktenschrank.

Eine wunderschöne junge Dame mit schwarzer Mähne, um die sie ein Beatle beneidet hätte, saß am vorderen Schreibtisch; als sie mich anlächelte und fragte, womit sie dienen könne, mußte ich tief atmen, weil es mir ganz schwummerig wurde. Solche Mädchen sollten während der Geschäftszeit zu Hause bleiben. Ich sagte ihr, ich würde gern Mr. Odell sprechen, und sie wandte ihr schönes Haupt und deutete nach hinten.

Er saß am anderen Schreibtisch. Ich hatte mir nicht überlegt, wie ich ihn ansprechen wollte, aber ein Blick genügte. Ein Aufenthalt im Kittchen, auch ein kurzer, hinterläßt eine gewisse unverkennbare Blässe bei manchen Menschen, aber nicht bei ihm. Der Größe nach war er eher ein Zwerg, aber ein eleganter Zwerg. Er hatte helle Haut und helle Haare und war äußerst vornehm gekleidet. Sein grauer Anzug mit Nadelstreifen hatte ihn oder sonst jemanden ein hübsches Sümmchen gekostet.

Er stand auf, trat auf mich zu, stellte sich als Frank Odell vor und reichte mir die Hand. Es wäre einfacher gewesen, wenn er ein eigenes Zimmer gehabt hätte; womöglich wußte sie gar nicht, daß sie mit einem ehemaligen Häftling zusammengepfercht war. Ich sagte, ich sei Archie Goodwin, zog meine Brieftasche und überreichte ihm eine Karte. Er prüfte sie aufmerksam, steckte sie in die Tasche und rief: »Na, so was! Ich hätte Sie doch erkennen müssen. Nach Ihrem Bild in der Zeitung!«

Mein Bild war schon seit vierzehn Monaten nicht mehr in der Zeitung gewesen, und er hatte hinter Gittern gesessen, aber ich ging darüber hinweg. »Man sieht mir allmählich mein Alter an«, sagte ich. »Haben Sie ein paar Minuten Zeit? Nero Wolfe hat einen Auftrag übernommen, der mit einem Mann namens Morris Althaus zu tun hat, und meint, Sie könnten vielleicht Informationen beisteuern.«

Er zuckte nicht mit der Wimper, wurde weder blaß noch rot.

Er sagte lediglich: »Das ist doch der Mann, der ermordet wurde.«

»Stimmt. Natürlich hat sich die Polizei mit dem Fall befaßt. Reine Routine. Wir stellen nur private Ermittlungen zu einem Nebenaspekt an.«

»Falls Sie vermuten, die Polizei sei hier gewesen – das war sie nicht. Wir könnten uns eigentlich setzen.« Er nahm hinter seinem Schreibtisch Platz, und ich setzte mich ihm gegenüber. »Was für Nebenaspekte?« fragte er.

»Das ist ein bißchen verzwickt. Es geht um gewisse Nachforschungen, mit denen er sich beschäftigte, ehe er umgebracht wurde. Vielleicht wissen Sie etwas darüber, falls Sie ihn zu jener Zeit sahen – sagen wir, im November letzten Jahres. Sind Sie ihm damals begegnet?«

»Nein, das letztemal ist zwei Jahre her. Es war in einem Gerichtssaal, als ein paar Leute, die ich für Freunde gehalten hatte, mich zum Sündenbock machten. Warum sollte die Polizei gerade mich aufsuchen?«

»Oh, in einem Mordfall, den man nicht aufklären kann, befragt man alle möglichen Personen.« Ich machte eine wegwerfende Handbewegung. »Was Sie da sagen – Sie seien zum Sündenbock gemacht worden –, ist interessant. Es könnte mit dem zusammenhängen, was wir wissen möchten: ob nämlich Althaus die Gewohnheit hatte, seine Erkenntnisse in die Praxis umzusetzen. Gehörte auch er zu den Freunden, die Sie als Sündenbock vorschoben?«

»Lieber Himmel, nein! Ich war nicht mit ihm befreundet. Hab' ihn nur zweimal getroffen, das eine Mal, als er an jenem Artikel arbeitete oder ihn vorbereitete. Er hielt nach einem größeren Fisch Ausschau. Ich war nur ein kleiner Angestellter bei der Bruner Immobilien AG.«

»Bruner Immobilien?« Ich zog meine Augenbraue hoch. »Im Zusammenhang mit dem Fall kann ich mich nicht an diesen

Namen erinnern. Natürlich bin ich nicht richtig damit vertraut. Es waren also Ihre Freunde bei der Bruner AG, die Sie als Sündenbock auslieferten?«

Er lächelte. »Sie sind wirklich nicht mit der Sache vertraut. Es ging um Nebengeschäfte, an denen ich beteiligt war. Das alles kam bei der Verhandlung heraus. Die Leute von Bruner waren sehr nett zu mir. Der Vizepräsident vermittelte sogar ein Gespräch mit Mrs. Bruner selbst. Damals sah ich Althaus zum zweitenmal, es war in ihrem Büro zu Hause. Sie war sehr nett und glaubte mir. Sie zahlte mir sogar die Anwaltskosten, wenigstens teilweise. Zwar hatte sie erfahren, ich sei in ein betrügerisches Geschäft verwickelt, aber ich erklärte ihr, ich hätte nicht gewußt, in was ich da hineingeraten war; sie wollte nicht, daß ein Angestellter ihrer Gesellschaft schäbig behandelt wurde. Das nenne ich großzügig.«

»Ich auch. Es wundert mich, daß Sie nicht zur Bruner AG zurückgingen, als Sie frei – äh, als Sie konnten.«

»Sie wollten mich nicht.«

»Das war dann aber nicht großzügig!«

»Na ja, ich war schließlich schuldig gesprochen worden. Der Präsident der Gesellschaft ist ziemlich streng. Ich hätte Mrs. Bruner bitten können, aber das ließ mein Stolz nicht zu, und außerdem erfuhr ich von dieser günstigen Stelle bei Driscoll.« Er schmunzelte. »Ich sitze nicht etwa auf dem Abstellgleis, keine Spur! In unserer Branche gibt es viele Chancen, und ich bin jung.« Er zog eine Schublade auf. »Sie haben mir Ihre Karte gegeben – hier ist meine.«

Er gab mir nicht nur eine, sondern ein ganzes Dutzend, dazu Informationen über die Grundstücksagentur Driscoll. Sie hatten neun Büros in drei Stadtteilen, verfügten über mehr als hundert Gebäude und versprachen den besten Kundendienst im ganzen Stadtgebiet. Aus Höflichkeit hörte ich noch eine Weile zu, bedankte mich und nahm mir im Hinausgehen die Freiheit, der wunderschönen jungen Dame zuzublinzeln. Sie lächelte mich an.

Gemütlich spazierte ich im Wintersonnenschein den Grand Concoruse hinunter, zum Abkühlen, denn ich war nicht aufgefordert worden, den Mantel abzulegen. Im Geist stellte ich die Liste der Zufälle zusammen:

1. Mrs. Bruner hatte Exemplare des Buches verteilt.

2. Morris Althaus hatte Material zu einem Artikel über das FBI gesammelt.

3. Agenten hatten Althaus umgebracht oder waren zumindest ungefähr zu der Zeit, als er ermordet wurde, in seiner Wohnung gewesen.

4. Althaus hatte Mrs. Bruner gekannt. Er war in ihrem Haus gewesen.

5. Ein Mann, der für Mrs. Bruners Firma gearbeitet hatte, kam infolge eines Artikels von Althaus ins Gefängnis (als Sündenbock?).

Das war kein Zufall; es war Ursache und Wirkung in einer völlig verworrenen Sache. Ich versuchte sie zu entwirren, entdeckte aber bald so viele Verbindungen und Möglichkeiten, daß man sogar zu der Annahme kommen konnte, Mrs. Bruner hätte Althaus erschossen, und das kam natürlich nicht in Frage, denn sie war ja die Klientin. Der einzige Schluß, der sich aus dem Ganzen ziehen ließ, war der, daß es in diesem Heuhaufen offensichtlich eine Stecknadel gab und daß wir sie suchen mußten. Wolfe hatte wieder einmal einen untrüglichen Riecher gehabt. Er hatte Yarmack gefragt, ob Althaus' Artikel für ›Tick-Tock‹ harmlos gewesen seien, und hatte mich angewiesen, Odell aufzustöbern, aus dem einzigen Grund, weil er sonst keine vernünftige Arbeit für mich wußte. Und nun hatte sich das alles herausgestellt.

Ich hätte Wolfe nicht anrufen können, selbst wenn er zu Hause gewesen wäre, und bei Hewitt wollte ich ihn nicht stören, nicht nur, weil es in einem Palast wie seinem ein Dutzend oder mehr Nebenanschlüsse gab, sondern auch, weil ihm die FBI-Agenten wahrscheinlich bis dorthin nachgefahren waren, da er ja Saul gesagt hatte, er brauche sich nicht um Verfolger zu kümmern; auf dem Land eine Telefonleitung anzuzapfen war ein Kinderspiel für sie.

Ich wollte aber nicht heimgehen und über die Sache brüten, bis er zurückkam, sondern schlüpfte in eine Telefonzelle, wählte Mrs. Bruners Nummer, bekam sie tatsächlich an die Strippe und fragte sie, ob sie um 12.30 Uhr bei ›Rusterman‹ mit mir zu Mittag essen wolle. Sie sagte zu. Ich rief bei ›Rusterman‹ an und fragte Felix, ob ich das kleine schalldichte Zimmer oben haben könne. Er versprach, es für mich zu reservieren. Ich trat aus der Zelle und winkte ein Taxi herbei.

›Rusterman‹ ist nicht mehr das, was es unter Marko Vukcic einmal war. Wolfe sitzt nicht mehr im Verwaltungsrat, aber er geht immer noch etwa einmal im Monat hin, und Felix kommt ab und zu in das alte Backsteinhaus, um sich Rat zu holen. Wenn Wolfe hingeht, nimmt er Fritz und mich mit, und wir essen in dem kleinen Zimmer oben und fangen immer mit der besten aller Suppen an, *Germiny à l'Oseille.* Das Zimmer kannte ich also genau. Felix und ich plauderten gemütlich, als Mrs. Bruner mit nur zehn Minuten Verspätung eintraf.

Sie bestellte einen doppelten Martini dry mit Zwiebel. Man ist nie vor Überraschungen sicher; ich hätte vermutet, daß sie Sherry oder Dubonnet verlangte, und ganz gewiß keine Zwiebel. Als die Getränke kamen, genehmigte sie sich drei tiefe Züge hintereinander, sah nach, ob der Kellner die Tür geschlossen hatte und sagte: »Am Telefon konnte ich Sie natürlich nicht fragen. Hat sich etwas ereignet?«

Um ihr Gesellschaft zu leisten, hatte ich mir auch einen Martini kommen lassen, aber ohne Zwiebel. Ich trank einen Schluck und antwortete: »Nichts Welterschütterndes. Mr. Wolfe hat heute zwei Grundregeln durchbrochen: Er verzichtete auf seine Morgensitzung in den Plantagenräumen, und er verließ das Haus aus beruflichen Gründen – im Zusammenhang mit Ihnen. Er besucht einen Herrn auf Long Island. Das könnte sich zu etwas Größerem auswachsen, ist aber noch nicht spruchreif. Ich dagegen komme gerade von einem Ausflug aus Bronx zurück, wo ich einen Herrn namens Frank Odell besuchte. Er arbeitete früher für Sie, das heißt für die Bruner AG. Entsinnen Sie sich?«

»Odell?«

»Ja.«

Sie dachte stirnrunzelnd nach. »Nein – ach ja, natürlich! Odell, das ist doch der Kleine, der so viele Schwierigkeiten hatte. Aber – sitzt er nicht im Gefängnis?«

»Er wurde vor ein paar Monaten auf Bewährung entlassen.«

Sie runzelte immer noch die Stirn. »Aber, um alles in der Welt, warum haben Sie ihn aufgesucht?«

»Das ist eine lange Geschichte, Mrs. Bruner.« Ich trank wieder einen Schluck. »Mr. Wolfe mußte die Sache ja irgendwo anpacken; also beschloß er, zu diesem Zweck die Unternehmungen des FBI in und um New York unter die Lupe zu nehmen. Unter anderem erfuhren wir, daß im letzten Herbst ein Mann namens Morris Althaus Material zu einem Artikel über das FBI sammelte und vor sieben Wochen ermordet wurde. Das lohnte genaueres Hinsehen, und wir beschäftigten uns mit ihm. Dabei kam heraus, daß er vor ein paar Jahren einen Artikel mit dem Titel ›Der Trick mit dem Grundbesitz‹ geschrieben hatte und daß in der Folge ein gewisser Frank Odell wegen Betrugs zu einer Gefängnisstrafe verurteilt wurde. Mr. Wolfe befahl mir, ihn aufzustöbern, und ich fand heraus, wo er wohnt und arbeitet; ich besuchte ihn, und er berichtete, er habe früher für Ihre Firma gearbeitet. Deshalb dachte ich, es sei meine Pflicht, Sie darüber zu befragen.«

Sie hatte ihr Glas auf den Tisch gestellt. »Aber was könnten Sie mich fragen?«

»Oh, vielerlei. Zum Beispiel nach Morris Althaus. Wie gut kannten Sie ihn?«

»Überhaupt nicht.«

»Er kam mindestens zweimal in Ihr Haus – in Ihr Büro. Laut Odell.«

Sie nickte. »Stimmt. Das kam mir auch in den Sinn, als ich es las – das mit dem Mord.« Sie reckte das Kinn hoch. »Ihr Ton gefällt mir nicht, Mr. Goodwin. Wollen Sie andeuten, ich hätte etwas verheimlicht?«

»Jawohl, Mrs. Bruner, das will ich. Sie haben vielleicht etwas verheimlicht. Wir können es ebensogut vor dem Essen wie hinterher klären. Sie haben Mr. Wolfe einen Auftrag erteilt, der der Unmöglichkeit so nahe kommt wie nur je ein Auftrag. Als Mindestbeitrag könnten Sie uns alles sagen, was womöglich damit zusammenhängt. Aus der Tatsache, daß Sie Morris Althaus kannten oder wenigstens mit ihm zusammentrafen, ergeben sich natürlich Fragen. Wußten Sie, daß er an einem Artikel über das FBI arbeitete? Lassen Sie mich ausreden! Wußten oder vermuteten Sie, daß das FBI an dem Mord an Morris Althaus beteiligt war? Verschickten Sie deshalb die Bücher? Kamen Sie aus diesem Grund zu Nero Wolfe? Springen Sie jetzt nicht aus dem fahrenden Zug. Wir müssen einfach alles erfahren, was Sie wissen; darum geht es jetzt.«

Sie bewahrte Haltung. Eine Frau, die, ohne mit der Wimper zu zucken, einen Scheck über hundert Mille auf den Tisch legt, war bestimmt nicht gewohnt, sich von einem Handlanger die Meinung sagen zu lassen, aber sie beherrschte sich. Sie zählte nicht bis zehn, wenigstens nicht hörbar, aber sie hob ihr Glas, trank und blickte mich gerade an; dann stellte sie das Glas ab und antwortete: »Ich habe nichts ›verheimlicht‹. Es kam mir einfach nicht in den Sinn, Morris Althaus zu erwähnen. Oder vielleicht kam es mir in den Sinn, als ich darüber nachdachte, aber nicht, als ich mich mit Mr. Wolfe unterhielt. Es war nämlich nur – ich wußte eigentlich nichts Bestimmtes. Ich weiß auch heute noch nichts. Als ich von dem Mord las, erinnerte ich mich, daß ich ihm kurz begegnet war, aber die einzige Verbindung zum FBI bestand in dem, was mir meine Sekretärin, Miss Dacos, erzählt hatte, und das war eben so dahergeredet, wie es Mädchen zu tun pflegen. Sie wußte auch nichts Bestimmtes. Daß ich die Bücher verschickte, hing nicht damit zusammen. Ich verschenkte sie, weil ich das Buch für wichtig hielt. Sind Ihre Fragen damit beantwortet?«

»Ungefähr, aber es erhebt sich sofort die nächste. Bitte vergessen Sie nicht, daß ich in Ihrem Auftrag arbeite. Was hat Ihnen Miss Dacos erzählt?«

»Nur Geschwätz. Sie wohnte im selben Haus, und sie wohnt immer noch dort. Ihr . . .«

»In welchem Haus?«

»Im selben Haus wie Morris Althaus. Im Village. Ihre Wohnung liegt im zweiten Stock, also unter seiner. Sie war an jenem Abend ausgegangen, und bald nachdem . . .«

»Am Abend, als er umgebracht wurde?«

»Ja. Bitte unterbrechen Sie mich nicht immer. Bald nachdem sie in ihre Wohnung zurückkehrte, hörte sie draußen Schritte, Leute gingen die Treppe hinunter, und weil sie neugierig ist, wollte sie wissen, wer es war. Sie trat ans Fenster und sah drei Männer aus dem Haus kommen und zur Ecke gehen; sie hielt sie für FBI-Leute. Ihr einziger Grund für diese Annahme war, daß sie so aussahen; sie sagte, sie seien ›typisch FBI‹ gewesen. Wie ich schon sagte, wußte sie nichts Bestimmtes, und ich hatte keine Ahnung, daß zwischen Morris Althaus und dem FBI eine Beziehung bestand. Sie fragen, ob ich gewußt hätte, daß er an einem Artikel über das FBI arbeitete. Nein, das wußte ich nicht, ehe Sie es mir mitteilten. Ich muß Ihren Vorwurf, ich verheimliche etwas, zurückweisen.« Sie warf einen Blick auf ihre Armbanduhr. »Es ist schon nach eins, und ich muß um zwei Uhr dreißig in einer Ausschußsitzung sein.«

Ich drückte zweimal kurz auf einen Knopf und entschuldigte mich bei ihr, weil ich sie zum Essen einlud und dann hungern ließ. Nach wenigen Minuten erschien Pierre mit der Vorspeise – Hummer –, und ich sagte ihm, er solle in zehn Minuten die Täubchen auftragen.

Ein kleines Problem mußte ich noch lösen. Formell wäre es angezeigt gewesen, ihr zu sagen, daß weder Nero Wolfe noch ich jemals etwas bezahlen durften, was wir oder unsere Gäste bei ›Rusterman‹ verzehrten, und daß unser gemeinsames Mahl daher nicht auf der Ausgabenseite der Abrechnung erscheinen würde; aber eine solche Bemerkung paßte einfach nicht zu Täubchen *à la Moscovite*, Pilzen *Polonaise*, Salat *Béatrice* und *Soufflé Arménonville.* Also sah ich davon ab. Auf Miss Dacos kam ich nicht zurück, und unser einziges Gesprächsthema blieb das FBI. Ich nahm zur Kenntnis, daß sie 607 Dankbriefe für das Buch erhalten hatte, die meist nur aus ein oder zwei höflichen Sätzen bestanden, außerdem 184 ablehnende Briefe mit teilweise ziemlich unfeinen Ausdrücken und 29 anonyme Briefe und Karten, in denen sie mit nicht gerade schmeichelhaften Namen bedacht wurde. Ich wunderte mich, daß es nur 29 waren.

Erst beim Kaffee wandte ich mich wieder Miss Dacos zu, nachdem ich ein bißchen Kopfrechnen geübt hatte. Wenn Wolfe um vier Uhr bei Hewitt wegfuhr, würde er gegen 5.30 Uhr zu Hause anlangen, aber vielleicht fuhr er auch später weg, zum Beispiel um fünf, und kam demzufolge erst um 6.30 Uhr an, und zwar einer Erfrischung höchst bedürftig nach der gefährlichen Fahrt in stockdunkler Nacht, umgeben von tausend tückischen Teufelsmaschinen. Es mußte also nach dem Abendessen sein. Als Pierre den Kaffee serviert hatte und wieder gegangen war, sagte ich zu Mrs. Bruner: »Mr. Wolfe wird natürlich mit Miss Dacos sprechen müssen. Vielleicht weiß sie tatsächlich nichts, wie Sie schon andeuteten, aber darüber wird er sich selbst Klarheit verschaffen wollen. Würden Sie sie bitten, heute abend um neun Uhr hierherzukommen? In dieses Zimmer. In unserem Büro sind vielleicht Abhörgeräte eingebaut.«

»Aber ich sage Ihnen doch, es war nur so dahergeredet!«

Ich räumte höflich ein, sie könne recht haben, aber zu Wolfes Fähigkeiten gehöre es, aus Leuten, die einfach so daherreden, etwas Nützliches herauszuquetschen. Als sie ihren Kaffee ausgetrunken hatte, führte ich sie durch die hinteren Räume zu Felix' Büro, sie rief Miss Dacos an und bestellte sie wie vereinbart.

Daraufhin geleitete ich sie die Treppe hinunter und bis zu ihrem Wagen, dann stieg ich wieder hinauf und führte mir noch eine Tasse Kaffee zu Gemüte. Ich wollte mit dem Anruf bei Wolfe warten, bis ich sicher sein konnte, daß sie mit dem Essen fertig waren. Also saß ich da und überlegte. Etwas hatte ich doch tatsächlich vergessen: Ich hatte nicht gefragt, ob Miss Dacos auch bei der Unterredung zwischen Mrs. Bruner, Morris Althaus und Frank Odell in Mrs. Bruners Büro zugegen war. Natürlich konnte uns Miss Dacos das auch sagen, aber Wolfe erwartete von mir, daß ich solche Einzelheiten klärte, und ich auch. Mit wieviel Prozent Sicherheit war anzunehmen, daß Sarah Dacos den Polizeibeamten von den drei Männern erzählt hatte? Es war überhaupt nicht anzunehmen, außer sie hätte die Information für die Polypen oder für Mrs. Bruner so oder so frisiert. Von einem Fenster des Hauses Nr. 63 aus konnte sie sie nämlich gar nicht um die Ecke zu einem Wagen gehen sehen und die Zulassungsnummer erkennen. Wir konnten höchstens eine Bestätigung bekommen, und das für die erste Möglichkeit – nämlich daß ihn das FBI umgelegt hatte –, nicht für die Möglichkeit, die uns lieber war. Aber was war schon zu machen – nach Wolfes Plan war ja keine Möglichkeit mehr sinnlos.

Plötzlich fiel mir ein, wie ich tags zuvor bei meinem Spaziergang mitten auf dem Washington Square gedacht hatte, es sei doch ein Zufall, daß die Arbor Street im Village lag und daß Sarah Dacos im Village wohnte. Jetzt sah es ganz so aus, als sei das weit mehr als bloßer Zufall; es konnte sich wieder einmal um Ursache und Wirkung handeln.

Um drei Uhr begab ich mich in Felix' Büro und wählte Hewitts Nummer. Ich weiß nicht, wie ungeschickt sich die Leute in dem Palast dort mit Anrufen anstellen. Es dauerte volle vier Minuten, bis endlich Wolfes Stimme ertönte: »Ja, Archie?«

»Ja und nein«, sagte ich, »aber mehr ja als nein. Ich bin bei ›Rusterman‹. Mrs. Bruner und ich haben hier zusammen gegessen. Wenn Sie vor sechs Uhr dreißig zurückkommen, kann ich noch vor dem Abendessen berichten. Wir könnten zur Abwechslung einmal hier essen, weil um neun Uhr jemand kommt, der etwas mit Ihnen zu besprechen hat.«

»Wohin? Zu ›Rusterman‹?«

»Jawohl, Sir.«

»Aber warum denn? Warum nicht ins Büro?«

»Hier ist es praktischer; es sei denn, Sie wünschen nichts sehnlicher, als daß eine anziehende junge Dame ein paar Stunden lang praktisch auf Ihrem Schoß sitzt und das Radio mit voller Lautstärke dudelt?«

»Was für eine junge Dame?«

»Sarah Dacos, Mrs. Bruners Sekretärin. Ich berichte, sobald Sie kommen.«

»Falls ich überhaupt komme. Na schön.« Er legte auf.

Ich wählte die Nummer, die ich am allerbesten kenne, und sagte Fritz, wir würden bei ›Rusterman‹ zu Abend essen, und er müsse die Wildbretnieren bis morgen in der Marinade liegen lassen. Dann suchte ich Mrs. Althaus' Nummer im Telefonbuch, aber noch als es klingelte, überlegte ich, daß ich sie lieber nicht am Telefon fragen wollte. Ich wollte nur wissen, ob sie ihren Sohn je ein Mädchen namens Sarah Dacos hatte erwähnen hören, aber ich mußte ja noch drei Stunden totschlagen und konnte ebensogut ein wenig spazierengehen. Ich fragte also nur, ob sie mich vorlassen würde, wenn ich gegen halb fünf vorbeikäme, und sie bejahte. Im Hinausgehen teilte ich Felix mit, Wolfe und ich kämen zum Abendessen.

9

Da saß ich wieder in dem schalldichten Zimmer, bequem zurückgelehnt, heftete den Blick auf meine Zehen und wurstelte mich in Gedanken zum zehntenmal durch den ganzen Wirrwarr. Wolfe erschien tatsächlich zwanzig vor sieben, Felix führte ihn herein. Da ich wußte, daß Felix um diese Tageszeit unten am meisten zu tun hatte, schickte ich ihn weg, nahm Wolfes Mantel ab, hängte ihn auf und fragte nach dem Verlauf der Fahrt.

Er ließ sich knurrend in den Sessel fallen, den Marko Vukcic vor Jahren zur ausschließlichen Benutzung seines Freundes Nero Wolfe angeschafft hatte. Zwischen Wolfes Besuchen steht der Sessel in dem Zimmer, das einst Markos private Höhle gewesen war. »Ich bin zu dem Schluß gelangt«, ließ Wolfe sich vernehmen, »daß jeder heute lebende Mensch halb Idiot und halb Held ist. Nur Helden können in diesem verrückten Wirbel überleben, und nur Idioten wünschen sich das.«

»Sie werden sich besser fühlen, wenn Sie erst etwas gegessen haben. Felix hat Waldschnepfen.«

»Weiß ich längst.« Er funkelte mich an. »Ihnen macht es Spaß!«

»Wenigstens bisher. Jetzt bin ich nicht mehr so sicher. Was ist mit Hewitt?«

»Verdammt, ihm macht es auch Spaß! Es ist alles vorbereitet. Saul war wie immer eine große Hilfe. Befriedigend.«

»Mein Bericht ist vielleicht nicht befriedigend, hat aber doch einige Vorzüge. Um mit dem Schluß anzufangen: Mrs. Althaus erklärt, sie habe ihren Sohn nie von Sarah Dacos sprechen hören.«

»Warum sollte er auch von ihr sprechen?«

»Einer der Vorzüge. Ursache und Wirkung.«

Ich ließ meine Meldung vom Stapel und berichtete von den Gesprächen wörtlich, von den Handlungen in allen Einzelheiten, nicht zu vergessen die Begegnung mit den Männern. Es war unsere erste echte Feindberührung, und ich fand, er müsse wissen, wie wir uns verhalten hatten. Der Sessel war zwar zum Zurücklehnen und Augenschließen nicht so bequem wie seiner im Büro, aber er tat's zur Not, und wir fühlten uns fast wie im trauten Heim. Als ich fertig war, bewegte er keinen Muskel, auch nicht an den Augen, etwa um sie aufzuschlagen. Drei volle Minuten tiefster Stille saß ich ab, dann wagte ich, mich zu äußern.

»Ich verstehe selbstverständlich vollkommen, daß das alles Sie unendlich langweilt – falls Sie sich überhaupt die Mühe des Zuhörens gemacht haben. Ihnen ist es völlig einerlei, wer Morris Althaus umgebracht hat. Sie interessieren sich einzig und allein für das gewagte Übertölpelungsmanöver, das Sie da aushecken, und zum Teufel mit der Frage, wer wen ermordet hat. Ich weiß es sehr zu schätzen, daß Sie nicht schnarchen, denn ich bin ein empfindsames Gemüt.«

Seine Augen klappten auf. »Pfui! Ich könnte ›befriedigend‹ sagen, und das tue ich auch: befriedigend. Aber Sie hätten weitermachen können. Sie hätten diese Person schon heute nachmittag und nicht erst heute abend hierherbestellen können.«

Ich nickte. »Sie sind nicht nur gelangweilt, sondern Ihre Querverbindungen sind eingeklemmt. Sie sagten, die zweite Möglichkeit sei uns bei weitem am liebsten, also ist uns daran gelegen, herauszuknobeln, ob wir sie irgendwie beweisen können. Sarah Dacos war damals im Haus – vielleicht nicht, als er erschossen wurde, aber doch kurz danach. Vielleicht könnte sie die Sache aufklären, so oder so. Wenn Sie wollen . . .«

Die Tür ging auf, Pierre kam mit einem vollbeladenen Tablett herein. Ich sah auf die Uhr: 7.15. Also hatte er Felix Viertel nach sieben angegeben; diese Hausregel hatte er noch nicht über Bord geworfen, und sicher würde er sich an ein weiteres ungeschriebenes Gesetz halten: nämlich kein Wort über geschäftliche Dinge bei Tisch. Er stand auf und ging hinaus, um sich die Hände zu waschen. Als er zurückkam, hatte Pierre die Muscheln vorgelegt und stand bereit, um ihm den Sessel hinzuschieben. Er ließ sich hineinplumpsen, spießte eine Muschel auf die Gabel, führte sie zum Mund, beschäftigte Zunge und Zähne damit, schluckte, nickte und sagte: »Mr. Hewitt hat vier Kreuzungen zwischen *Miltonia sanderae* und *Odontoglossum pyramus* zum Blühen gebracht. Eine davon verdient einen besonderen Namen.«

Also hatten sie zu einem Besuch im Orchideenhaus Zeit gefunden.

Gegen halb acht Uhr erschien Felix und fragte, ob er kurz stören dürfe, um das Problem der Beförderung von Langusten per Luftfracht von Frankreich her zu erörtern. Es stellte sich heraus, daß das, was er eigentlich wollte, Wolfes Segen zu gefrorenen Langusten war, und den bekam er natürlich nicht. Aber er war ein Dickkopf, und sie stritten immer noch, als Pierre Sarah Dacos hereinführte. Sie kam pünktlich. Ich nahm ihr den Mantel ab, und auf meine Frage sagte sie, sie würde gern eine Tasse Kaffee trinken. Ich geleitete sie zum Tisch und wartete, bis Felix weg war, ehe ich Wolfe ihren Namen nannte.

Er mustert Männer, aber nicht Frauen, denn er ist überzeugt, daß jeder Eindruck, den man von einer Frau gewinnt, unbedingt falsch sei. Er blickte Sarah Dacos natürlich an, da er sich ja mit ihr unterhalten mußte. Er nehme an, Mrs. Bruner habe ihr von ihrem Gespräch mit mir berichtet?

Sie war nicht so heiser wie neulich im Büro, die haselnußbraunen Augen waren nicht so lebendig. Nach Mrs. Bruners Ansicht hatte sie einfach so dahergeredet; vielleicht befürchtete sie jetzt, daß sie ein bißchen zuviel geredet hatte. Ja, Mrs. Bruner habe es ihr erzählt.

Wolfe blinzelte. Die Beleuchtung war hier nicht so hell wie im Büro, und außerdem hatten seine Augen einen schweren Tag hinter sich. »Im Mittelpunkt meines Interesses steht Morris Althaus«, sagte er. »Kannten Sie ihn gut?«

Sie schüttelte den Kopf. »Nein, eigentlich nicht.«

»Sie lebten aber unter einem Dach.«

»Schon – aber Sie wissen ja, daß das in New York nichts zu bedeuten hat. Ich zog vor ungefähr einem Jahr dort ein, und als wir uns eines Tages in der Eingangshalle begegneten, merkten wir, daß wir uns schon früher gesehen hatten, und zwar in Mrs. Bruners Büro an dem Tag, als er mit einem Herrn Odell dort war. Danach gingen wir gelegentlich zusammen zum Abendessen – vielleicht zweimal im Monat.«

»Es kam nicht zu Vertrautheiten?«

»Nein. Was Sie auch unter ›Vertrautheiten‹ verstehen mögen – wir waren nicht intim.«

»Damit ist diese Frage erledigt, und wir kommen zur Hauptsache: Freitag abend, zwanzigster November. Waren Sie auch an diesem Abend mit Mr. Althaus zum Essen aus?«

»Nein.«

»Aber Sie gingen aus.«

»Ja. Ich war bei einem Vortrag in der New School.

»Allein?«

Sie lächelte. »Sie sind wie Mr. Goodwin, Sie möchten unbedingt beweisen, daß Sie Detektiv sind. Ja, ich war allein. Es war ein Vortrag über Fotografie. Ich interessiere mich dafür.«

»Um welche Zeit kamen Sie in Ihre Wohnung zurück?«

»Kurz vor elf. Etwa zehn Minuten vor elf. Ich wollte die Elfuhrnachrichten hören.«

»Und dann? Bitte erzählen Sie so genau wie möglich.«

»Da gibt es nicht viel zu erzählen. Ich trat ins Haus und ging die Treppe hinauf – es gibt nur eine Treppe – in meine Wohnung. Dort zog ich den Mantel aus und holte mir ein Glas Wasser, und als ich mich gerade umziehen wollte, hörte ich draußen im Treppenhaus Schritte. Es klang, als wolle jemand schleichen, und das weckte meine Neugier. Das Haus hat nur vier Stockwerke, und die Mieterin im Obergeschoß war nicht da, sie war nach Florida gefahren. Ich huschte ans Fenster, öffnete es so weit, daß ich den Kopf hinausstecken konnte, und da kamen drei Männer aus dem Haus und wandten sich nach links. Sie gingen rasch und verschwanden um die Ecke.« Sie unterstrich ihren Bericht mit Handbewegungen. »Das ist alles.«

»Haben die Männer gehört, daß Sie das Fenster öffneten, und hinaufgeschaut?«

»Nein. Ich hatte das Fenster schon offen, als sie herauskamen.«

»Unterhielten sie sich?«

»Nein.«

»Haben Sie sie erkannt? Einen von ihnen?«

»Nein, natürlich nicht.«

»Das ist nicht ›natürlich‹. Also Sie haben keinen erkannt?«

»Nein.«

»Könnten Sie sie identifizieren?«

»Nein. Ich habe ihre Gesichter nicht gesehen.«

»Ist Ihnen irgend etwas Besonderes an ihnen aufgefallen – Größe, Gangart?«

»Nun – nein.«

»Nicht?«

»Nein.«

»Und dann gingen Sie zu Bett.«

»Ja«.

»Hatten Sie vorher irgendein Geräusch über sich, in Mr. Althaus' Wohnung, gehört?«

»Es ist mir nichts aufgefallen. Ich ging ja hin und her, zog den Mantel aus, räumte ihn weg und ließ das Wasser laufen, damit es kalt genug zum Trinken wurde. Außerdem lag in seinem Zimmer immer ein dicker Teppich.«

»Waren Sie denn in seinem Zimmer gewesen?«

Sie nickte. »Ein paarmal. Vielleicht drei- oder viermal. Wir tranken meist etwas, ehe wir zum Essen ausgingen.« Sie griff nach ihrer Tasse, ihre Hand zitterte nicht. Ich sagte, ihr Kaffee sei kalt und ich würde ihr heißen einschenken, aber sie meinte, es sei recht so, und trank. Wolfe goß sich Kaffee ein und schlürfte einen Schluck.

»Wann und wie«, fragte er, »erfuhren Sie, daß Mr. Althaus ermordet worden war?«

»Morgens. Samstags arbeitete ich nicht und schlafe aus. Irene, die Putzfrau, kam und hämmerte gegen die Tür. Es war nach neun Uhr.«

»Dann riefen Sie also die Polizei an?«

»Ja.«

»Sagten Sie der Polizei, Sie hätten drei Männer aus dem Haus kommen sehen?«

»Ja.«

»Sagten Sie auch, daß Sie sie für FBI-Agenten hielten?«

»Nein. Das war mir ... es war ... ich hatte wohl einen Schock. Ich hatte noch nie eine Leiche gesehen.«

»Wann teilten Sie Ihren Verdacht Mrs. Bruner mit?«

Ihre Lippen bewegten sich, sie zögerte einen Augenblick.

»Am Montag.«

»Warum glaubten Sie, es seien FBI-Leute?«

»Sie sahen eben so aus. Jung und ... na ja, sozusagen athletisch, und dann ihr Gang.«

»Sie sagten, es sei Ihnen nichts Besonderes an ihnen aufgefallen.«

»Ja, ich weiß. Es war auch nicht ... ich würde es nicht als Besonderheit bezeichnen.« Sie biß sich auf die Lippen. »Ich dachte mir, daß Sie mich das fragen würden. Ich muß gestehen, ich sagte es ihr vor allem deshalb, weil ich wußte, wie sie dem FBI gegenüber eingestellt war; ich hatte gehört, wie sie über das Buch sprach. Ich dachte, sie würde gern ... ich meinte, es würde zu ihrer Einstellung passen. Es ist mir peinlich, das einzugestehen, Mr. Wolfe, wirklich sehr peinlich. Ich weiß, wie das klingt. Hoffentlich sagen Sie es Mrs. Bruner nicht.«

»Ich sage es ihr nur, wenn es zweckdienlich sein sollte.« Wolfe hob seine Tasse, trank, stellte die Tasse ab und blickte mich an. »Archie?«

»Vielleicht zwei oder drei kurze Fragen.« Ich sah sie gerade an, sie hielt meinem Blick stand. Die haselnußbraunen Augen schimmerten dunkler, wenn sie ihr Gegenüber direkt ansahen. »Selbstverständlich wird die Polizei Sie gefragt haben, wann Sie zum letztenmal mit Althaus gesprochen haben«, fing ich an. »Wann war das?«

»Drei Tage vor jenem Freitag. Am Dienstagmorgen in der Eingangshalle, nur eine oder zwei Minuten. Zufällig.«

»Erzählte er Ihnen, daß er einen Artikel über das FBI schrieb?«

»Nein. Über seine Arbeit sprach er nie mit mir.«

»Wann waren Sie zum letztenmal mit ihm zusammen – zum Abendessen oder sonst?«

»Ich weiß nicht mehr genau, welcher Tag es war. Etwa einen

Monat vorher, irgendwann im Oktober. Wir gingen zusammen zum Abendessen.«

»In ein Restaurant?«

»Ja. ›Jerry's Joint‹.«

»Haben Sie jemals eine Miss Marian Hinckley kennengelernt?«

»Hinckley? Nein.«

»Oder einen Mann namens Vincent Yarmack?«

»Nein.«

»Oder einen namens Timothy Quayle?«

»Nein.«

»Hat Althaus je einen dieser Namen erwähnt?«

»Ich kann mich nicht erinnern. Vielleicht.«

Ich sah zu Wolfe hinüber und hob die Brauen. Er starrte sie eine halbe Minute lang an, grunzte und sagte dann, er bezweifle, daß sie etwas Hilfreiches beigesteuert habe; der Abend sei also wahrscheinlich vertan. Als er noch redete, stand ich auf und holte ihren Mantel, um ihr hineinzuhelfen, da sie sich erhoben hatte. Wolfe blieb wie angenietet sitzen. Manchmal steht er auf, wenn eine Dame kommt oder geht; wahrscheinlich hat er eine diesbezügliche Regel, aber ich bin noch nie dahintergekommen. Sie meinte, ich brauche mir nicht die Mühe zu machen und sie hinunterzubegleiten, aber ich wollte ihr doch beweisen, daß sich manche Privatdetektive zu benehmen wissen, und ging mit. Unten auf dem Gehweg winkte der Page ein Taxi herbei, und sie legte mir die Hand auf den Arm und sagte, sie wäre schrecklich dankbar, wenn wir es Mrs. Bruner nicht erzählen würden; ich klopfte ihr auf die Schulter. Ein Schulterklopfen kann alles bedeuten, von einer Entschuldigung bis zu einem Versprechen, und nur der, der klopft, weiß, was gemeint ist. Als ich wieder ins Zimmer kam, saß Wolfe immer noch im Sessel und faltete die Hände über der beachtlichen Wölbung in seiner Körpermitte. Sowie ich die Tür geschlossen hatte und mich ihm zuwandte, brummte er: »Lügt sie?«

»Aber sicher«, sagte ich und setzte mich.

»Woher wollen Sie das wissen?«

»Schon gut«, entgegnete ich, »um jeden Streit zu vermeiden, will ich zugeben, daß ich mich auf anziehende junge Damen verstehe und Sie nicht, weil das nicht auf Ihrer Linie liegt. Aber selbst Ihnen dürfte etwas nicht entgangen sein: Sie ist nicht so sklavisch veranlagt, daß sie Mrs. Bruner diesen Unsinn mit den FBI-Männern auftischen würde, nur weil sie glaubt, daß diese es gern hört. Aber sie hat es Mrs. Bruner erzählt, und dafür hatte sie einen Grund, und zwar nicht das ungereimte Zeug. Sie hatte einen echten Grund, weiß der Himmel welchen. Eine Vermutung von vielen: Als sie ins Haus trat, hörte sie etwas, stieg eine Treppe höher hinauf und horchte an Althaus' Tür; sie verstand etwas von dem, was da gesprochen wurde. Diese Annahme gefällt mir nicht, denn warum hat sie es dann nicht den Polypen erzählt? Ich könnte mir eher vorstellen, daß sie es einfach nicht ausplaudern wollte. Sie wußte vielleicht, daß Althaus Material über das FBI sammelte. Er hatte ...«

»Wie sollte sie das wissen?«

»Oh, ihre Beziehungen hatten sich doch zur Vertrautheit entwickelt. Diese Lüge kommt einer Frau leicht über die Lippen, seit zehntausend Jahren behaupten sie das. Es war sehr praktisch dort, im gleichen Haus, er hatte etwas übrig für Frauen, und sie ist keine Vogelscheuche. Er hat es ihr also erzählt und ihr sogar gesagt, sie würden ihn vielleicht einmal unaufgefordert besuchen, wenn er nicht zu Hause sei. Deshalb ...«

»Deshalb stieg sie hinauf.«

»Stimmt, aber erst nachdem sie die drei Männer hatte weggehen sehen. Die Tür war verschlossen, sie besaß keinen Schlüssel, und auf ihr Klopfen oder Läuten machte niemand auf. Ich beantwortete lediglich Ihre Frage, ob sie lügt. Sie lügt.«

»Dann brauchen wir die Wahrheit. Finden Sie sie heraus.«

Das war wieder einmal typisch. Er glaubt nämlich nicht, daß ich imstande bin, ein Mädchen auszuführen, ein paar Stunden mit ihr zu tanzen und am Schluß ihre tiefsten Geheimnisse mit nach Hause zu bringen. Aber er tut so, als ob er es glaube, weil er sich einbildet, ich würde mich dann um so mehr anstrengen.

»Ich werde es mir überlegen«, antwortete ich. »Ich werde es überschlafen – auf der Couch. Darf ich das Thema wechseln? Gestern abend fragten Sie mich, ob ich mir ein Manöver ausdenken könne, das Wragg in dem Glauben bestärkt, einer seiner Männer habe Althaus umgebracht; ich sagte, ich könne es nicht. Aber jetzt ist mir etwas eingefallen. Sie beschatten Sarah Dacos, also wissen sie, daß sie hier war, und es ist fast sicher, daß sie es auch von Ihnen wissen. Außerdem wissen Sie, daß sie in der Arbor Street wohnt, aber nicht, was sie an jenem Abend sah oder hörte. Deshalb wissen sie nicht, was sie Ihnen heute abend hier erzählt hat. Aber sie werden annehmen, daß es sich um den bewußten Abend handelte. Das sollte nützen.«

»Möglich. Befriedigend.«

»Ja, nur ... Wenn wir jetzt im Taxi zu Cramer nach Hause fahren und eine Stunde bei ihm bleiben, werden sie todsicher annehmen, daß wir eine heiße Spur in seinem ungeklärten Mordfall gefunden haben und daß wir sie Sarah Dacos verdanken. Das würde noch mehr nützen.«

Er schüttelte den Kopf. »Sie haben Mr. Cramer unser Ehrenwort gegeben.«

»Das Ehrenwort erstreckt sich nur auf die Tatsache, daß er mich kommen ließ und auspackte. Jetzt gehen wir zu ihm, weil wir uns bei dem Versuch, dem FBI auf die Schliche zu kommen, für Morris Althaus interessieren und weil uns Sarah Dacos etwas über den Mord berichtet hat, was Cramer unserer Ansicht nach unbedingt wissen sollte. Unser Ehrenwort ist nach wie vor Gold wert.«

»Wieviel Uhr ist es?«

Ich sah nach. »Drei Minuten vor zehn.«

»Mr. Cramer liegt bestimmt schon im Bett, und wir haben nichts für ihn.«

»Aber sicher. Wir haben jemanden, der aus irgendeinem Grund annimmt, es seien FBI-Männer gewesen, und das für sich behält. Es wäre ein gefundenes Fressen für Mr. Cramer.«

»Nein. Es ist unser Fund. Miss Dacos geben wir erst an Mr. Cramer weiter, wenn wir sie selbst haben. Falls uns das je gelingt.« Er schob seinen Sessel zurück. »Quetschen Sie's aus ihr heraus. Aber morgen. Ich bin müde. Jetzt gehen wir nach Hause und ins Bett.«

10

Um 10.35 Uhr am Samstagmorgen drehte ich einen Schlüssel in der Tür des Hauses Nr. 63 in der Arbor Street um, stieg drei Treppen hinauf, benutzte einen zweiten Schlüssel und betrat die Wohnung, die einmal Morris Althaus gehört hatte.

Das Problem, *es* aus Sarah Dacos herauszuquetschen, packte ich mit der an mir gerühmten Spitzfindigkeit an. Ich muß zugeben, daß es wie ein Umweg aussah, vor allem in Anbetracht der Tatsache, daß die Zeit drängte, aber die Aussichten auf Erfolg waren größer, als wenn ich sie überredet hätte, im ›Flamingo‹ einen Abend lang mit mir zu tanzen. Die Tatsache, daß die Zeit knapp war, ging ganz öffentlich aus einem Artikel auf der 28. Seite der Morgenzeitung hervor, den ich beim Frühstück in der Küche gelesen hatte. Die Überschrift lautete:

DAUMENHALTEN?

Die Mitglieder des Vereins *›Ten for Aristology‹*, eines der exklusivsten Feinschmeckerclubs New Yorks, glauben offensichtlich nicht, daß sich Ereignisse wiederholen. Lewis Hewitt, vermögend, prominent, Orchideenzüchter und Aristologe, wird den Club am Donnerstagabend, dem 14. Januar, in sein Haus auf Long Island zum Abendessen einladen. Nero Wolfe, der bekannte Privatdetektiv, wird das Menü zusammenstellen, und Fritz Brenner, Mr. Wolfes Koch, wird die Speisen zubereiten. Mr. Wolfe und Archie Goodwin, sein Assistent, werden als Gäste anwesend sein.

Diese Zusammenkunft erinnert an eine frühere, bei der Mr. Brenner ebenfalls ein Abendessen für die *Ten for Aristology* bereitete und an der Mr. Wolfe und Mr. Goodwin als Gäste teilnahmen. Sie fand vor Jahren im Hause des Reeders Benjamin Shriver statt. Vincent Pyle, Clubmitglied und Chef einer Maklerfirma in der Wallstreet, wurde dabei mit Arsen vergiftet, und zwar befand sich das Gift in seiner Portion des ersten Ganges, die ihm Carol Annis servierte. Diese wurde später des Mordes überführt.

Gestern rief unser Reporter, der sich an diese frühere Einladung erinnerte, Mr. Hewitt an und fragte ihn, ob einer der *Ten for Aristology* (Aristology bedeutet Wissenschaft vom Essen) gezögert habe, die Einladung anzunehmen, und Mr. Hewitt verneinte. Als der Reporter ihn fragte, ob er den Daumen halten würde, daß alles gut gehe, antwortete er: »Wie soll ich das bewerkstelligen? Dann könnte ich ja nicht mit Messer und Gabel hantieren.«

Die Speisen werden zweifellos vorzüglich sein.

Das genaue Datum, Donnerstag, der 14., war die Einzelheit, um die ich mit Wolfe am letzten Donnerstagabend am erbittertsten gestritten hatte. Ich war der Ansicht, er solle es offenlassen und in die Zeitung setzen ›an einem Abend dieses Monats‹. Wolfe entgegnete, wenn Hewitt die Clubmitglieder telefonisch unterrichte, müsse er ein Datum angeben. Ich meinte, er könne ihnen sagen, der Tag sei noch nicht festgesetzt, weil alles davon abhänge, wann Fritz irgend etwas per Luftfracht aus Frankreich erhielte. Feinschmecker sind verrückt nach jetfrischen Leckerbissen aus Frankreich. Aber Wolfe hatte nicht nachgegeben, und jetzt standen wir unter Zeitdruck: nur noch fünf Tage.

Gleich nach dem Frühstück hatte ich Mrs. Althaus angerufen und gefragt, ob sie zehn Minuten Zeit für mich hätte. Sie hatte bejaht, und ich war hingegangen, natürlich ohne mich um meine Schatten zu kümmern. Je mehr sie mich auf der Althaus-Linie arbeiten sahen, um so besser. Ich erklärte ihr, es seien Entwicklungen eingetreten, über die wir sie unterrichten würden, sobald wir sie ganz überblickten, und es wäre eine große Hilfe, wenn sie mich alles sehen ließe, was sich in der Wohnung ihres Sohnes befunden hatte, oder wenigstens das, was noch da war. Sie erwiderte, es sei noch alles dort. Der Mietvertrag laufe noch fast ein Jahr, und sie hätten noch nicht versucht, die Wohnung weiterzuvermieten. Soweit sie wußte, hatte auch die Polizei nichts verändert; zumindest hatte sie nicht um Erlaubnis gefragt. Ich versprach, nichts mitzunehmen ohne ihre Einwilligung, und ohne ihren Anwalt oder auch nur ihren Mann anzurufen, ging sie hinaus und holte die Schlüssel. Vielleicht machte ich mehr Eindruck auf Frauen mittleren Alters als auf junge Mädchen, aber das sollte mal einer Wolfe sagen!

Um 10.35 Uhr am Samstagmorgen betrat ich also die Wohnung des verstorbenen Morris Althaus, schloß die Tür hinter mir und ließ die Blicke schweifen. Wie Sarah Dacos gesagt hatte, war der Teppichboden dick. Ich sah eine breite Couch mit einem Rauchtisch davor, einen bequemen Sessel bei einer Stchlampe, vier Stühle, einen kleinen Tisch mit einem Metallgegenstand darauf, der genausogut von einem Kind hätte stammen können, das mit Werkzeug und Alteisen geschickt umzugehen verstand, einen großen Schreibtisch mit wenig darauf, abgesehen vom Telefon, und eine Schreibmaschine auf ihrem eigenen Tisch. Eine Wand wurde fast ganz von einem Bücherregal eingenommen. Über die Bilder an den anderen Wänden sage ich lieber nichts. Sie hätten sich hervorragend für ein Ratespiel geeignet.

Ich legte Hut und Mantel auf die Couch und begab mich auf die Wanderung: zwei Wandschränke im Wohnzimmer; Badezimmer, kleine Küche, Schlafzimmer mit Einzelbett, Kommode, Toilettentisch, zwei Stühle und ein Wandschrank voll Kleider; auf dem Toilettentisch gerahmte Fotografien seiner Eltern: Also hatte er der Familie nicht den Rücken gekehrt, nur dem Geschäft. Nach diesem allgemeinen Eindruck begann ich, mich im Wohnzimmer etwas genauer umzusehen. Es war dunkel, weil die braunen Vorhänge zugezogen waren, deshalb drehte ich sämtliche Lichter an. Überall lag fingerdick Staub, aber ich war ja rechtmäßig und mit Genehmigung hier und machte mir deshalb nicht die Mühe, Handschuhe anzuziehen.

Natürlich erwartete ich nicht, etwas Auffälliges zu finden, da die Polizei die Wohnung schon durchsucht hatte, aber sie hatte dabei niemanden im Sinn gehabt – ganz im Gegensatz zu mir, denn ich dachte an Sarah Dacos. Eine Aufzählung aller Gegenstände in der ganzen Wohnung, hauptsächlich der Inhalt der Schubladen und Wandschränke, wäre jetzt sicher interessant, würde aber zuviel Platz beanspruchen. Ich möchte daher nur eines erwähnen, nämlich die 384 Seiten des unvollendeten Romans. Ich las eineinhalb Seiten davon. Hätte ich das Ganze durchlesen wollen, um zu sehen, ob ein Mädchen darin vorkam, das mich an Sarah Dacos erinnerte, so hätte ich den ganzen Tag gebraucht.

Der einzige sonst noch erwähnenswerte Gegenstand befand sich in der untersten Schublade der Kommode im Schlafzimmer. In buntem Wirrwarr mit vielen anderen Dingen lagen dort ungefähr ein Dutzend Fotos. Von Sarah Dacos war kein Bild dabei, aber von Althaus selbst. Er lag darauf seitlich auf der

Couch im Wohnzimmer, mit nichts bekleidet als mit seiner Haut. Er mußte ziemlich gut in Form gewesen sein, mit allerhand Muskeln und flachem Bauch, aber die Rückseite der Fotografie war bei weitem interessanter als die Vorderseite. Jemand hatte nämlich ein Gedicht darauf geschrieben, oder wenigstens ein paar Zeilen eines Gedichts. Da ich inzwischen die Genehmigung erhielt, es abzudrucken, kann ich es auch hier zitieren:

Bold Lover, ever, ever shalt thou kiss,
And win the willing goal, and never leave;
She will not fade, and thou shalt have thy bliss,
Forever wilt thou love, and she be fair!

Ich kenne nicht alle Gedichte auf der Welt, aber Lily Rowan besitzt ein ganzes Regal mit Gedichtbänden und hat es gern, wenn ich ihr bei bestimmten Gelegenheiten Gedichte vorlese; also war ich fast sicher, daß ich dieses Gedicht auch schon gelesen hatte, aber irgend etwas stimmte daran nicht. Ich bemühte mich, den Fehler zu finden, aber es gelang mir nicht. Na ja, die Hauptfrage war: Wer hatte das Gedicht auf das Bild geschrieben? Althaus nicht, seine Handschrift hatte ich auf mehreren Blättern in der Wohnung gesehen. Sarah Dacos? In diesem Fall hatte ich etwas in der Hand, sogar eine ganze Menge. Ich legte das Bild auf die Kommode und suchte noch eine ganze Stunde weiter, zog aber nur Nieten.

Ich hatte Mrs. Althaus versprochen, ohne ihre Erlaubnis nichts mitzunehmen, doch jetzt war ich stark in Versuchung. Ich konnte die Fotografie mitnehmen, natürlich nicht aus dem Haus hinaus, sondern nur eine Treppe tiefer, ich konnte an Sarah Dacos' Tür klopfen und, falls sie zu Hause war – an einem Samstag durchaus denkbar –, das Bild hervorzaubern und sie fragen: »Haben Sie das geschrieben?« Die Versuchung war fast übermächtig. Aber nein, es war viel zu direkt. Es half nichts, ich mußte auf Umwegen bleiben. Ich ging daher aus dem Haus zur nächsten Telefonzelle, wählte Mrs. Bruners Nummer, und als sie sich meldete, sagte ich, ich würde gern bei ihr vorbeikommen und sie etwas fragen. Sie antwortete, sie sei bis ein Uhr zu Hause. Es war erst zwanzig nach zwölf. Ich winkte ein Taxi herbei.

Sie erwartete mich in ihrem Büro an ihrem Schreibtisch. Zuerst fragte sie, ob Miss Dacos vereinbarungsgemäß erschienen sei, und meinte, sie habe eigentlich angenommen, ihre Sekretärin würde anrufen, aber bis jetzt habe sie das noch nicht getan. Ich sagte, doch, sie sei gekommen und sehr hilfsbereit gewesen. Das ›sehr‹ betonte ich besonders, weil es immerhin möglich war, daß unser Gespräch abgehört wurde. Dann setzte ich mich, beugte mich vor und flüsterte: »Macht es Ihnen etwas aus, wenn wir flüstern?«

Sie runzelte die Stirn. »Das ist doch lächerlich!«

»Ja«, hauchte ich, »aber sicherer. Sie brauchen nicht viel zu sagen. Ich hätte nur gern eine Probe von Miss Dacos' Handschrift. Das muß Ihnen natürlich noch lächerlicher vorkommen, ist es aber nicht. Fragen Sie mich nicht, warum, ich kann es Ihnen nicht erklären. Ich befolge meine Anweisungen. Entweder vertrauen Sie Mr. Wolfe, daß er den Auftrag ausführt, und zwar richtig, oder Sie vertrauen ihm nicht.«

»Warum in aller Welt . . .«, setzte sie an, aber ich winkte ab.

»Wenn Sie nicht flüstern wollen«, flüsterte ich, »geben Sie mir einfach, worum ich Sie gebeten habe, und ich verziehe mich.«

Als ich fünf Minuten später aus dem Haus trat, bereichert um zwei Proben von Sarah Dacos' Handschrift – die eine bestand aus neun Zeilen auf einem Kalenderblatt, die andere aus einer sechszeiligen Notiz für Mrs. Bruner –, durchdrang mich die Überzeugung, daß Frauen mittleren Alters das Rückgrat des Landes waren. Sie hatte kein Wort geflüstert, hatte nur in einer Schublade gewühlt, die Notiz herausgefischt, das Blatt vom Kalender abgerissen, mir beides überreicht und laut gesagt:

»Teilen Sie mir mit, wenn sich etwas ergibt.« Danach hatte sie sich wieder mit ihren Papieren befaßt. Eine vorbildliche Klientin.

Im Taxi prüfte ich die Proben, und als ich die drei Treppen in der Arbor Street 63 hinaufstieg, war ich schon zu neunzig Prozent sicher. In Althaus' Schlafzimmer holte ich mir die Fotografie, kuschelte mich gemütlich in den bequemen Sessel unter der Stehlampe im Wohnzimmer und verglich. Ich bin kein Diplomgraphologe, aber das war auch gar nicht nötig.

Die Person, die die Proben geschrieben hatte, war ohne jeden Zweifel identisch mit der Schreiberin des Gedichts. Wahrscheinlich hatte sie das Foto auch aufgenommen, aber das tat nichts zur Sache. Ich zog nur eine Schlußfolgerung: daß Sarah Dacos' Gedächtnis sie im Stich gelassen hatte, als sie behauptete, es sei nicht zu ›Vertrautheiten‹ gekommen.

Eine Frage mußte ich sofort entscheiden: Sollte ich Mrs. Althaus anrufen und sie um Erlaubnis bitten, die Fotografie mitzunehmen, oder sollte ich das Bild in der Wohnung lassen? Die zweite Möglichkeit erschien mir als zu gewagt, denn Sarah konnte sich irgendwie Zugang verschaffen, das Bild finden und mitnehmen. Ich holte mir deshalb ein Blatt Maschinenpapier aus dem Schreibtisch, faltete es und legte die Fotografie hinein. Sie war fast zu groß für meine Brusttasche, aber ich quetschte sie hinein. Dann vergewisserte ich mich gewohnheitsmäßig, daß alles so war, wie ich es vorgefunden hatte, und zog mit meiner Beute ab. Als ich beim Hinuntergehen an Sarah Dacos' Wohnungstür vorbei kam, warf ich ihr eine Kußhand zu. Plötzlich kam mir in den Sinn, die Tür habe mehr verdient als einen Kuß, ich trat näher und schenkte dem Schloß einen Blick. Es war dieselbe Marke wie an Althaus' Tür, nichts Besonderes.

In derselben Zelle, aus der ich Mrs. Bruner angerufen hatte, wählte ich Mrs. Althaus' Nummer. Als ich sie an der Leitung hatte, teilte ich ihr mit, ich hätte die Wohnung in bester Ordnung verlassen, und fragte, ob sie die Schlüssel sofort zurückhaben wolle. Sie sagte, es habe keine Eile, ganz wie es mir passe.

»Übrigens nehme ich, wenn Sie einverstanden sind, doch etwas mit, und zwar eine Fotografie eines Mannes aus einer Schublade. Ich möchte sehen, ob jemand sie erkennt. Darf ich?«

Sie meinte, das klinge ja sehr geheimnisvoll, aber gewiß, ich könne das Bild mitnehmen. Zu gern hätte ich ihr gesagt, wieviel ich von Frauen mittleren Alters hielt, aber dafür waren wir doch noch nicht bekannt genug. Ich wählte eine andere Nummer. Eine Dame meldete sich, und ich sagte ihr, ich möchte Miss Rowan sprechen; nach kurzem hörte ich die vertraute Stimme.

»In zehn Minuten essen wir zu Mittag. Komm und halte mit.«

»Du bist zu jung für mich. Ich bin zu der Einsicht gelangt, daß Frauen unter Fünfzig ... Was sind sie?«

»Na, ›unergiebig‹ wäre zum Beispiel ein hübsches Wort.«

»Zu lang. Ich überlege mir einen anderen Ausdruck und sage ihn dir heute abend. Zweierlei habe ich dir mitzuteilen. Erstens: Ich muß um Mitternacht zu Hause sein. Ich schlafe nämlich im Büro und ... ich erkläre es dir dann mündlich.«

»Allmächtiger! Hat er dein Zimmer vermietet?«

»Du hast den Nagel auf den Kopf getroffen, er hat es tatsächlich für eine Nacht vermietet. Mehr sage ich nicht. Augenblick.« Ich nahm den Hörer in die rechte Hand und holte mit der linken das Bild aus der Brusttasche. »Hier habe ich ein Gedicht. Hör mal zu.« Ich trug es ihr mit viel Gefühl vor. »Kennst du das?«

»Natürlich. Und du auch.«

»Nein, aber es kommt mir bekannt vor.«

»Kein Wunder. Wo hast du's her?«

»Das erzähle ich dir später einmal. Was ist es?«

»Es ist eine Verballhornung der letzten vier Zeilen der zweiten Strophe von Keats' ›Ode auf eine griechische Urne‹. Ziemlich geschickt gemacht, aber mit Keats sollte sich niemand so einen Spaß erlauben. Du bist ein ganz ordentlicher Detektiv, du tanzt wie ein Engel und hast andere hervorragende Eigenschaften, aber ein Schöngeist wirst du nie. Komm und deklamiere Keats!«

Ich sagte ihr, sie sei zu ›unergiebig‹, legte auf, steckte das Bild wieder ein, trat hinaus und fuhr zum fünftenmal in fünf Stunden Taxi. Die Klientin konnte es sich ja leisten.

Es war fünf Minuten vor zwei, als ich Hut und Mantel in der Halle verstaute, den Kopf in die Eßzimmertür steckte und Wolfe, der am Tisch saß, mitteilte, es sehe nach Schnee aus und rieche auch so. Dann marschierte ich in die Küche. Wenn ich mittag beim Essen hereinplatze, setze ich mich nicht zu Wolfe, denn wir stimmen darin überein, daß es der Atmosphäre schadet, wenn der eine Fleisch oder Fisch hinunterschlingt, während der andere bei Nachtisch oder Käse trödelt. Fritz servierte mir den Rest des gebackenen Fischs auf meinem Frühstückstisch, und ich fragte ihn, wie er mit dem Menü für das Schlemmermahl nächsten Donnerstag weiterkomme.

»Darüber spreche ich nicht«, entgegnete er. »Ich sage überhaupt nichts mehr, Archie. Vor dem Essen hat er über eine Stunde lang in meinem Zimmer gesessen, bei plärrendem Fernsehgerät. Wenn es so gefährlich ist, mache ich den Mund nicht mehr auf.«

Ich sagte beschwichtigend, zur Alsenrogenzeit seien bestimmt wieder normale Verhältnisse eingekehrt, und er hob die Arme gen Himmel und seufzte.

Als ich nach dem Essen ins Büro kam, stand Wolfe beim Globus drüben, ließ ihn kreisen und starrte ihn finster an. Der Freund, der ihm diesen Globus geschenkt hatte, den größten, den ich kenne, konnte nicht wissen, als welch große Hilfe dieser sich erweisen würde. Immer wenn die Lage so kritisch wird, daß Wolfe sich weit weg wünscht, kann er zum Globus hinüberspazieren und sich die Orte aussuchen, die dafür in Frage kämen. Einfach herrlich. Als ich hereinschlenderte, fragte er, ob ich etwas hätte, und da ich nickte, verfügte er sich an seinen Schreibtisch; ich stellte das Radio auf volle Lautstärke, schob einen gelben Sessel dicht neben ihn und begann zu berichten. Ich brauchte nicht lange, denn ich hatte ja keine Gespräche zu wiederholen, nur Taten zu beschreiben. Den Anruf bei Lily Rowan ließ ich unter den Tisch fallen, denn er war rein privater Natur gewesen.

Er las das Gedicht zweimal durch, gab mir die Fotografie zurück und bemerkte, Sarah Dacos habe ein Gefühl für Rhythmus.

»Ich sagte ja schon, sie sei keine Sklavennatur«, entgegnete ich. »Ganz nett, so etwas mit den letzten vier Zeilen der zweiten Strophe von Keats' ›Ode auf eine griechische Urne‹ anzustellen.«

Er kniff die Augen zusammen und warf mir einen schrägen Blick zu. »Zum Kuckuck, woher wissen Sie das? Sie lesen doch keinen Keats.«

Ich zuckte die Schultern. »Damals in Ohio, in meiner Knabenzeit. Wie Sie wissen, ist mein Gedächtnis nicht das schlechteste. Ich prahle nicht damit, aber etwas muß ich doch auf mein Konto buchen.« Ich klopfte auf die Fotografie. »Das da! Wir wissen, warum sie lügt: Sie ist nämlich beteiligt. Vielleicht nicht sehr stark, womöglich wollte sie nur nicht zugeben, daß sie eng mit ihm befreundet war, so eng, daß er mit ihr über das FBI redete. Oder auch sehr stark. ›Ewig wirst du küssen‹ und ›immerwährend lieben‹. Aber er wollte ein anderes Mädchen heiraten, deshalb erschoß sie ihn, wahrscheinlich mit seiner eigenen Waffe: Die zweite Möglichkeit, die uns bei weitem am liebsten wäre. Es dürfte aber schwierig sein, Sarah festzunageln. Vielleicht kann sie beweisen, daß sie damals bei dem Vortrag war, aber nicht, um welche Zeit sie wegging. Vielleicht war sie überhaupt nicht dort. Sie blieb den ganzen Abend in der Arbor Street Nummer dreiundsechzig, setzte sich mit dem kühnen Liebhaber auseinander und erschoß ihn, ehe die Männer kamen. Gefällt Ihnen das?«

»Als Mutmaßung schon.«

»Dann sollte ich mich um die Sache mit dem Vortrag kümmern. Vielleicht hat sie ein hieb- und stichfestes Alibi. Wie Cramer sagte, gingen die FBI-Agenten gegen dreiundzwanzig Uhr weg und hatten selbstverständlich die ganze Wohnung durchgekämmt, ob sie ihn nun abknallten oder nicht; sie holten sich das Material, das er zusammengetragen hatte. Also kamen sie nicht früher als zweiundzwanzig Uhr dreißig, oder sagen wir sogar zweiundzwanzig Uhr vierzig. Falls sie ihn umlegte, war sie fort, ehe sie eintrafen. Die New School liegt in der zwölften Straße. Wenn jemand sie um zweiundzwanzig Uhr zwanzig oder auch schon etwas früher bei dem Vortrag gesehen hat, ist sie aus der Sache raus. Ich werde mich mal erkundigen.«

»Nein.«

»Nicht?«

»Nein. Wenn das FBI entweder durch Überwachung oder durch Zufall erfährt, daß Sie der Sache nachgehen, rechnen sie sich aus, daß wir Sarah Dacos als Mörderin ernsthaft in Betracht ziehen, und das wäre eine Katastrophe. Wir müssen die Illusion aufrechterhalten, wir seien überzeugt, ein Beamter des Federal Bureau of Investigation habe Morris Althaus erschossen, und sammelten diesbezügliches Beweismaterial; sonst fallen unsere Vorbereitungen für nächsten Donnerstag wie ein Kartenhaus zusammen. Als Flankenschutz mußten wir erfahren, ob Miss Dacos gelogen hat, und das ist Ihnen gelungen; sie hat gelogen. Befriedigend. Sie log, um die Tatsache zu verschleiern, daß sie sich kompromittiert hatte, und das genügt uns. Ob ihre Beteiligung nur in Intimitäten bestand, die sie nicht ans Licht gezerrt wissen will, oder ob sie ihn eigenhändig umbrachte, ist für uns nicht von Belang.«

»Cramer würde viel darum geben, wenn er es wüßte. Schließlich hat er uns das Steuer in die Hand gedrückt. Ich werde ihn anrufen und es ihm sagen, um mein Gewissen zu entlasten.«

»Nein! Erst wenn wir unser Gewissen entlastet und den Auftrag erledigt haben, widmen wir uns unserer Verpflichtung ihm gegenüber. Falls es sich ohne zu große Mühe machen läßt, fangen wir den Mörder für ihn. Wenn es kein FBI-Agent ist, wie er es erwartet und hofft, wird er uns nicht viel Dank wissen; aber wir sind ihm wenigstens nichts mehr schuldig.«

»Dann vergessen wir den Mord bis Donnerstag?«

»Ja.«

»Einfach traumhaft! Die Agenturen sind heute und morgen geschlossen, daher kann Hewitt sich erst am Montag umsehen. Ich bin heute abend im ›Flamingo‹ zu finden, falls sich etwas ereignen sollte, falls zum Beispiel Hewitt anruft und erklärt, es sei ihm doch zu umständlich und wir sollten uns jemand anderes suchen. Auf morgen hat Miss Rowan Freunde zum Essen eingeladen, und ich bleibe hinterher noch dort und helfe ihr die Aschenbecher leeren. Irgendwelche Anweisungen für heute nachmittag?«

»Stellen Sie das Radio ab«, knurrte er.

11

Es quälte mich vier Tage und vier Nächte lang, vom Samstagnachmittag bis Mittwoch früh, bis ich mich dazu aufraffte, aus eigener Initiative etwas zu unternehmen.

Die Sache hat zwei Seiten. Erstens: Sollte sich die Vermutung hinsichtlich Sarah Dacos als Tatsache erweisen, so hatte ich Beweismaterial vom Tatort eines Mordes entfernt und hielt es zurück. Sicher, die Polypen hatten Gelegenheit gehabt, überall herumzustöbern, sie hatten auch bestimmt die Fotografie gesehen, aber nicht mitgenommen, und Mrs. Althaus hatte mir die Schlüssel gegeben; doch das war nur ein rechtliches Hintertürchen. Die zweite Seite beunruhigte mich wirklich. Cramer hatte dafür gesorgt, daß wir unsere Lizenzen behielten, wenigstens bis jetzt; mich, Archie Goodwin, hatte er zu einem Gespräch eingeladen, mir eine Tüte Milch spendiert und mich auf einen Mord angesetzt. Ich habe gar nichts dagegen, mit Polypen Katz und Maus zu spielen, das macht zuweilen Spaß und ist von Zeit zu Zeit nötig, aber jetzt lagen die Dinge anders. Ich hatte eine Schuld bei Cramer abzutragen.

Es bedrückte mich also, aber etwas anderes regte mich noch viel mehr auf, nämlich der Auftritt, den Wolfe inszenierte, der unglaublichste in der Geschichte unseres Hauses. Zuviel, eigentlich fast alles, entzog sich dabei unserer Kontrolle. So rief ich zum Beispiel am Montagabend von einer Zelle aus bei Hewitt an und fragte ihn, wie er vorwärtskomme, und er sagte großspurig, er habe den einen Schauspieler bei einer Agentur und den anderen bei einer anderen engagiert, und sie kämen beide am Dienstagnachmittag zu ihm; ich fragte, ob er sich vergewissert habe, daß der Schauspieler für mich fahren konnte und einen Führerschein besäße, und er sagte, er habe vergessen, sich zu erkundigen, aber ein Auto fahren, das könne doch jeder! Dabei war dieser Punkt äußerst wichtig, und das wußte er. Er erklärte, er würde sich sofort vergewissern. Bei anderen Einzelheiten war er zuverlässig; so rief er wie vereinbart am Dienstagmittag bei uns an, entschuldigte sich wortreich bei Wolfe und sagte, er könne zu seinem größten Bedauern nur zwölf statt zwanzig *Phalaenopis Aphrodite* mitschicken und überhaupt kein *Oncidium flexuosum.* Er wolle versuchen, die Sendung am Mittwoch gegen Mittag auf den Weg zu bringen, so daß sie um zwei Uhr ankommen sollte. Das machte er großartig. Auch sein Anruf am Dienstagabend war in Ordnung; er berichtete über die Einkäufe und Vorbereitungen zum Abendessen der *Ten for Aristology*, aber das war für ihn ja nur Routine und überhaupt kein krummes Ding.

Den ganzen Montag über und auch noch Dienstag besprachen Wolfe und ich ein Problem. Wir stritten nicht, wir redeten in aller Ruhe darüber: Sollte ich Wragg, den verantwortlichen Sonderagenten, anrufen, mich irgendwo mit ihm verabreden, ihm mitteilen, daß Wolfe genug Material über den Althaus-Mord gesammelt habe, um die Sache wirklich heiß zu machen; weiterhin: daß ich aussteigen wolle und mich erböte, ihm alles für zehn- oder zwanzig- oder fünfzigtausend Dollar zu überlassen? Das Dumme war, daß wir ihn nicht kannten. Vielleicht schluckte er den Köder, aber es konnte auch genau die entgegengesetzte Wirkung eintreten, daß er nämlich Lunte roch. Am Dienstagmorgen entschieden wir uns schließlich dagegen. Es war zu gewagt, und wir hatten zuwenig Zeit.

Als ich am Mittwochmorgen um neun Uhr den Aufzug summen hörte und Wolfe demzufolge in den Plantagenräumen steckte, nahm ich meine zweite Tasse Kaffee mit ins Büro, setzte mich und befaßte mich mit einem Gedanken, der mich schon seit Montag früh nicht mehr in Ruhe ließ. Ehe der Wagen mit der Orchideensendung gegen zwei Uhr ankam, blieb mir ohnehin nichts zu tun; wir hatten alles vorbereitet, soviel ich wußte, und das war nicht sehr viel. Als der Kaffee ausgetrunken war, zeigte die Uhr erst zwanzig Minuten nach neun, und Sarah Dacos begann ihre Arbeit bei Mrs. Bruner sicher nicht vor 9.30 Uhr oder sogar erst um zehn Uhr. Ich trat an den Schrank, schloß die Schublade auf, in der wir unsere Schlüsselsammlung verwahrten, und traf eine bestimmte Auswahl. Das war einfach, denn ich wußte ja, um was für ein Schloß es sich handelte.

Aus einer anderen Schublade bediente ich mich mit einem Paar Gummihandschuhen.

Um 9.35 Uhr rief ich bei Bruner an, und wirklich, es war schon jemand dort. »Hier Büro Mrs. Bruner, guten Morgen.«

»Guten Morgen. Miss Dacos?«

»Ja.«

»Hier Archie Goodwin. Vielleicht muß ich im Lauf des Tages Mrs. Bruner sprechen, und ich möchte nur fragen, ob sie da sein wird.«

Sie sagte, es komme darauf an, wann ich sie sprechen wolle, aber Mrs. Bruner habe die Absicht, von 15.30 bis 17.30 Uhr im Büro zu sein; ich entgegnete, ich würde gegebenenfalls anrufen.

Sie saß also an der Arbeit. Ich mußte allerdings riskieren, ihre Putzfrau anzutreffen. In der Küche sagte ich Fritz, ich ginge telefonieren, dann holte ich in der Halle Hut und Mantel, verließ das Haus und setzte mich in der Ninth Avenue in ein Taxi.

Für das Haus Nr. 63 in der Arbor Street besaß ich noch den Schlüssel von Mrs. Althaus, daher hatte ich ein sauberes Gewissen, bis ich an Sarah Dacos' Wohnungstür stand und meine Schlüsselsammlung herauskramte. Als ich zweimal vergeblich geklopft und zweimal auf die Klingel gedrückt hatte, versuchte ich es mit einem Schlüssel. Schon der vierte paßte. Leicht und geräuschlos schloß ich auf. Ich zog die Handschuhe an, betätigte den Drehknauf, schob die Tür auf, schritt über die Schwelle, schloß die Tür hinter mir und hatte damit den Tatbestand des Einbruchs erfüllt.

Die Räume waren gleich angeordnet wie in der oberen Wohnung, aber die Einrichtung unterschied sich gewaltig. Statt Teppichboden gab es vereinzelte Brücken, eine kleinere Couch mit vielen Kissen, keinen Schreibtisch, keine Schreibmaschine, weniger Stühle, sehr viel weniger Bücher und fünf kleine Bilder, die der kühne Liebhaber gewiß dem Geschmack einer vergangenen Epoche zugeordnet hatte. Die Vorhänge waren zugezogen. Ich knipste sämtliche Lichter an, warf Hut und Mantel auf die Couch und machte einen Wandschrank auf.

Zweierlei stand fest: Die Putzfrau konnte jeden Augenblick hereinschneien, und ich hatte keine Ahnung, was ich finden würde, wenn überhaupt etwas. Es ging einfach darum, daß ich nach etwas forschte, mit dem ich meine Schuld bei Cramer wegen der Milchtüte abtragen konnte, ohne Rücksicht darauf, was am Donnerstagabend geschehen würde. Ein rascher Überblick war also notwendig, und ich verwandte nur zehn Minuten auf das Wohnzimmer mit den beiden Wandschränken und wechselte dann ins Schlafzimmer hinüber.

Um ein Haar hätte ich es übersehen. Der Wandschrank im Schlafzimmer war vollgestopft mit Kleidern, Schuhen, Koffern, Taschen und Hutschachteln. Eine Reisetasche und zwei Koffer waren mit Sommerkleidern gefüllt, und die Hutschachteln überging ich. Ich hätte einen Teil meines Gehalts dafür gegeben, wenn ich gewußt hätte, ob die Putzfrau mittwochs kam. Als ich aber zehn Minuten später die Fotografien in einer Schublade durchsah, dachte ich plötzlich, wie idiotisch es sei, die Hutschachteln zu übergehen und dann Zeit zu verschwenden mit einem Haufen Fotografien, aus denen ich nichts Neues erfahren konnte; deshalb rückte ich mir einen Stuhl an den Wandschrank, stieg hinauf und holte die Hutschachteln herunter. Es waren drei. In der ersten lagen drei Hüte und zwei Bikinis. Die zweite enthielt einen einzigen riesigen Schlapphut. Ich hob ihn heraus, und auf dem Grund der Schachtel lag ein Revolver. Fünf Sekunden lang starrte ich ihn an, dann nahm ich ihn heraus und untersuchte ihn. Es war ein Smith & Wesson, Kaliber 38, und eine von sechs Kugeln fehlte.

Da stand ich mit dem Ding in der Hand. Ich hätte hundert zu eins gewettet, daß dies der Revolver war, für den Althaus einen Waffenschein besessen hatte, und daß aus ihm die Kugel stammte, die ihn getötet und daß Sarah Dacos auf den Abzug gedrückt hatte. Aber sollte doch der Teufel sämtliche Wetten holen!

Die Frage war, was ich jetzt damit anfangen sollte. Wenn ich ihn mitnahm, würde er nie mehr als Beweisstück bei einem Mordprozeß zugelassen werden, da ich ihn mir unrechtmäßig angeeignet hatte. Wenn ich ihn hierließ und von einer Zelle aus Cramer anrief, er solle sich einen Haussuchungsbefehl für Sarah Dacos' Wohnung beschaffen, würden zwar die Polypen den Revolver entdecken; aber wenn das FBI innerhalb der nächsten 36 Stunden davon erfuhr, was höchstwahrscheinlich war, dann platzte die große Schau am Donnerstagabend. Und wenn ich ihn schließlich in der Hutschachtel ließ und Cramer nicht verständigte, konnte Sarah Dacos sehr leicht auf den Gedanken kommen, der heutige Abend sei genau der richtige, um das Ding in den Fluß zu werfen.

Damit blieb mir nur eine Möglichkeit, und ich brauchte mich nur noch zu entscheiden, wo ich ihn verstecken sollte. Ich setzte den Hut wieder in die Schachtel und die Hutschachteln ins Fach, stellte den Stuhl an seinen Platz zurück und sah mich um. Im Schlafzimmer fand sich nichts Passendes, deshalb versuchte ich es im Wohnzimmer. Es war jetzt wichtiger als je, daß ich nicht von einer Putzfrau oder sonst jemandem gestört wurde. Ich untersuchte die Couch und entdeckte, daß unter dem Polster ein Federrost war und unter dem Rost ein Sperrholzboden. Gar nicht übel. Falls sie die Hutschachtel herunterholte und den Revolver nicht mehr vorfand, nahm sie sicher nicht an, daß er nur an einer anderen Stelle in der Wohnung versteckt worden war; sie würde also gar nicht danach suchen. Ich legte den Revolver auf den Sperrholzboden unter dem Federrost, sah mich um, ob alles so war, wie ich es angetroffen hatte, packte Hut und Mantel und hatte es so eilig mit dem Hinauskommen, daß ich fast vergaß, die Gummihandschuhe auszuziehen, ehe ich auf die Straße trat.

Im Taxi mußte ich mich mit der nächsten Frage herumschlagen: Sollte ich es Wolfe erzählen oder nicht? Sollte ich nicht lieber warten, bis der Donnerstagabend überstanden war? Die Antwort war höchst einfach, aber es ist ja allgemein bekannt, daß wir unseren Verstand martern, um komplizierte Gründe zum Umgehen einfacher Antworten zu finden. Als das Taxi vor dem alten Backsteinhaus hielt, fielen mir keine weiteren Gründe mehr ein, und ich stand vor der traurigen Tatsache, daß dies mit zunehmendem Alter sich auch nicht ändern würde.

Es war zehn Minuten nach elf. Also mußte Wolfe sein Morgenpensum bei den Orchideen erledigt haben, aber im Büro saß er nicht. Wolfe stand am großen Tisch und blickte gebannt auf Fritz, der sich über einen langen Räucherstör beugte und ihn beschnupperte. Sie hörten mich nicht kommen, aber Fritz sah mich, als er sich aufrichtete, und Wolfe wandte sich um und fragte: »Wo sind Sie gewesen?«

Ich sagte, ich hätte etwas zu berichten. Er befahl Fritz, die Koteletts bis Viertel nach zwei fertig zu machen, denn länger wolle er nicht warten. Er schlurfte ins Büro, ich hinter ihm her. Zuerst schaltete ich das Radio ein. Als ich einen gelben Sessel heranrückte, sah ich drei Schraubenzieher auf seiner Schreibunterlage liegen, einen aus meinem Schreibtisch und zwei aus der Küche, und konnte mir ein Grinsen nicht verkneifen. Also hatte er das Werkzeug selbst bereitgelegt. Ich ließ mich in den Sessel fallen und sagte, ich hätte angenommen, er wolle früh zu Mittag essen. Er entgegnete, da hätte ich mich geirrt, denn wenn der Mensch schon Gäste habe, solle er sich auch mit ihnen zusammen zu Tisch setzen.

»Dann haben wir ja reichlich Zeit, um über meinen kurzen Bericht zu sprechen«, sagte ich. »Da Sie so viel im Kopf haben, könnte ich es auch für mich behalten, aber es wird Ihnen nicht unangenehm sein zu erfahren, daß sich die von uns bevorzugte Möglichkeit als richtig erwiesen hat. Ich ging nämlich spazieren und kam zufällig am Haus Nummer dreiundsechzig in der Arbor Street vorbei, und ebenfalls aus Zufall hatte ich einen Schlüssel in der Tasche, der in das Schloß an Sarah Dacos' Wohnungstür paßte, deshalb trat ich ein und sah mich um, und in einer Hutschachtel in einem Wandschrank fand ich einen Revolver, einen Smith and Wesson achtunddreißig. Eine Kugel war verschossen. Wie Sie wissen, erfuhr ich von Cramer, daß Althaus einen Waffenschein für einen solchen Revolver besaß und daß die Waffe nicht in seiner Wohnung war, nur eine Schachtel Patronen in einer Schublade. Sarah Dacos . . .«

»Was haben Sie damit angefangen?«

»Woandershin gelegt. Er nahm sich nicht gerade fein aus in einer Schachtel mit einem Damenhut, deshalb habe ich ihn unter den Federrost der Couch gelegt.«

Er atmete tief, hielt einen Augenblick die Luft an und stieß sie wieder aus. »Sie hat ihn erschossen«, knurrte er.

»Richtig. Das wollte ich sagen, als Sie mich unterbrachen.«

»Wird sie ihn finden?«

»Nein. Selbst wenn sie ihn vermißt, wird sie nicht danach suchen, so viel verstehe ich von anziehenden jungen Damen. Vielleicht erhebt sie ein großes Geschrei; dann wird es problematisch für mich. Wenn ich Cramer von dem Revolver erzähle, sitze ich in der Klemme. Wenn ich es ihm nicht sage, habe ich schlaflose Nächte.«

Er schloß die Lider. Es dauerte nur zwei Augenblicke, bis er sie wieder aufschlug. »Sie hätten mir sagen müssen, daß Sie hingehen!«

»Nein. Es war eine höchst private Besorgung, bei der es um eine Tüte Milch ging. Selbst wenn Sarah hübsch ruhig bleibt, wird es problematisch, falls wir morgen abend eine Pleite erleben. Nichts als Wenn und Aber. Eigentlich wollte ich von einer Zelle aus Hewitt anrufen und ihn fragen, ob die Orchideen verpackt sind. Soll ich?«

»Nein, er hat zu tun. Revolver können doch identifiziert werden?«

»Klar. Fachleute machen das heutzutage selbst dann, wenn die Nummer weggefeilt ist. Cramer wird die Nummer des Revolvers kennen, für den Althaus einen Waffenschein besaß.«

»Dann gibt es keine Probleme. Ich muß mich jetzt um den Stör kümmern.« Er wuchtete sich aus seinem Sessel hoch und beeilte sich, zur Tür zu kommen. Kurz davor blieb er stehen, drehte sich um und sagte: »Befriedigend.« Dann war er endgültig draußen. Ich schüttelte den Kopf und schüttelte ihn immer noch, als ich den gelben Sessel an seinen Platz stellte. Keine Probleme – Himmel! Ich dachte, wenn ich ein derart ausgeprägtes Selbstbewußtsein hätte, wäre ich Chef des FBI, merkte aber sofort, daß das ganz falsch ausgedrückt war. Ich räumte Schlüssel und Handschuhe weg und begab mich in die Küche, um mir ein Glas Milch zu genehmigen, da wir ja doch sehr spät essen würden.

Da immer noch zwei Stunden Zeit blieb, vielleicht auch mehr, begab ich mich auf einen Rundgang durchs Haus, zuerst zwei Treppen hoch in mein Zimmer, um nachzusehen, ob für die Gäste, die sich in mein Bett würden teilen müssen, alles vorbereitet war. Fritz hat in meinem Zimmer nichts zu suchen; es gehört mir, und ich räume selbst auf. Alles war in schönster Ordnung, nur die beiden Kissen, die ich mir morgens aus dem Wandschrank gezerrt hatte, waren nicht gleich groß, aber da war nichts zu machen. Dann prüfte ich das Südzimmer, das über Wolfes Zimmer liegt und in dem zwei weitere Gäste übernachten sollten. Es war unnötig, da Fritz nie Fehler macht, aber ich mußte ja die Zeit totschlagen.

Irgendwie gelang mir das.

Ich erwartete sie frühestens um zwei Uhr, aber ich hätte es besser wissen müssen, denn Saul organisierte die Sache. Wolfe befand sich in der Küche, und ich sah gerade im Vorderzimmer neben dem Büro nach, ob Wolldecken auf dem Sofa lagen, als die Klingel schrillte. Ich blickte auf die Uhr: zwanzig vor zwei, also konnte es nicht der Lastwagen sein. Er war es aber doch. Durch den Spion in der Diele sah ich einen dicken Muskelprotz mit Lederjacke auf der Treppe stehen. Als ich die Tür öffnete, röhrte er mir entgegen: »Nero Wolfe? Orchideen für Sie!«

Ich trat hinaus. Am Randstein stand ein großer grüner Lastwagen mit roter Aufschrift an der Seite. Ein zweiter Riese stand hinten und riß die Türen auf. Ich bemerkte ziemlich laut, es sei verdammt kalt für Orchideen, und ich wollte helfen. Bis ich mich in meinen Mantel gewickelt hatte und wieder draußen war, hatten sie schon eine Kiste an den hinteren Rand gezerrt und kippten sie herunter. Zufällig kannte ich ihre genauen Maße – Höhe 60 cm, Länge 150 cm, Tiefe 90 cm –, denn ich hatte schon oft Orchideen in solche Kisten gepackt und zum Versand an Händler oder zu Ausstellungen. An der Seite stand in dicken Buchstaben:

ZERBRECHLICH – VERDERBLICH
TROPISCHE PFLANZEN
SO WARM WIE MÖGLICH HALTEN

Ich sprang auf den Gehweg, aber sie hoben die Kiste herunter, packten die Handgriffe und brauchten offensichtich keine Hilfe, nicht einmal die Treppe hinauf. Oben hielt Wolfe die Tür auf, und sie schlurften hinein. Das Nächstliegende war für mich, an Ort und Stelle zu bleiben und den Lastwagen zu bewachen, und das tat ich auch. Im Laderaum standen noch fünf weitere Kisten, alle gleich groß. Eine der fünf mußte selbst für die beiden Kraftmeier eine ganz nette Last sein, aber ich wußte nicht, welche es war. Es stellte sich heraus, daß es die zweitletzte war. Als sie sie vorsichtig herunterkippten und die Handgriffe packten, sagte der eine: Donnerwetter, die stecken wohl in Bleitöpfen?«, aber der andere murmelte: »Nee, in Gold!« Ich fragte mich, ob wohl einer vom FBI in Hörweite stand. Ohne zu stolpern, schleppten sie die Kiste die Vortreppe hinauf, obwohl sie annähernd drei Zentner wog – wenigstens hoffte ich das. Als sie die letzte Kiste hineinhievten, ging ich mit. Wolfe unterschrieb den Lieferschein, und ich gab jedem von ihnen zwei Dollar; dann wartete ich, bis sie auf dem Gehweg waren, ehe ich die Haustür schloß und verriegelte.

Die Kisten standen in einer Reihe in der Halle, das Radio im Büro plärrte laut, und Wolfe fummelte mit einem Schraubenzieher an der drittletzten Kiste. Ich fragte ihn, ob er es genau wisse, und als er nickte und sagte, ein X sei mit Kreide darauf, holte ich mir auch einen Schraubenzieher. Es waren nur acht Schrauben, und in wenigen Minuten hatten wir sie herausgedreht. Ich hob den Deckel ab, und da lag Saul Panzer mit angezogenen Beinen wie ein Embryo. Ich neigte die Kiste, aber Saul, der, abgesehen von Ohren und Nase, ziemlich klein geraten ist, wälzte sich schon herum und sprang auf die Beine.

»Wie geht es Ihnen?« begrüßte ihn Wolfe.

»Nicht besonders gut«, war die Antwort. Saul streckte sich. »Kann ich sprechen?«

»Ja, das Radio läuft.«

Er reckte sich immer noch. »War das eine Fahrt! Na, hoffentlich leben die anderen noch.«

»Ich möchte mich vergewissern«, sagte Wolfe, »daß ich ihre Namen richtig verstanden habe. Mr. Hewitt gab sie Archie telefonisch durch.«

»Ashley Jarvis. Das sind Sie. Dale Kirby ist Archie. Jetzt sollten wir sie aber befreien.«

Es war das erste und einzige Mal in meinem Leben, daß mir Herren in Kisten vorgestellt wurden.

»Gleich«, entgegnete Wolfe. »Haben Sie ihnen genaue Verhaltensregeln eingeschärft?«

»Jawohl, Sir. Sie dürfen nicht sprechen, kein Wort, außer

wenn Sie oder Archie sie dazu auffordern. Sie wissen nicht, wer das Haus präpariert hat und es beobachtet, auch nicht, warum, aber sie glaubten Hewitts Versicherung, sie seien nicht in Gefahr und es werde auch nicht gefährlich. Er hat ihnen je fünfhundert Dollar überreicht, Sie sollen ihnen weitere fünfhundert aushändigen. Er gab ihnen auch die von Ihnen unterzeichneten Erklärungen. Ich glaube, sie werden ihrer Aufgabe gerecht.« Er senkte die Stimme ein wenig. »Kirby ist besser als Jarvis, aber es wird schon gehen.«

»Wissen sie, daß sie im Zimmer bleiben müssen und nicht ans Fenster treten dürfen?«

»Ja. Außer wenn sie – äh – proben.«

»Haben sie die passenden Anzüge für Donnerstag abend?«

»In der Kiste dort.« Saul deutete mit dem Finger darauf. »Unsere Sachen sind auch drin, einschließlich Revolver. Ihren und Archies Hut und Mantel werden sie natürlich tragen müssen.«

Wolfe verzog das Gesicht. »Na ja. Jetzt zuerst Fred und Orrie.«

»Sie sind gekennzeichnet.« Er nahm Wolfe den Schraubenzieher aus der Hand, trat an die Kiste, auf die mit Kreide ein Kreis gezeichnet war, und sagte zu mir: »Orrie hat ein Dreieck.« Ich suchte und fand das Dreieck und machte mich an die Schrauben. Er hatte Fred befreit, ehe ich zu Orrie durchdrang, weil eine der Schrauben verbogen war. Den beiden war ebenfalls befohlen worden, nichts zu sagen, wenn sie nicht dazu aufgefordert wurden, und als sie sich streckten und ich ihre mißmutigen Gesichter sah, war ich froh darüber. Ich suchte Sauls Blick, hob die Brauen, schlug mir auf die Brust, und er wies auf die letzte Kiste. Ich ging hin und schraubte sie auf.

Ich bin mir bewußt, daß Berufsschauspieler viel Übung darin haben, nur das zu sagen, was verlangt wird, und den Mund zu halten, wenn es in den Bühnenanweisungen steht, aber trotzdem zog ich im Geist den Hut vor Ashley Jarvis und Dale Kirby. Sie hatten zwei fürchterliche Stunden hinter sich, hauptsächlich Jarvis, der mindestens so viele Kilos am Leibe trug wie Wolfe, nur nicht so gut verteilt. Wir mußten seine Kiste auf die Seite kippen, damit er herauskrabbeln konnte, und dann blieb er gute fünf Minuten lang auf dem Boden liegen, lehnte jede Hilfestellung ab und rieb sich Arme und Beine; aber als er sich schließlich hochgerappelt hatte, wandte er sich zu Wolfe um und verbeugte sich formvollendet vor ihm. Kirby hatte sich nicht vor mir verneigt, aber er hatte auch keinen Ton gemuckst. Während wir warteten, daß Jarvis auf die Beine kam, hatte er Freiübungen zur Radiomusik gemacht.

Saul hatte recht: Sie waren ihrer Aufgabe gewachsen. Kirby war einen Zentimeter kleiner als ich, aber sonst genau richtig gebaut. Jarvis war genauso groß wie Wolfe. Seine Schultern waren nicht ganz so breit, und sein Bauchumfang betrug ein paar Zentimeter mehr, aber wenn er einen Mantel trug, würde es niemand merken. Die Gesichter waren mittelmäßig, aber die Sache sollte ja im Dunkeln vor sich gehen, und keiner vom FBI würde in ihre Nähe kommen.

Wolfe erwiderte die Verbeugung mit einem Nicken, sagte: »Kommen Sie, meine Herren« und trat ins Büro. Statt sich sofort an seinen Schribtisch zu setzen, rückte er einen gelben Sessel in die Mitte des Teppichs, der so dick war, daß er schallschluckend wirkte, und steuerte auf den nächsten zu. Ich holte noch zwei Sessel, Saul und Fred griffen sich auch je einen, und wir setzten uns alle in zwei Kreisen, Wolfe, Jarvis und Kirby innen. Aber Wolfe murmelte: »Das Geld, Archie.« Ich stand also noch einmal auf, trat zum Stahlschrank und holte zwei Bündel zu je fünfundzwanzig Zwanzigdollarscheinen, die dort bereitlagen.

Wolfe ließ den Blick zwischen Jarvis und Kirby hin- und

herwandern. »Das Essen ist fertig«, sagte er, »aber zuerst noch ein paar Kleinigkeiten. Bitte, Archie.«

Ich überreichte es ihnen, jedem ein Bündel. Jarvis sah es nur kurz an und stopfte es in die Seitentasche. Kirby dagegen zog eine Brieftasche hervor, legte die Scheine säuberlich hinein und steckte die Brieftasche wieder an ihren Platz.

»Mr. Hewitt teilte Ihnen mit«, fuhr Wolfe fort, »Sie würden je tausend Dollar erhalten, und jetzt haben Sie sie. Seit ich Sie aber aus den Kisten heraussteigen sah, bin ich der Überzeugung, daß Sie die tausend bereits verdient haben. Falls Sie alles andere zufriedenstellend erledigen, werde ich daher zu der Überzeugung gelangen, daß Sie weitere tausend Dollar verdient haben, und die werden Sie auch bekommen. Freitag oder Samstag.«

Jarvis machte den Mund auf, erinnerte sich aber gerade noch rechtzeitig und klappte ihn wieder zu. Er deutete auf Kirby, schlug sich an die Brust und blickte Wolfe fragend an.

Wolfe nickte. »Zweitausend Dollar. Tausend für jeden von Ihnen. Rücken Sie etwas näher heran, Mr. Kirby, ich muß leise sprechen. Sie werden achtundzwanzig Stunden hier sein. In dieser ganzen Zeit dürfen Sie kein einziges Geräusch verursachen, das einem Lauscher Ihre Anwesenheit in diesem Haus verraten könnte. Ihr Zimmer liegt zwei Treppen höher. Bitte, benutzen Sie die Treppe, nicht den Aufzug. Falls Sie etwas brauchen, wenden Sie sich an den Herrn, der im Flur vor Ihrem Zimmer stehen wird. Wenn Sie einander etwas sagen müssen, flüstern Sie. In Ihrem Zimmer stehen mehrere Dutzend Bücher. Falls keines davon Ihrem Geschmack entspricht, dürfen Sie sich aus den Regalen hier im Büro bedienen. Kein Radio oder Fernsehen. Sie werden Dr. Goodwins und meine Haltung und Gangart genau beobachten müssen, dazu wird Gelegenheit sein. Auf unsere Stimmen brauchen Sie nicht zu achten, das ist nicht nötig.« Er schürzte die Lippen. »Ich glaube, das ist alles. Wenn

Sie Fragen haben, stellen Sie sie jetzt ganz leise an meinem Ohr. Möchten Sie etwas fragen?«

Sie schüttelten den Kopf.

»Dann wollen wir jetzt zu Tisch gehen. Das Radio schalten wir ab. Beim Essen sprechen wir nicht über berufliche Dinge. Außer Mr. Goodwin und mir darf niemand reden.«

Er erhob sich.

12

Diese achtundzwanzig Stunden möchte ich nicht noch einmal erleben.

Wenn man durch den Wald läuft und weiß, daß er voll Heckenschützen steckt und daß auf jedem Baum einer sitzen kann, braucht man nur Mut und scharfe Augen. Wenn man aber nicht sicher ist, ob Heckenschützen irgendwo lauern, sondern es nur vermutet, ändert sich die Lage. Was nutzt dann Mut und ununterbrochene Wachsamkeit? Wir wußten nicht sicher, daß das Haus präpariert war, wir vermuteten es nur. Wenn sich Jarvis oder Kirby den Finger in der Badezimmertür klemmten und »Au!« oder »Verdammt!« schrien, platzte womöglich das ganze Manöver, aber nur vielleicht, und das war das Nervenaufreibende an der Sache. Immer wenn ich zwischendurch die Treppe hinaufspurtete, um nachzusehen, ob Saul oder Fred oder Orrie im Flur Wache standen und nicht die Nase voll hatten und zu schwatzen anfingen, kam ich mir wie ein Esel vor. Erwachsene Männer gucken nicht jeden Abend ängstlich unters Bett, ob ein Einbrecher drunterliegt.

Die zwei Mahlzeiten verliefen ausgesprochen komisch, denn nur Wolfe und ich führten das Tischgespräch, und Wolfe steuerte das meiste dazu bei, während die anderen fünf stumm in sich hineinfutterten und zuhörten. Jeder sollte das mal ausprobieren. Ich konnte nicht einmal einen von ihnen um die Butter bitten, ich konnte nur deuten. Und wenn wir zusammen etwas arbeiteten, zum Beispiel die Kisten in den Umtopfraum hinaufschleppten und übereinanderstapelten, konnte ich auch nichts sagen, denn wen hätte ich ansprechen sollen?

Nur einmal verließ ich das Haus, und zwar am Mittwoch spät nachmittags, um Hewitt von einer Zelle aus anzurufen und ihm mitzuteilen, daß die Sendung in gutem Zustand eingetroffen sei, und um Tom Halloran vom Autosalon ins Bild zu setzen.

Immerhin gab es auch Lichtblicke, zwei am Mittwoch und vier am Donnerstag, als Jarvis Wolfe beobachtete. Jarvis stellte sich unten an die Treppe und oben an die Treppe und studierte Wolfes Bewegungen beim Hinauf- und Heruntersteigen, und in der Halle studierte er sein Verhalten auf ebener Strecke. Bei der zweiten Probe am Donnerstag gab es keinen Zweifel mehr, daß sich Jarvis über Wolfe lustig machte und dessen Gesichtausdruck von Herzen genoß, aber mir machte es ebenfalls diebisches Vergnügen. Natürlich beobachtete mich Kirby genauso, aber das erforderte keine besondere körperliche Anstrengung, denn normalerweise gehe ich zehnmal oder öfter am Tag die Treppe hinauf und herunter. Nur meine Fahrweise konnte Kirby nicht studieren. Wahrscheinlich würden sie den ganzen Weg bis zu Hewitt verfolgt werden, und wenn er sich am Steuer anders verhielt als ich, konnte ein fixer Mann Verdacht schöpfen. Daher nahm ich ihn am Donnerstagmorgen mit ins Büro, drehte das Radio auf volle Lautstärke und wies ihn eine halbe Stunde lang ein.

Wenn ich heute daran zurückdenke, glaube ich, wir übersahen nicht eine einzige Einzelheit. Gegen 23 Uhr am Mittwochabend begab ich mich in mein Zimmer hinauf, das auf die 35. Straße West hinausgeht, achtete nicht mehr als gewöhnlich auf die Vorhänge, zog meinen Schlafanzug an, setzte mich aufs Bett und knipste die Nachttischlampe aus. Innerhalb weniger Minuten kamen Fred und Orrie hereingeschlichen, zogen sich im Dunkeln aus und schlüpften in mein Bett, während ich mich auf die Couch verzog. Saul schlief auf dem Sofa im Vorderzimmer, und dort machten wir überhaupt kein Licht. Wir beleuchteten es ohnehin selten.

Etwas Eigenartiges muß ich noch erwähnen. Als ich am Mittwochabend im Büro das Licht ausschaltete und mich zwischen die Leintücher auf der Couch schlängelte, dachte ich nicht an die Falle, die wir mit so großem Aufwand aufbauten, sondern an die Couch in Sarah Dacos' Wohnung. Wenn nun die Putzfrau einen Fimmel bekam, das Polster umdrehte und unter dem Federrost saubermachte? Wäre ich doch nur noch fünf Minuten länger geblieben, dann hätte ich vielleicht ein besseres Versteck gefunden!

Die zwei Mahlzeiten, von denen ich schon erzählte, waren das Mittag- und das Abendessen am Mittwoch. Frühstück und Mittagessen am Donnerstag verliefen anders, weil Fritz nicht da war. Es war mit Hewitt vereinbart, er solle um 8 Uhr einen Wagen für Fritz schicken, und der Wagen traf auch pünktlich ein. Ich trug ihm seine Reisetasche hinaus, und an der Wagentür schüttelte er mir die Hand. Verbissen blickte er vor sich hin. Offensichtlich befand er sich nicht in der richtigen Stimmung, um für eine Runde Feinschmecker Meisterwerke aus dem Ärmel zu schütteln. Mit vereinten Kräften bewältigten Saul und ich das Frühstücksproblem, und zum Mittagessen gab es kalte Reste, darunter auch den Stör, der als eßbar eingestuft worden war, zwei Flaschen Champagner und fünf Sorten Käse.

Um 16.45 Uhr am Donnerstagnachmittag saß ich mit Saul, Fred und Orrie im Büro. Theodore Horstmann, der Orchideenpfleger, der früh Feierabend machen sollte, kam die Treppe herunter, sagte gute Nacht und ging weg. Wolfe war oben in seinem Zimmer. Um 17.10 Uhr verfügte ich mich in mein Zimmer, knipste das Licht an und zog mich um. Ich hätte mich ebensogut vergewissern können, daß die Vorhänge keinen Spalt aufwiesen, und mich einfach hinsetzen können, aber es wäre nicht normal für mich gewesen, wenn ich mich um klaffende Vorhänge gekümmert hätte, und wir wollten, daß alles normal verlief. Wolfe verhielt sich in seinem Zimmer genauso. Um 17.40 Uhr stelzte ich im Abendanzug ins Büro hinunter, und um 17.45 Uhr summte der Aufzug und entließ Wolfe, der auch im Abendanzug war. Wir unterhielten uns ohne Radio über Verkehrsprobleme. Punkt 17.55 Uhr hörten wir leise Schritte in der Halle, und Jarvis und Kirby waren zur Stelle. Jarvis' Abendanzug war Wolfes Anzug, der schon bessere Tage gesehen hatte, bei weitem überlegen, aber Kirbys Anzug konnte nicht mit meinem konkurrieren, der mich ja auch um dreihundert Dollar ärmer gemacht hatte. Sie standen an der Tür. Ich sagte laut zu Wolfe, ich würde im Wagen auf ihn warten, half Kirby in meinen Mantel, reichte ihm meinen Hut und drückte mich in die Ecke außer Sichtweite, als er die Tür öffnete, über die Schwelle trat und die Tür hinter sich zuzog. Jarvis schlich herzu und blickte durch die Spionscheibe hinaus; ich hielt mich dicht neben ihm. In diesem Augenblick gingen die Lichter im Büro aus, und ich holte Wolfes Mantel und Hut für Jarvis. Nach mindestens einer halben Stunde – in Wirklichkeit waren es höchstens sechs Minuten – tauchte der Heron auf und kam am Randstein zum Stillstand. Jarvis griff an den Schalter, und die Halle wurde dunkel, aber trotzdem hielt ich mich außer Sicht, bis er draußen und die Tür zu war. Durch unseren unbezahlbaren Spion beobachtete ich ihn und kam zu dem Schluß, daß er das Sonderhonorar von tausend Dollar voll verdiente. Über Kirby konnte ich nichts sagen, weil ich nicht weiß, wie ich aussehe, wenn ich gehe, aber ich hätte geschworen, daß da Wolfe persönlich die Stufen hinunterstieg, über den Gehweg schritt und sich in den Wagen schob. Der Heron fuhr an wie auf Samt, ohne einen

Ruck, ganz wie bei mir, und da merkte ich, daß ich schon seit wer weiß wie langer Zeit den Atem anhielt.

Das Büro mußte jetzt leer sein, wenn sie die Regieanweisung befolgt hatten. Ehe das Licht in der Halle ausgegangen war, war Wolfe in die dunkle Küche geschlichen, Orrie in das dunkle Eßzimmer und Saul und Fred durch die Verbindungstür in das dunkle Vorderzimmer. Ich hatte sie nicht gehört, also hatte es auch sonst niemand vernommen. Meine Hand glitt in die Tasche und befühlte den Marley 38, dann trat ich an die Haustür, betastete den Rand, um sicher zu sein, daß sie geschlossen war, blieb eine Weile stehen, bis sich meine Augen an die Dunkelheit gewöhnt hatten, und setzte mich auf den Stuhl der Garderobe gegenüber.

Ich fühlte mich großartig. Die Spannung war abgeflaut. Es hätte auf hunderterlei Weise in die Binsen gehen können, durch Ungeschicklichkeit oder einfach aus Pech, aber da saßen wir nun friedlich, hatten alles vorbereitet und nichts zu tun, als zu warten. Entweder hatten sie beschlossen, bei uns einzubrechen, oder sie hatten es nicht beschlossen, aber das war ihr Kummer, nicht meiner. Ich wußte nicht, wie sie bei so etwas vorgingen, das weiß kein Außenstehender, aber ich wußte von vier derartigen heimlichen Besuchen in New York im Laufe des letzten Jahres und hatte von mehreren anderen munkeln hören. Es hing davon ab, ob Wragg glaubte, daß einer seiner Leute Althaus umgelegt hatte. Wenn er es glaubte, stand es zehn zu eins, daß sie erscheinen würden. Wenn er es nicht glaubte, wenn er sich irgendwie überzeugt hatte, daß seine Männer nichts mit dem Mord zu tun hatten, würden sie nicht kommen. Ob der Köder verlockend genug war, hing von ihm ab, nicht von uns. Ich fühlte mich großartig.

Als ich meinte, eine halbe Stunde sei verstrichen, trat ich an die Tür und blickte im Licht der Spionglasscheibe auf meine Uhr; als ich sah, daß es 18.22 Uhr war, fühlte ich mich etwas weniger großartig. Um acht Minuten hatte ich mich getäuscht. Es wird von mir erwartet, daß ich gut bin im Zeiteinschätzen, also war ich offensichtlich doch nicht so entspannt, wie ich dachte. Statt mich zu setzen, schlich ich durch die Halle zur Bürotür und fühlte mich noch weniger großartig, als ich zweimal die Wand streifte. Das war nicht zu entschuldigen. Zur Haustür zurückzugehen, auf das helle Rechteck zu, war natürlich ein Kinderspiel, aber, verdammt noch mal, ich sollte doch in der Lage sein, auch in pechschwarzer Finsternis geradeaus mitten durch die Halle zu laufen, die ich so gut kannte! Ich bewies mir dreimal, daß ich dazu imstande war, und setzte mich erst dann wieder auf meinen Stuhl.

Ich kann nicht genau angeben, um welche Zeit sie kamen, weil ich mir vorgenommen hatte, erst um sieben Uhr wieder auf die Uhr zu sehen, aber es war kurz vor sieben. Der trübe Lichtfleck an der Tür wurde plötzlich noch trüber, und sie waren da. Zu zweit. Der dritte stand wahrscheinlich unten auf dem Gehweg. Der eine beugte sich hinunter und betrachtete das Schloß, der andere stand auf der obersten Stufe, drehte der Tür den Rücken zu und blickte auf die Straße.

Natürlich wußten sie, daß es ein Rabsonschloß war, und hatten das richtige Handwerkszeug mitgebracht, aber er konnte noch so geschickt sein – ein Rabsonschloß bekam er nicht auf Anhieb auf, also hatte ich Zeit genug. Die Tür zum Vorderzimmer, 1,20 m von meinem Stuhl entfernt, stand offen. Ich schlich hin, steckte den Kopf hinein, zischte leise durch die Zähne und wartete auf das Antwortzeichen. Dann ging ich, ohne an die Wand zu stoßen, zur Eßzimmertür, zischte hinein und hörte die Antwort. Schließlich stellte ich mich an die Bürotür. Sie würden nicht gleich Licht machen, sobald sie das Schloß aufgebrochen hatten, sondern erst stehenbleiben und horchen.

Ich streite seither immer noch mit Saul, wie lange sie brauchten. Saul behauptet, die Tür habe sich acht Minuten nach meinem Zischen geöffnet, und ich sage, es seien zehn Minuten gewesen. Einerlei – sie ging jedenfalls auf, und im selben Augenblick schlüpfte ich ins Büro, lehnte mich links von der Tür mit dem Rücken an die Wand, legte die linke Hand hinter mir auf den Lichtschalter und holte mir der rechten den Marley aus der Tasche.

Als sie im Haus waren, horchten sie nicht länger als fünf Sekunden. Dann schritten sie geradeaus durch die Halle. Ich wandte den Kopf und sah den schwachen Lichtschein einer Taschenlampe heller werden und ins Büro hereinschwenken, und dann sah ich sie. Sie kamen drei oder vier Schritte herein und blieben stehen. Der mit der Taschenlampe ließ den Lichtkegel in die Runde schweifen, und eine Sekunde, ehe er mich getroffen hätte, schrie ich: »Auf die Plätze!«, hob den Marley und machte Licht.

Der eine riß lediglich die Augen auf, aber der andere ließ die Taschenlampe fallen und fuhr mit der Hand in die Jackettasche. Aber ich war nicht der einzige, der die Waffe zückte, denn Orrie stand schon neben mir mit seiner Pistole, und Sauls Stimme ertönte von der Tür zum Vorderzimmer: »Fertig – los!« Sie fuhren herum und sahen in zwei weitere Waffenmündungen.

»Sieht schlimm aus«, meinte ich. »Wir brauchen Ihnen nicht mal die Waffen abzunehmen, denn Sie können nicht gleichzeitig in zwei Richtungen schießen. Mr. Wolfe?«

Aber er war schon da. Er mußte aus der Küche gekommen sein, als ich »Auf die Plätze!« rief. Ich sagte: »Gehen Sie bitte um die beiden herum«, aber das tat er schon, rechts an dem roten Ledersessel vorbei, weit außerhalb ihrer Reichweite. An seinem Schreibtisch angelangt, ließ er sich nieder und beäugte sie scharf – das heißt ihre Profile, denn sie wandten ihre Gesichter Orrie und mir zu.

»Ein bedauerlicher Zwischenfall!« grunzte er. »Archie, rufen Sie die Polizei!«

Ich setzte mich in Bewegung. Dabei schlug ich keinen so großen Bogen um sie wie Wolfe. Auf halbem Weg zu meinem Schreibtisch blieb ich stehen und sagte: »Passen Sie mal gut auf. Falls Sie sich auf mich stürzen, solange ich wähle, verlassen Sie dieses Zimmer nicht auf Ihren eigenen Beinen. Wahrscheinlich kennen Sie das Gesetz, wie alle Einbrecher. Sie sind dran. Wenn Sie grob werden, knallen wir Sie ab und haben dabei vom Gesetz nichts anderes zu erwarten als ein Dankeschön.«

»Quatsch!« Das war der breite Kerl mit den eckigen Kiefern und kantigen Schultern. Der andere war größer, aber magerer. Der erste starrte mich eiskalt an. »Wir sind keine Einbrecher, und das wissen Sie.«

»Nichts weiß ich. Sie sind eingebrochen. Alles andere können Sie den Polypen erklären. Ich habe Sie gewarnt, rühren Sie sich nicht. Eine Bewegung, und es ist aus.«

Um das Telefon auf meinem Schreibtisch zu erreichen, mußte ich ihnen den Rücken zukehren. Als ich die Hand nach dem Apparat ausstreckte, schnarrte er: »Lassen Sie das Theater, Goodwin! Sie wissen verdammt genau, wer wir sind.« Er wandte sich zu Wolfe. »Wir sind Agenten des Federal Bureau of Investigation, und Sie wissen es. Wir haben nichts berührt und hatten auch gar nicht die Absicht. Wir wollten sie besuchen. Als wir klingelten, machte niemand auf, und die Tür war nicht abgeschlossen, deshalb traten wir ein.«

»Sie lügen«, stellte Wolfe ruhig fest. »Fünf Männer werden beschwören, daß die Tür verschlossen war und daß Sie nicht geklingelt haben. Vier der Männer hörten, wie Sie die Tür aufbrachen. Wenn die Polizei Sie durchsucht, wird sie Ihre Werkzeuge finden. Federal Bureau of Investigation? Pfui! Rufen Sie die Polizei, Archie, und sagen Sie, man soll Beamte herschicken, die mit zwei Raufbolden umzugehen verstehen.«

Ehe ich mich wieder zum Telefon umdrehte, rief ich: »Fred!« winkte ihm mit dem Finger und wartete, bis er da war.

Er strich fast auf Tuchfühlung an ihnen vorbei. Einmal hatte ihm ein FBI-Mann den Arm verdreht, und er hätte mit dem größten Vergnügen die Gelegenheit zur Vergeltung wahrgenommen. Er lehnte sich an Wolfes Schreibtisch, starrte sie finster an und sah mit der Waffe in der Hand gefährlicher aus, als er in Wirklichkeit ist. Er ist nämlich ein ausgesprochen netter Kerl und hat eine Frau und vier Kinder. Als ich zu wählen anfing, hätte ich hundert gegen eins gewettet, daß ich nicht bis zum Ende kam, und so war es auch. Bei der vierten Zahl schrie der mit den breiten Schultern: »Halt, Goodwin!« Mein Finger erstarrte in der Luft, und ich wandte mich um. Er fuhr mit der linken Hand in den Mantel. Ich stieß das Telefon weg und schob mich neben Fred. Die Hand des Agenten kam aus dem Mantel mit einem kleinen schwarzen Lederetui. »Ausweis!« zischte er, schlug das Etui auf und hielt es uns hin.

Das war der heikle Augenblick. Sie müssen ihre Ausweise zeigen, sollen sie aber nicht aus der Hand geben. Wolfe knurrte: »Ich werde ihn besichtigen.« Der Mann machte einen Schritt, aber Freds breite linke Hand schoß vor und schubste ihn zurück Ich streckte die Hand aus, Innenseite nach oben, und sagte nichts. Er zögerte, aber nicht lange und legte den Ausweis in meine Hand. Ich schnauzte den Mageren an: »Sie auch!« und reckte den Arm vor. Er hatte sein Etui schon herausgezerrt und legte es auf das andere. Ich wandte mich um und händigte sie Wolfe aus. Er sah den einen, dann den anderen Ausweis an, zog eine Schublade auf, holte sein riesiges Vergrößerungsglas heraus, prüfte sie mit dem Glas, wobei er sich reichlich Zeit ließ, legte das Glas in die Schublade zurück, ließ die Etuis darauffallen, schob die Schublade zu und betrachtete sie.

»Wahrscheinlich gefälscht. Das kann das Polizeilabor feststellen.«

Ihre Selbstbeherrschung wurde auf eine harte Probe gestellt. Ich hätte sie bewundert, wenn ich nicht in Gedanken anderweitig beschäftigt gewesen wäre. Sie wurden beide stocksteif, rührten sich aber nicht; nur der Magere murmelte:

»Fetter Molch!«

Wolf nickte. »Eine natürliche Reaktion. Wir wollen etwas unterstellen. Angenommen – nur als Diskussionsgrundlage –, Sie sind tatsächlich Agenten des Federal Bureau of Investigation. Dann haben Sie eine berechtigte Klage vorzubringen, aber nicht gegen mich, sondern gegen Ihre Kollegen, die sich zu der Ansicht verleiten ließen, dieses Haus sei leer. Sie brauchen sich nicht zu entschuldigen.«

Er räusperte sich. »Nun das Weitere, immer noch unter derselben Voraussetzung. Ich werde Ihre Ausweise als Pfand behalten. Sie oder Ihre Dienststelle können sie nur auf gerichtlichem Wege zurückerhalten, wobei öffentlich festgestellt würde, wie die Ausweise in meinen Besitz gelangten, und ich würde selbstverständlich ebenfalls Klage führen, da Sie auf ungesetzliche Weise mein Haus betraten und dabei in flagranti ertappt wurden. Ich habe vier Augenzeugen. Ich bezweifle, ob Ihre Vorgesetzten diesen Preis zahlen möchten. Die Initiative liegt also bei mir. Sie können gehen. Alles, was ich – immer unter der gleichen Voraussetzung – erhalten wollte, war der unanfechtbare Beweis dafür, daß Beamte des Federal Bureau of Investigation das Gesetz übertreten haben und gerichtlich verfolgt werden können; dieser Beweis liegt hier in meiner Schublade. Übrigens habe ich bis jetzt Ihre Handschuhe noch nicht erwähnt. Wir alle haben sie natürlich gesehen. Eine belastende Einzelheit, falls die Sache vor Gericht kommt. Meine Herren, Sie können gehen!«

»Hol's der Teufel!« Das war der Breite. »Diese Ausweise sind Eigentum von Bundesbeamten.«

»Vielleicht. Selbst wenn sie das sein sollten, ist meine Verteidigung begründet. Falls ich die bewußte Unterstellung fallenlasse, kann ich schwerlich glauben, daß Bundesjustizbeamte auf ungesetzliche Weise in mein Haus eindringen würden, und daher bin ich zweifellos berechtigt, die Ausweise zu behalten, bis ihre Echtheit geprüft ist.«

»Wie wollen Sie das anstellen?«

»Das werden wir sehen. Ich harre der Dinge, die da kommen. Falls die Ausweise echt sind, wäre es denkbar, daß einer Ihrer Vorgesetzten – vielleicht sogar Mr. Wragg – sich mit mir in Verbindung setzt.«

»Fetter Molch!« knurrte der Magere erneut. Seine geistige Potenz schien unter Druck sehr beschränkt zu sein.

»Sie werden zugeben«, fuhr Wolfe fort, »daß ich schonend mit Ihnen umgehe. Sie verschafften sich gewaltsam Eintritt in mein Haus, und ich weiß nur, daß Sie die Rollen von Justizbeamten spielen. Zwei Vergehen. Falls Sie bewaffnet sind, sollten wir Ihnen die Waffen abnehmen, genau wie die Werkzeuge, die Sie mitbrachten, um meine Haustür aufzubrechen – und sicher auch Türen und Schubladen in diesem Büro. Und Ihre Handschuhe. Ich rate Ihnen, unverzüglich zu verschwinden. Diese vier Männer hier haben nichts für Einbrecher und ebensowenig für das FBI übrig. Es würde ihnen Vergnügen bereiten, Sie zu demütigen. Schluß jetzt! Gehen Sie!«

Sie blieben wie angewurzelt stehen und starrten ihn an. Der Kleinere schaute zwischen Freds und meiner Schulter durch, der Magere rechts an Fred vorbei. Sie wechselten Blicke, fixierten Wolfe noch einmal und setzten sich in Bewegung. Als sie schon fast an der Tür waren, schritt Orrie rückwärts in die Halle und hielt seine Waffe auf sie gerichtet. Er zielt gern auf andere Leute. Saul lief durchs Vorderzimmer in die Halle und knipste das Licht an, Fred und ich folgten den Agenten. Als sie sich der Haustür näherten, riß Saul diese auf, und Orrie, Fred und ich traten neben ihn und sahen ihnen nach, wie sie die Stufen hinunterstiegen. Es war fast sicher, daß ein dritter dabeigewesen war, aber er war nirgends zu sehen. Sie wandten sich nach links der Tenth Avenue zu, aber wir gingen nicht hinaus, um sie zu ihrem Wagen zu begleiten. Ehe wir die Tür zuschlugen, untersuchten wir das Schloß. Es war unbeschädigt. Ich legte die Kette vor, und Fred bemerkte, sie müßten die beste Schlüsselsammlung der Welt haben.

Im Gänsemarsch trotteten wir zurück ins Büro. Wolfe stand mitten auf dem Teppich und betrachtete einen Gegenstand in seiner Hand – die Taschenlampe, die der eine hatte fallen lassen. Er warf sie auf meinen Schreibtisch und brüllte: »Sprechen! Alles reden! Los, quatscht doch!«

Wir brachen in Lachen aus.

»Ich setze eine Belohnung aus«, verkündete ich lautstark, »eine gerahmte Fotografie von J. Edgar Hoover demjenigen, der beweist, daß das Haus präpariert ist und daß sie ihm eine Bandaufnahme schicken müssen.«

»Zum Teufel«, platzte Fred heraus, »wenn sie doch nur irgend etwas angestellt hätten!«

»Ich habe Appetit auf Champagner«, meldete sich Saul.

»Bourbon für mich«, fiel Orrie ein. »Außerdem habe ich Hunger.«

Es war zwanzig vor acht. Wir marschierten in die Küche, einschließlich Wolfe, und quasselten alle durcheinander. Wolfe begann den Kühlschrank auszuräumen: Kaviar, *Pâté de foie gras,* Stör, ein ganzer Fasan. Saul klappte das Kühlfach auf und holte Eis zum Champagnerkühlen. Orrie und ich suchten Flaschen im Schrank. Fred fragte, ob er das Telefon benutzen und seine Frau anrufen dürfe, und ich erteilte ihm großzügig die Erlaubnis und trug ihm viele Grüße an sie auf, aber da erhob Wolfe die Stimme.

»Sagen Sie ihr, daß Sie die Nacht über hierbleiben. Sie müssen alle bleiben. Morgen früh trägt Archie die Sachen auf die Bank, und Sie sollen ihn begleiten. Wahrscheinlich werden die andern nichts unternehmen, aber in ihrer Verzweiflung könnten sie doch einen Handstreich wagen. Fred, sagen Sie nichts davon zu Ihrer Frau, auch zu sonst niemandem. Die Sache ist nocht nicht erledigt, sie ist nur richtig angelaufen. Falls Sie etwas Warmes zu essen haben wollen, kann ich in zwanzig Minuten Reh auf Yorkshireart zubereiten; das heißt, wenn Archie mir hilft.«

Sie verneinten alle, und das war mir äußerst recht.

Eine Stunde später waren wir alle dabei, einen vergnügten Abend zu verbringen. Ich saß mit den drei Gästen im Vorderzimmer bei einer harten Runde Binokel, und Wolfe ruhte in seinem über alles geliebten Sessel im Büro und schmökerte. Der Wälzer trug den Titel ›Hinter den Kulissen des FBI‹. Er las ihn entweder aus Schadenfreude oder zu Forschungszwecken – es war mir unerfindlich.

Um zehn Uhr mußte ich mich kurz vom Spieltisch erheben, denn Wolfe wollte Hewitt anrufen, da er annahm, um diese Zeit seien die Aristologen wohl mit ihrem Schlemmermahl fertig. Ich trabte also ins Büro und stellte die Verbindung her.

Wolfe erzählte Hewitt, alles sei wunschgemäß verlaufen, und bedankte sich bei ihm. Hewitt berichtete, die Strohmänner hätten sich als sehr unterhaltsam erwiesen; Jarvis habe Shakespeare rezitiert und Kirby habe Präsident Johnson, Barry Goldwater und Alfred Lunt gemimt. Wolfe trug ihm viele Grüße an sie auf, ich setzte mich wieder an den Spieltisch und Wolfe klemmte sich das Buch vor die Nase.

Kurz nach elf Uhr wurden wir jedoch noch einmal unterbrochen. Das Telefon schrillte, und da Wolfe es verabscheut, einen Anruf anzunehmen, mußte ich wohl oder übel an meinem Schreibtisch nach dem Hörer greifen.

»Hier bei Nero Wolfe, Archie Goodwin am Apparat.«

»Hier Richard Wragg, Goodwin.« Es war eine schleppende, weiche Stimme. »Ich möchte Wolfe sprechen.«

Das hatten wir geahnt, und ich befolgte meine Anweisungen.

»Tut mir leid, Wragg, das ist unmöglich. Er ist beschäftigt.«

»Ich möchte ihn besuchen.«

»Ein guter Gedanke. Das dachte er sich schon. Sagen wir hier, in seinem Büro, um elf Uhr morgen vormittag?«

»Ich möchte ihn heute abend noch sehen. Jetzt gleich.«

»Ich bedaure außerordentlich, Wragg, aber das läßt sich nicht einrichten. Er ist sehr in Anspruch genommen. Der früheste Termin wäre elf Uhr morgen vormittag.«

»Wodurch ist er so in Anspruch genommen?«

»Er liest ein Buch. Hinter den Kulissen des FBI. In einer halben Stunde geht er zu Bett.«

»Ich komme morgen früh um elf.«

Es klang, als knalle er den Hörer auf die Gabel, aber vielleicht bildete ich mir das nur ein. Ich wandte mich an Wolfe. »Ich habe ihn Wragg genannt, weil er so heißt. Morgen früh elf Uhr. Wie erwartet.«

»Und gewünscht. Wir müssen uns darüber unterhalten, wenn Sie mit Ihrem Spiel fertig sind.«

Ich stand auf. »Es dauerte nicht mehr lange. Ich habe gerade dreihundertvierzig gemeldet.«

13

Ich brauche meine vollen acht Stunden Schlaf und bekomme sie auch fast immer, aber in dieser Nacht waren es nur sechs. Um 1.10 Uhr, als Wolfe zu Bett gegangen war, Fred und Orrie ebenfalls, und Saul sich auf das Sofa im Vorderzimmer gelegt hatte, wollte ich gerade zwischen die Leintücher auf der Couch kriechen, da klingelte es an der Haustür. Es waren Fritz, Jarvis und Kirby. Als ich Kirby über die Schwelle torkeln sah, fragte ich mich nur, in welchem Graben wohl der Heron lag. Ich erkundigte mich, wo der Wagen sei, aber er gluckste mich nur mit fest zusammengepreßten Lippen an. Ich dachte natürlich, er hielte sich noch an die Anweisungen, und sagte, er dürfe jetzt wieder sprechen, aber Fritz erklärte, das könne er nicht, weil er nämlich sternhagelvoll sei. Der Wagen stehe draußen vor dem Haus, in bester Ordnung, aber nur der Allmächtige wisse, wie er dorthin gelangt sei. Er verfrachtete sie mit dem Aufzug in ihr Zimmer hinauf, und ich zog Schuhe und Mantel über den Schlafanzug an, eilte hinaus und fuhr den Heron in die Garage. Kein einziger Kratzer.

Der erste Programmpunkt am Freitagmorgen war auf 8.30 Uhr angesetzt. Um 7.45 Uhr schaltete ich meine Willenskraft auf Höchstleistung, rappelte mich hoch, packte mir die Arme voll Decken, Leintücher und Kissen und tappte in mein Zimmer hinauf. Als ich aus dem Badezimmer zurückkam, hockten Fred und Orrie immer noch auf der Bettkante und gähnten. Zur Aufmunterung teilte ich ihnen mit, wir müßten in einer Stunde und zwanzig Minuten aufbrechen, aber sie forderten mich nur auf, meinen Schädel unters kalte Wasser zu halten, was bereits geschehen war. Ich hatte mich innerlich schon damit abgefunden, daß ich mir das Frühstück selbst machen mußte, aber im Treppenhaus sah ich Fritz aus Wolfes Zimmer auftauchen. Er hatte ihm doch tatsächlich das Frühstückstablett fast zur gewohnten Zeit gebracht! Es war 8.28 Uhr, und ich begab mich ins Büro und fing den Tag mit einem Anruf bei Mrs. Bruner an. Ich entschuldigte mich, weil ich sie schon frühmorgens störte, und sagte, ich hätte ihr etwas Wichtiges mitzuteilen und sie solle mich um 9.45 Uhr oder kurz danach unter einer bestimmten Nummer, die ich ihr angab, zu erreichen versuchen. Sie erklärte mir, sie sei um diese Zeit schon verabredet, und fragte, wie wichtig es sei. Als ich ihr versicherte, es sei äußerst wichtig, sagte sie: »Also gut.«

Wir konnten uns somit Zeit lassen zum Frühstücken, und das lohnte sich. Fritz weiß, daß Saul, Fred und Orrie sehr gern Eier *au beurre noir* essen, daher war dies das Hauptgericht, mit Schinken und Toast, und zwar zwei Runden zu je zwei Eiern pro Kopf, was nach Adam Riese sechzehn Eier ergab. Das Spesenkonto für diesen Auftrag wuchs sich allmählich zu einem Bandwurm aus.

Mit den Ausweisen in der Tasche verließ ich um 9.40 Uhr das Haus in Begleitung meiner Leibwache, schritt ins Warenhaus an der Ecke und baute mich in der Nähe der Telefonzelle auf. Als Frauenkenner war ich darauf gefaßt, bis zu zwanzig Minuten warten zu müssen, aber um 9.46 Uhr klingelte es, gerade als ein Mann hereinkam und auf die Zelle zuschoß. Ich war rascher.

Mrs. Bruner sagte, sie hoffe, es sei wirklich wichtig, denn sie komme zu spät zu ihrer Verabredung.

»Ihre Verabredung kann nicht halb so wichtig sein«, entgegnete ich. »Vergessen Sie alle Verabredungen. Sie sollen um Viertel vor elf und keine Sekunde später in Mr. Wolfes Büro sein.«

»Heute morgen? Das kann ich nicht.«

»Sie können es, und Sie müssen. Schon zweimal haben Sie mir gesagt, mein Ton gefalle Ihnen nicht, aber das ist noch gar nichts im Vergleich zu dem, was Sie hören werden, wenn Sie nicht sofort versprechen, daß Sie kommen. Mr. Wolfe gibt sonst womöglich die hunderttausend zurück.«

»Aber warum denn? Was ist los?«

»Ich bin nur der Botenjunge. Sie erfahren es, wenn Sie kommen. Es ist nicht nur wichtig, es ist lebensnotwendig.«

Kurzes Schweigen. »Um zehn Uhr fünfundvierzig?«

»Oder früher.«

Wieder Stille. »Also gut, ich komme.«

Ich fühlte mich nicht gerade lebensprühend mit nur sechs Stunden Schlaf, aber ich kam mir wichtig vor, als ich zur ›Continental Bank and Trust Company‹ in der Lexington Avenue schritt, den eisigen Winterwind im Rücken. Nicht viele Menschen können sich einer solchen Leibwache rühmen. Niemand sollte auf den Gedanken verfallen, wir seien übertrieben vorsichtig gewesen, denn was wäre geschehen, wenn ich gestolpert wäre und mir den Schädel eingeschlagen hätte oder wenn ich einer flotten Biene begegnet wäre, die mich völlig betört hätte, und nachher hätte sich herausgestellt, daß es eine FBI-Agentin war? Meine Leibwächter waren ja ohnehin in meinem Gefolge, und ein Spaziergang tat ihnen nur gut. In der Bank stieg ich zuerst ins Untergeschoß hinunter zu den Schließfächern und verstaute die Ausweise. Als ich oben in der Schalterhalle einen Scheck über fünftausend Dollar einlöste, um den Barvorrat im Panzerschrank aufzufüllen, kam mir in den Sinn, daß es auf die Stunde genau neun Tage her war, seit ich den Vorschuß hier deponiert hatte. Damals hätte ich unsere Chancen auf eins zu einer Million eingeschätzt. Jetzt ...

Wir mußten uns ganz schön beeilen, um bis Viertel vor elf wieder in dem alten Backsteinhaus zu sein, und wir schafften es nur mit knapper Not. Ich schälte mich gerade in der Halle aus meinem Mantel, als auch schon Mrs. Bruners Rolls vor dem Haus zum Stehen kam. Bis sie die Vortreppe heraufgestiegen war, hatte ich die Tür aufgerissen.

»Mrs. Bruner«, sagte ich, »würden Sie gern drei Männer kennenlernen, die in Erledigung Ihres Auftrags neunzig Kilometer weit in einem Lastwagen fuhren, und zwar in hölzerne Kisten mit zugeschraubten Deckeln gequetscht? Die gestern abend zwanzig Minuten lang ihre Waffen auf zwei FBI-Männer gerichtet hielten, während Mr. Wolfe jenen die Meinung sagte?«

»Selbstverständlich würde ich sie gern kennenlernen!«

»Das dachte ich mir. Mr. Saul Panzer, Mr. Fred Durkin, Mr. Orrie Cather. Sie werden jetzt einige Zeit mit Mr. Panzer verbringen. Wenn es Ihnen nichts ausmacht, lege ich Ihnen Ihren Mantel ins Vorderzimmer. Richard Wragg, der oberste FBI-Agent von New York, kommt nämlich her und sollte ihn nicht sehen.«

Sie riß die Augen auf, aber ihr Mund blieb zu. Als ich ihr den Mantel abnahm, stürzten Fred und Orrie die Treppe hinauf, um vor dem Südzimmer Posten zu beziehen, damit Jarvis und Kirby ja nicht herauskamen und die Unterhaltung störten.

Am Ende der Diele, der Küche zu, befindet sich links eine Nische, und um die Ecke in der Nische ist in Augenhöhe ein Loch in der Wand. Das Loch ist auf der Nischenseite der Wand mit einem Schiebetürchen verschlossen, auf der Büroseite hängt darüber ein Trickbild, das einen Wasserfall darstellt. Wenn man in der Nische steht und das Schiebetürchen aufmacht, überblickt man durch den Wasserfall fast das ganze Büro und hört natürlich alles, was gesprochen wird.

Von Saul gefolgt, führte ich Mrs. Bruner in die Nische, schob das Türchen zur Seite und zeigte ihr das Guckloch. »Wie ich schon sagte, wird Wragg gleich kommen und mit Mr. Wolfe und mir im Büro sitzen. Mr. Panzer bleibt hier stehen. Ich weiß nicht, wie lange es dauern wird, zehn Minuten oder zwei Stunden. Sie werden nicht alles verstehen, was Sie hören, aber Sie werden genug davon begreifen. Wenn Sie merken, daß Sie husten oder niesen müssen, schleichen Sie bitte rasch auf Zehenspitzen in die Küche. Saul wird Ihnen durch Zeichen zu verstehen geben, wenn ...«

Es klingelte. Ich steckte den Kopf um die Nischenecke, und da stand er auf der Vortreppe, fünf Minuten zu früh. An der Tür blickte ich mich um, Saul nickte aus der Nischenecke, und ich öffnete die Tür.

Richard Wragg war vierundvierzig Jahre alt. Er wohnte in einer Etagenwohnung in Brooklyn mit Frau und zwei Kindern und war schon seit fünfzehn Jahren beim FBI. Detektive kennen sich eben aus. Er war ungefähr so groß wie ich, hatte ein langes Gesicht und ein spitzes Kinn und würde in vier, vielleicht auch schon in drei Jahren eine Glatze haben. Er machte keine Anstalten, mir die Hand zu schütteln, aber er wandte mir den

Rücken zu, als ich ihm den Mantel abnahm, also traute er mir bis zu einem gewissen Grad. Ich führte ihn ins Büro zu dem roten Ledersessel, aber er blieb stehen und sah sich um, und ich hatte den Eindruck, er interessiere sich zu eingehend für das Bild mit dem Wasserfall. Er stand immer noch, als der Aufzug summte, Wolfe eintrat und kurz vor seinem Schreibtisch anhielt, um beiläufig zu äußern: »Mr. Wragg? Ich bin Nero Wolfe. Bitte nehmen Sie Platz.« Wolfe begab sich zu seinem Sessel, und Wragg setzte sich.

Ihre Blicke trafen sich. Von meinem Standpunkt aus konnte ich Wolfes Blick nicht sehen, aber Wraggs Blick war offen und ruhig.

»Ich habe von Ihnen gehört«, begann Wragg das Gespräch, »aber bis jetzt habe ich Sie nicht persönlich kennengelernt.«

Wolfe nickte. »Manche Wege kreuzen sich nicht.«

»Aber jetzt haben sich unsere gekreuzt. Ich nehme an, daß unsere Unterhaltung auf Band aufgenommen wird?«

»Nein. Wir haben zwar eine Anlage, aber sie ist nicht eingeschaltet. Auf so etwas brauchen wir gar keine Rücksicht zu nehmen. Ich habe eine Woche lang angenommen, jedes Wort in diesem Haus würde belauscht. Sie tragen vielleicht ein Mikrofon an sich. Ich könnte mein Tonbandgerät einstellen – aber, wie gesagt, es läuft nicht. Setzen wir uns doch darüber hinweg.«

»Wir haben dieses Haus nicht präpariert.«

Wolfes Schultern hoben und senkten sich drei Millimeter. »Sie wollten mich sprechen?«

Wragg verschränkte die Finger seelenruhig. »Wie Sie es erwartet haben. Wir brauchen keine Zeit mit Scheingefechten zu verlieren. Ich möchte die Ausweise, die Sie gestern abend meinen beiden Leuten mit Gewalt abnahmen.«

Wolfe drehte die Hand um, ebenfalls seelenruhig. »Sie führen doch ein Scheingefecht. Nehmen Sie das ›mit Gewalt‹ zurück. Sie wandten Gewalt an. Sie verschafften sich gewaltsam Zutritt zu meinem Haus. Ich begegnete lediglich der Gewalt mit Gewalt.«

»Ich möchte die Ausweise.«

»Nehmen Sie das ›mit Gewalt‹ zurück?«

»Nein. Ich gebe zu, daß Ihre Gegenmaßnahme verständlich war. Geben Sie mir die Ausweise, und wir unterhalten uns auf gleicher Ebene.«

»Sind Sie dumm, oder halten Sie mich für beschränkt? Ich beabsichtige keineswegs, mich auf gleicher Ebene mit Ihnen zu unterhalten. Sie besuchen mich, weil ich Sie dazu zwang, aber wenn Sie nur gekommen sind, um Unsinn von sich zu geben, können Sie gleich wieder gehen. Soll ich die Situation so beschreiben, wie ich sie sehe?«

»Ja.«

Wolfe wandte sich mir zu. »Archie, bitte Mrs. Bruners Brief, in dem sie mich in ihren Dienst stellt.«

Ich holte ihn aus dem Stahlschrank. Als ich mich wieder umdrehte, nickte Wolfe in Wraggs Richtung, und ich reichte diesem den Brief. Ich blieb stehen und streckte die Hand aus, als er ihn gelesen hatte. Er las ihn aber noch einmal und gab ihn mir zurück, ohne zu mir aufzublicken. Ich setzte mich an meinen Schreibtisch und legte ihn in eine Schublade.

»Ein beachtliches Dokument«, sagte er zu Wolfe. »Fürs Protokoll: Sollten Mrs. Bruner oder ihre Angehörigen oder ihre Bekannten bespitzelt worden sein – was ich nicht zugebe –, so stand dies im Zusammenhang mit einer Sicherheitsüberprüfung.«

Wolfe nickte. »Das müssen Sie sagen. Eine geläufige Lüge. Ich beschreibe jetzt die Lage. Ihre Männer gingen gestern abend weg und ließen ihre Ausweise in meinem Besitz, weil sie es nicht wagten, die Polizei zu Hilfe zu rufen. Sie wußten eines: Wenn ein Bürger sie bezichtigt, auf ungesetzliche Weise in sein Haus eingedrungen zu sein, und wenn er sie vor Gericht anklagt, wird sich die Sympathie der Polizei und der Staatsanwaltschaft dem Bürger zuneigen. Sie wissen das auch. Sie werden keine gerichtlichen Schritte unternehmen, um die Ausweise zurückzuerhalten, und daher werden sie nicht zurückgefordert werden. Ich werde sie behalten. Aber ich schlage Ihnen einen Tausch vor. Sie verpflichten sich, Mrs. Bruner, ihre Angehörigen und Bekannten nicht länger zu überwachen und ihr Telefon nicht mehr anzuzapfen, und ich . . .«

»Ich habe nicht gesagt, daß sie überwacht wird.«

»Bah! Wenn Sie . . . Nein. Es ist einfacher, noch einmal von vorn anzufangen. Ohne Rücksicht auf alles in der Vergangenheit Geschehene verpflichten Sie sich, dafür zu sorgen, daß von heute abend sechs Uhr an jegliche Überwachung von Mrs. Bruner, ihren Angehörigen oder Bekannten, einschließlich des Anzapfens der Telefonleitung, und jegliche Überwachung von Mr. Goodwin, mir und meinem Haus durch Ihre Dienststelle unterbleibt. Ich verpflichte mich dagegen, die Ausweise dort zu lassen, wo sie sich befinden, nämlich in meinem Bankschließfach, außerdem keine Klage gegen Ihre Leute wegen des Einbruchs in mein Haus zu erheben und diesen Einbruch nicht öffentlich bekanntzumachen. So ist die Lage, und das ist mein Angebot.«

»Meinen Sie eine schriftliche Verpflichtung?«

»Nur, wenn sie Ihnen lieber ist.«

»Nein. Nichts Schriftliches. Ich bin einverstanden mit dem, was die Überwachung betrifft, aber ich muß die Ausweise haben.«

»Sie bekommen sie nicht.« Wolfe deutete mit dem Finger auf ihn. »Verstehen Sie mich richtig, Mr. Wragg. Ich werde die Ausweise nur herausgeben, wenn ich von einem Gerichtshof dazu aufgefordert werde, und dieser Aufforderung werde ich mit allen mir zu Gebote stehenden Mitteln und denen meiner Klientin Widerstand leisten. Sie . . .«

»Verflucht! Sie haben vier Zeugen!«

»Das weiß ich. Aber Richter und Geschworene verfallen zuweilen in seltsame Launen. Es könnte ihnen einfallen, die Glaubwürdigkeit von vier Zeugen – auch von fünf, wenn man mich dazuzählt – anzuzweifeln. Für Sie wäre es ein leichtes, meine Zuverlässigkeit in Frage zu stellen. Ich habe keineswegs den Wunsch, mich mit Ihrer Institution in einen Kampf auf Leben und Tod einzulassen; mein einziges Ziel ist, den mir übertragenen Auftrag auszuführen. Solange Sie weder meine Klientin noch mich belästigen, habe ich keine Verwendung für die Ausweise und für meine Zeugen.«

Wragg blickte mich an. Ich dachte, er wolle mich etwas fragen, aber nein, er suchte nur einen Punkt, an dem sich seine Augen von Wolfe ausruhen konnten, solange er sich die Antwort auf eine Frage überlegte, die er sich selbst gestellt hatte. Er brauchte eine ganze Weile. Schließlich richtete er den Blick wieder auf Wolfe.

»Sie haben etwas vergessen«, sagte er. »Sie erklärten, Ihr einziges Ziel sei, den Ihnen übertragenen Auftrag auszuführen. Warum stellten Sie dann Ermittlungen in einem Mordfall an, mit dem wir nichts zu tun haben? Warum hat Goodwin zweimal Mrs. David Althaus besucht, warum hat er sich zweimal in Morris Althaus' Wohnung begeben, und warum hatten Sie letzten Donnerstag abend die fünf Leute hier bei sich?«

Wolfe nickte. »Sie glauben also, einer Ihrer Männer habe Morris Althaus erschossen.«

»Nein! Das ist doch absurd!«

Wolfe wurde langsam gereizt. »Zum Kuckuck, können Sie nicht vernünftig reden? Was suchten die beiden wohl, als sie in mein Haus einbrachen? Sie vermuteten, ich hätte irgendwie entdeckt, daß drei von Ihren Leuten am Mordabend bei Morris Althaus waren, und das hatte ich tatsächlich herausgefunden. Die Männer hatten Ihnen berichtet, er sei schon tot gewesen, als sie kamen, aber Sie glaubten ihnen nicht, oder Sie hegten zumindest Zweifel. Warum Sie das taten, weiß ich nicht. Sie kennen Ihre Leute, ich nicht. Und Sie vermuteten oder befürchteten, ich hätte nicht nur erfahren, daß sie dort waren, sondern auch Beweismaterial sichergestellt, aus dem hervorging, daß sie, beziehungsweise einer von ihnen, Morris Althaus umbrachten. Also, reden Sie vernünftig!«

»Sie haben mir immer noch nicht auf meine Frage geantwortet, warum Sie Ermittlungen in diesem Mordfall anstellten.«

»Das liegt doch auf der Hand: Weil ich erfahren hatte, daß Ihre Männer dort waren.«

»Wie haben Sie das erfahren?«

Wolfe schüttelte den Kopf. »Das kann ich Ihnen nicht verraten.«

»Standen Sie mit Inspektor Cramer in Verbindung?«

»Ich habe ihn seit Monaten weder gesehen noch gesprochen.«

»Oder mit der Staatsanwaltschaft?«

»Nein.«

»Werden Sie die Ermittlungen fortsetzen?«

Wolfes rechter Mundwinkel hob sich leicht. »Wissen Sie, Mr. Wragg, ich bin willens und imstande, den Druck auf Ihrem Gemüt zu erleichtern, aber zuerst muß ich ganz sicher sein, daß mein Auftrag erledigt ist. Nehmen Sie mein Angebot an? Versprechen Sie mir, daß Ihre Leute von heute abend achtzehn Uhr an Mrs. Bruner und ihre Verwandten und Bekannten in keiner Weise mehr überwachen?«

»Ja. Einverstanden.«

»In Ordnung. Jetzt bitte ich Sie, eine weitere Verpflichtung einzugehen. Ich möchte, daß Sie wieder hierherkommen, sobald ich Sie dazu auffordere, und die Kugel mitbringen, die einer Ihrer Männer vom Fußboden in Morris Althaus' Wohnung aufhob.«

Wahrscheinlich war es nicht einfach, Richard Wragg zu verblüffen. Man wird nicht oberster Agent in der zweitwichtigsten

Stadt nach Washington, wenn man leicht die Fassung verliert, aber das haute ihn um. Sein Mund klappte auf. Er brauchte nur zwei Sekunden, um ihn wieder zu schließen, aber er war sprachlos.

»Jetzt reden Sie aber Unsinn«, sagte er.

»Keineswegs. Wenn Sie mir die Kugel bringen, sobald ich Sie darum bitte, kann ich fast sicher – ich bin in Versuchung zu sagen: ganz sicher – beweisen, daß Althaus nicht von einem Ihrer Männer umgebracht wurde.«

»Lieber Himmel, Sie erpressen mich!« Wraggs Mund war jetzt verkniffen, seine Augen glichen Schlitzen. »Falls ich eine solche Kugel habe, könnte ich sie herbringen, einfach um Sie beim Wort zu nehmen.«

»Sie haben sie also«, stellte Wolfe geduldig fest. »Was geschah an jenem Abend in Althaus' Wohnung? Eine Person, die ich als X bezeichnen will – ich könnte auch ihren richtigen Namen nennen, aber vorläufig genügt X –, erschoß ihn mit seinem eigenen Revolver. Die Kugel durchschlug ihn, streifte die Wand und fiel zu Boden. X machte sich aus dem Staub und nahm den Revolver mit. Kurz darauf kamen Ihre drei Agenten. Sie drangen auf die gleiche Weise ein, wie sie sich gestern hier Eintritt verschafften. Soll ich mehr ins einzelne gehen?«

»Ja.«

»Bei mir klingelten sie nicht, weil ja – so dachten sie – niemand zu Hause war. Sie hatten das Haus eine ganze Woche lang überwacht. Aber an Althaus' Tür läuteten sie, und wahrscheinlich riefen sie ihn auch an, doch er meldete sich nicht, weil er nämlich schon tot war. Nachdem sie die Wohnung durchwühlt und das Gesuchte gefunden hatten, kam ihnen in den Sinn, Sie würden wahrscheinlich argwöhnen, einer von ihnen habe ihn umgelegt, und zum Beweis dafür, daß sie es nicht waren, nahmen sie die Kugel an sich, die da auf dem Boden lag. Damit übertraten sie ein Gesetz des Staates New York, aber sie hatten ja bereits eines übertreten, da kam es nicht mehr darauf an. Sie nahmen also die Kugel mit und überreichten sie Ihnen, als sie Bericht erstatteten.«

Wolfe schnippte mit den Fingern. »Daß sie Ihnen die Kugel brachten, überzeugte Sie möglicherweise nicht von ihrer Unschuld, sondern hatte sogar die gegenteilige Wirkung; aber ich möchte keine Vermutungen über Ihre Denkprozesse anstellen und mir ausmalen, warum Sie ihnen nicht glaubten. Wie ich schon sagte: Sie kennen Ihre Leute. Aber die Kugel haben Sie natürlich noch, und ich werde sie sehr bald brauchen.«

Wraggs Augen waren immer noch enge Schlitze. »Hören Sie mal zu, Wolfe. Sie haben uns einmal in die Falle gelockt, verdammt noch mal, und zwar ist Ihnen das gelungen. Aber ein zweites Mal passiert das nicht. Selbst wenn ich die Kugel hätte, wäre ich nicht so hirnverbrannt, daß ich sie ausgerechnet Ihnen geben würde.«

»Sie sind hirnverbrannt, wenn Sie es nicht tun.« Wolfe zog eine Grimasse. »Ich befasse mich mit der Sache, weil ich mich verpflichtet fühle, und zwar der Person gegenüber, von der ich erfuhr, daß Ihre Leute an jenem Abend dort waren. Und ich hasse Verpflichtungen. Wenn ich den Mörder entlarve, trage ich diese Schuld ab und erleichtere nebenbei auch den Druck auf Ihrem Gemüt. Wäre es Ihnen nicht recht, wenn es sich unwiderleglich erweisen würde, daß Althaus nicht von einem Ihrer Männer erschossen wurde? Bringen Sie mir die Kugel, und ich beweise es. Ein weiteres Angebot: Wenn Sie mir die Kugel bringen und wenn Ihre Agenten nicht innerhalb eines Monats infolge der Entlarvung des wirklichen Mörders vom Mordverdacht reingewaschen sind, gebe ich Ihnen die Ausweise zurück. Es sollte eigentlich keinen Monat dauern, wahrscheinlich nicht einmal eine Woche.«

Wragg riß die Augen auf. »Sie würden die Ausweise zurückgeben?«

»Ja.«

»Sie sagten ›Entlarvung‹. Wem gegenüber?«

»Ihnen gegenüber. So hinreichend entlarvt, daß Sie von der Unschuld Ihrer Leute überzeugt sein können – das heißt, von ihrer Unschuld an dem Mord.«

»Sie machen ein Angebot. Welche Garantie bekomme ich dafür?«

»Mein Ehrenwort.«

»Was ist Ihr Ehrenwort wert?«

»Mehr als Ihres. Viel mehr, wenn man dem Buch glauben darf. Niemand kann sagen, daß ich je mein Wort gebrochen hätte.«

Wragg übersah den Seitenhieb. »Wann würden Sie die Kugel brauchen – falls ich sie habe?«

»Ich weiß es nicht. Vielleicht heute im Laufe des Tages. Oder morgen. Ich möchte sie von Ihnen persönlich in Empfang nehmen.«

»Falls ich sie habe.« Wragg stand auf. »Ich muß es mir überlegen. Ich verspreche nichts. Ich . . .«

»Doch, Sie versprechen etwas. Meine Klientin und ich werden nicht mehr überwacht.«

»Ja, das schon. Ich meine . . . Na, Sie wissen schon, was ich meine.« Er schritt auf die Tür zu, blieb aber plötzlich stehen und wandte sich um. »Sind Sie den ganzen Tag zu Hause?«

»Ja. Sollten Sie jedoch anrufen wollen – mein Anschluß wird abgehört.«

Er verstand den Spaß nicht. Ich glaube, er hätte in diesem Augenblick überhaupt nichts komisch gefunden. Ich folgte ihm in die Halle, half ihm in den Mantel und reichte ihm seinen Hut, aber er war so abwesend, daß er mich überhaupt nicht sah. Als ich die Haustür hinter ihm geschlossen hatte und mich umdrehte, sah ich die Klientin ins Büro eilen, Saul dicht hinter ihr. Als ich ins Büro trat, bot sich mir ein herzerfrischender Anblick.

Mrs. Bruner und Saul standen eng nebeneinander vor Wolfes Schreibtisch und blickten ehrfürchtig auf ihn hinunter, und Wolfe hatte sich zurückgelehnt und die Augen geschlossen. Es war ein erhebendes Bild, und ich blieb an der Tür stehen, um es in mich aufzunehmen. Eine halbe Minute lang. Eine ganze Minute. Jetzt reichte es aber, denn sie hatte ja schließlich eine Verabredung, und deshalb fragte ich: »Konnten Sie alles hören?«

Wolfe schlug die Augen auf. Mir gönnte Mrs. Bruner keine Antwort, aber ihn himmelte sie an: »Sie sind unglaublich. Einfach unwahrscheinlich. Ich hätte nie gedacht, daß Sie es schaffen. Unvorstellbar! Gibt es irgend etwas, was Sie nicht schaffen?«

Er reckte sich. »Jawohl, gnädige Frau«, antwortete er, »das gibt es. Einen Dummen kann ich nicht gescheiter machen. Ich könnte noch mehr anführen. Sie verstehen jetzt, warum es wünschenswert war, daß Sie sich herbemühten. In dem von Ihnen unterschriebenen Brief steht: ›Falls Sie das gewünschte Resultat erzielen.‹ Sind Sie zufrieden?«

»Natürlich! Es ist nicht zu fassen!«

»Ich kann es selbst nur schwer glauben. Bitte, nehmen Sie Platz. Ich muß Ihnen noch etwas erklären.«

Sie setzte sich in den roten Ledersessel. Saul verfügte sich zu einem gelben, und ich nahm meinen Platz ein.

Sie fragte: »Was war das nur für eine Falle?«

Wolfe schüttelte den Kopf. »Das erkläre ich Ihnen nicht, es hat Zeit. Mr. Goodwin wird Ihnen sämtliche Einzelheiten erzählen, wann es ihm und Ihnen paßt. Ich will Ihnen nicht berichten, was geschehen ist, sondern was jetzt unternommen werden soll. Sie sind meine Klientin, und ich muß Sie vor Mißhelligkeiten schützen. Wie verschwiegen sind Sie?«

Sie runzelte die Stirn.

»Warum fragen Sie?«

»Bitte antworten Sie. Wie verschwiegen sind Sie? Kann ich Ihnen ein Geheimnis anvertrauen?«

»Ja.«

Er wandte den Kopf. »Archie?«

Sollte ihn doch der Teufel holen! Mich zu behelligen machte ihm nichts aus.

»Ja«, antwortete ich, »wenn ich richtig rate, worauf Sie hinauswollen, und ich glaube, ich weiß es.«

»Natürlich wissen Sie's.« Zu ihr sagte er: »Ich möchte Ihnen die peinliche Überraschung ersparen, daß die Polizei in Ihrer Gegenwart vielleicht Ihre Sekretärin aus Ihrem Büro wegholt, um sie wegen eines Mordes zu verhören, den sie wahrscheinlich verübt hat.«

Wragg hatte er nur verblüfft, aber sie war wie vor den Kopf geschlagen. Ihr Mund klappte nicht auf; sie starrte Wolfe nur sprachlos an.

»Ich sage ›wahrscheinlich‹«, fuhr Wolfe fort, »aber es ist fast sicher. Das Opfer war Morris Althaus. Mr. Goodwin wird Ihnen die diesbezüglichen Einzelheiten ebenfalls berichten, aber nicht jetzt, nicht ehe sich die Lage geklärt hat. Ich hätte es Ihnen auch lieber noch nicht mitgeteilt, aber Sie sind meine Klientin und haben Anspruch auf meinen Schutz. Ich möchte Ihnen einen Vorschlag unterbreiten.«

»Ich glaube es nicht«, murmelte sie. »Ich möchte die Einzelheiten sofort wissen.«

»Sie bekommen sie nicht«, wehrte er schroff ab. »Ich habe eine anstrengende Woche, eine kurze Nacht und einen aufreibenden Tag hinter mir. Wenn Sie jetzt Schwierigkeiten machen, verlasse ich das Zimmer, und Sie werden das Haus verlassen und wahrscheinlich Miss Dacos ausfragen. Das wird sie warnen, sie wird sich aus dem Staub machen, und sobald die Polizei sie gefunden hat und zurückbringt, wird man Ihnen Fragen stellen

– höfliche Fragen, aber ungeheuer viele. Wäre Ihnen das lieber?«

»Nein.«

»Glauben Sie, ich erhebe grundlos eine so schwerwiegende Anklage?«

»Nein.«

»Dann habe ich Ihnen einen Vorschlag zu unterbreiten.« Er blickte auf die Wanduhr. Fünf Minuten nach zwölf. »Um welche Zeit geht Miss Dacos zu Tisch?«

»Das ist verschieden. Sie nimmt gewöhnlich gegen ein Uhr ihr Mittagessen ein.«

»Dann wird Mr. Panzer Sie jetzt zurückbegleiten. Sagen Sie ihr, Sie wollten das Büro herrichten lassen – frisch streichen oder verputzen, was gerade nötig ist – und brauchten sie den Rest der Woche nicht mehr. Mr. Panzer wird dann sofort alles Weitere veranlassen. Ihre Sekretärin wird zwar zweifellos geschnappt, aber wenigstens nicht in Ihrem Haus. Ich wünsche nicht, daß ein Mörder im Haus meiner Klientin verhaftet wird. Wäre es Ihnen recht?«

»Nein.«

»Dann können Sie sich bei passender Gelegenheit bei mir dafür bedanken, daß ich es verhindert habe. Im Augenblick sind Sie natürlich nicht in der Stimmung, sich bei irgend jemandem für irgend etwas zu bedanken. Soll Mr. Panzer in Ihrem Wagen mitfahren? Sie könnten unterwegs alles mit ihm besprechen, er ist nicht auf den Kopf gefallen.«

Sie richtete den Blick auf mich, dann wieder auf Wolfe. »Kann nicht Mr. Goodwin mitkommen?«

Hoffentlich war Saul nicht beleidigt. Wolfe verneinte, Mr. Goodwin habe zu tun. Die arme Klientin mußte sich eben mit Saul zufriedengeben. Diensteifrig holte er ihren Mantel aus dem Vorderzimmer und half ihr hinein.

Als wir die Haustür ins Schloß fallen hörten, reckte Wolfe

das Kinn vor. »Unsere Leitung ist immer noch angezapft. Möchten Sie Mr. Cramer vor dem Essen besuchen?«

»Lieber nach dem Essen. Dann ist er besserer Laune. Er wird nur ungefähr eine Stunde brauchen, um sich den Haussuchungsbefehl zu beschaffen.«

14

Das Büro des Inspektors des Morddezernats Süd an der 20. Straße West ist nicht ausgesprochen schäbig zu nennen, aber es bietet auch keinen prächtigen Anblick. Der Linoleumfußboden ist an vielen Seiten abgetreten, Cramers Schreibtisch würde eine gründliche Reinigung nichts schaden, die Fenster hatte ich noch nie richtig sauber gesehen, und alle Stühle, außer Cramers Sessel, bestehen aus ganz gewöhnlichem, unwahrscheinlich hartem Holz. Als ich mich um 14.35 Uhr einem dieser Stühle anvertraute, fuhr mich Cramer bissig an: »Ich sagte Ihnen doch, Sie sollten nicht herkommen und nicht anrufen.«

Ich nickte. »Aber jetzt ist alles in Ordnung, und ich mußte herkommen. Mr. Wolfe . . .«

»Was ist in Ordnung?«

»Er hat die hunderttausend Dollar und das Honorar verdient.«

»Das glaube ich nicht! Hat er sie gezwungen, von dieser Mrs. Bruner abzulassen?«

»Ja. Aber wir haben Ihren Auftrag nicht erledigt. Wir haben . . .«

»Ich habe keinen Auftrag erteilt.«

»Ja, sicher, schon gut. Wir haben erfahren, daß Morris Althaus nicht von einem FBI-Mann erschossen wurde. Wir glauben den Mörder zu kennen, und wir wissen auch, wie man ihn festnageln kann. Ich werde Ihnen nicht erzählen, wie wir dem FBI die Daumenschrauben anlegten. Das ist nicht der Zweck meines Besuchs, denn Mr. Wolfe wird sich einen Spaß daraus machen, es Ihnen einmal in aller Gemütsruhe zu berichten, und Sie werden mit Vergnügen zuhören. Es war das tollste Ding, das er je gedreht hat, und es schlug ein wie eine Bombe. Ich bin hergekommen, um über einen Mord zu sprechen.«

»Also los, sprechen Sie!«

Ich griff in meine Brusttasche, zog etwas heraus und reichte es ihm. »Ich möchte bezweifeln, daß Sie das schon einmal gesehen haben, aber zumindest einer von Ihren Polizisten kennt es. Es lag in einer Schublade in Althaus' Schlafzimmer. Seine Mutter gab mir den Schlüssel, also sperren Sie mich bitte nicht wegen Hausfriedensbruchs ein. Sehen Sie sich mal die Rückseite an.«

Er drehte es um und las das Gedicht.

»Das«, erklärte ich, »ist eine Verballhornung der letzten vier Zeilen der zweiten Strophe von Keats' ›Ode auf eine griechische Urne‹. Ziemlich geschickt gemacht. Es wurde von Miss Sarah Dacos geschrieben, die in der Arbor Street dreiundsechzig wohnt, im zweiten Stock, also unter Althaus, und die bei Mrs. Bruner als Sekretärin arbeitet. Auf die für mich charakteristische Weise verschaffte ich mir von Mrs. Bruner Proben ihrer Handschrift. Hier.« Ich zog diese aus der Tasche und schob sie ihm hin. »Übrigens sah sie die drei FBI-Männer aus dem Haus kommen. Von ihrem Fenster aus. Vergessen Sie das nicht, wenn Sie sich mit ihr befassen.«

»Warum sollte ich mich mit ihr befassen? Deswegen?« fragte er und tippte auf die Fotografie.

»Nein. Der Hauptgrund für meinen Besuch ist eine Wette. Ich setze fünfzig zu eins, daß Sie etwas finden werden, wenn Sie sich einen Haussuchungsbefehl verschaffen und ihre Wohnung durchsuchen, und zwar etwas, was Ihnen höchst willkommen und nützlich sein wird. Je früher, desto besser.« Ich stand auf. »Das ist alles für heute. Wir möchten ...«

»Alles?« donnerte er, und sein ohnehin rotes Gesicht lief purpurn an. »Sitzenbleiben! Ich werde mich mit Ihnen beschäftigen! Was werden wir finden, und wann haben Sie es dorthin gebracht?«

»Das habe ich nicht getan. Hören Sie mir gut zu. Wie Sie wissen, haben Sie es mit Mr. Wolfe zu tun, wenn Sie mit mir verhandeln. Außerdem ist Ihnen bekannt, daß ich mich stets an meine Anweisungen halte. Im vorliegenden Fall bin ich fertig. Ich bleibe stumm wie ein Fisch. Wenn Sie mich anbrüllen, ist es nur Zeitverschwendung. Holen Sie sich den Haussuchungsbefehl und benutzen Sie ihn, und falls Sie etwas entdecken, wird Mr. Wolfe gern mit Ihnen darüber sprechen.«

»Vorläufig spreche ich mit Ihnen! Sie bleiben hier!«

»Nur, wenn Sie mich verhaften.« Ich wurde allmählich wütend. »Was wollen Sie denn noch, um Himmels willen? Sie bearbeiten diesen Mord schon seit fast zwei Monaten, wir erst seit einer Woche.«

Damit machte ich kehrt und ging hinaus. Es stand eins zu eins, daß ich aufgehalten würde, wenn nicht gleich von ihm, dann unten im Erdgeschoß, sobald ich aus dem Aufzug trat. Aber der Bulle, der in der Eingangshalle den Portier spielte und mich vom Sehen kannte, nickte mir nur zu, zwar nicht übertrieben freundlich, aber fast menschlich. Ich verzog mich auf dem schnellsten Wege.

In dem alten Backsteinhaus war alles in schönster Ordnung. Ashley Jarvis' und Dale Kirbys Kater waren nicht zu schlimm gewesen. Sie hatten sich mit einem herzhaften Frühstück gestärkt, die Prämie von je tausend Dollar in Empfang genommen und sich empfohlen. Fred und Orrie waren ebenfalls gegangen. Saul befand sich in Mrs. Bruners Büro und beschäftigte sich mit Streichen und Verputzen, was eben nötig war. Wolfe war natürlich in seine derzeitige Lektüre vertieft. Um vier Uhr würde er sich, seinem normalen Tageslauf entsprechend, in die Plantagenräume hinaufbegeben. Ich selbst gönne mir nie ein Mittagsschläfchen, selbst wenn ich Nachholbedarf an Schlaf habe, und konnte deshalb spazierengehen. Das tat ich denn auch.

Gegenüber der Nummer 63 in der Arbor Street legte ich eine Pause ein. Das Thermometer vor dem Fenster im Vorderzimmer hatte morgens minus zehn Grad angezeigt und war seither nicht nennenswert gestiegen, und ich hatte ja die Schlüssel in der Tasche; deshalb überquerte ich die Straße, trat ins Haus und stieg die drei Treppen zu Althaus' Wohnung hinauf. Ich erwähne das nicht, weil es etwas an der Sache geändert hätte, sondern weil ich mich noch so deutlich an meinen Gemütszustand erinnere. Dreiundfünfzig Stunden waren vergangen, seit ich den Revolver unter den Federrost gelegt hatte, und in so langer Zeit konnte ein fixes Mädchen ein Dutzend Revolver finden und sonstwo verstecken. Falls der Schießprügel nicht mehr da war, stand es schlecht um uns. Cramer wußte, daß mich Wolfe nicht nur aufgrund eines Argwohns oder einer Vorahnung zu ihm geschickt hatte, sondern daß wir von etwas Heißem in der Wohnung Kenntnis hatten, und wenn es verschwunden war, saßen wir in der Tinte.

Vielleicht interessiert es nicht besonders, in welcher Stimmung ich mich befand, aber mir ging es unter die Haut. An einem der vorderen Fenster in Althaus' Wohnzimmer schob ich den Vorhang zur Seite und drückte die Stirn an die Scheibe, so daß ich den Gehweg unten überblicken konnte. Das war ziemlich idiotisch, aber es gibt Seelenlagen, in denen man verblödet. Es war 15.25 Uhr. Ich war erst vor fünfunddreißig Minuten von Cramer weggegangen, und er würde ungefähr eine Stunde brauchen, um sich den Haussuchungsbefehl ausstellen zu lassen. Worauf wartete ich also? Außerdem war die Fensterscheibe eiskalt, deshalb nahm ich mein Gesicht ein paar Zentimeter zurück. Ich war aber wirklich kribbelig; immer wieder preßte ich die Stirn an die Scheibe, und nach einer Weile sah ich auch etwas. Auf dem Gehweg kam Sarah Dacos in Sicht. Sie hatte eine große braune Papiertüte unterm Arm und bog in den Hauseingang ein. Es war zehn Minuten vor vier. Ihr Anblick verbesserte meine Stimmung leider keineswegs. Ich hatte nichts gegen Sarah Dacos. Natürlich hatte ich auch nichts für sie übrig. Eine Frau, die einem Mann eine Kugel durchs Herz schießt, mag Teilnahme verdienen oder auch nicht, das ist Ansichtssache, aber sie kann von einem Detektiv nicht erwarten, daß er einen Umweg macht, wenn sie ihm bei der Arbeit vor die Füße läuft.

Ich spitzte die Ohren und hörte ihre Wohnungstür gehen.

Um 16.15 Uhr bremsten draußen vor dem Haus zwei Polizeiwagen. Der eine entdeckte eine Parklücke am Randstein, der andere stellte sich unvorschriftsmäßig daneben auf die Straße, und ich erkannte alle drei Beamte des Morddezernats, die herauskrabbelten und auf Nummer 63 zusteuerten. Ich wäre gern ins Treppenhaus geschlichen, um das Gespräch mit anzuhören, wenn der Sergeant Sarah den Haussuchungsbefehl zeigte, aber ich überlegte es mir anders. Er hätte mich riechen können, und das hätte die Suche aufgehalten.

Sie brauchten lediglich zehn Minuten, dann hatten sie das Ding gefunden. Um 16.21 Uhr betraten sie die Wohnung – um diese Zeit hörte ich die Tür zufallen –, und um 16.43 Uhr verließ Purley Stebbins mit Miss Sarah Dacos das Haus. Zwölf Minuten billigte ich ihm dabei zu für ein paar Fragen, nachdem er den Revolver entdeckt hatte. Ich stellte mich ans Fenster und sah zu, wie Purley mit ihr in den Polizeiwagen stieg und wie das Auto wegfuhr, dann setzte ich mich auf die Couch. Da er sie mitgenommen hatte, war die Frage mit dem Revolver erledigt.

Ich gönnte mir ein paar Minuten auf der Couch und spürte mit Behagen, wie mein Gemütszustand wieder ins Lot kam.

Dann ging ich weg. Ein Polizeiauto stand immer noch draußen und wartete auf die beiden Beamten, die in der Wohnung waren. Der Fahrer kannte mich vielleicht, aber das war mir einerlei. Als ich ohne Eile an dem Wagen vorbeischlenderte, warf er mir einen scharfen Blick zu, aber vielleicht nur, weil ich aus diesem bestimmten Haus gekommen war.

Ich ging zu Fuß nach Hause. Es war kurz nach 17.30 Uhr und schon dunkel, als ich die Vortreppe hinaufstieg und aufschloß. Zuerst marschierte ich in die Küche, holte mir ein Glas Milch und fragte Fritz: »Hat er Ihnen mitgeteilt, daß wir aus dem Gröbsten raus sind?«

»Nein.« Fritz prüfte gerade Möhren.

»Es stimmt aber. Sagen Sie am Telefon alles, was Sie wollen. Nehmen Sie die Beziehungen zu Ihren Freundinnen wieder auf. Wenn ein Unbekannter Sie anspricht, verhalten Sie sich, wie es Ihnen paßt. Darf ich Ihnen einen guten Rat geben?«

»Bitte.«

»Gehen Sie ihn wegen einer Gehaltserhöhung an. Das mache ich auch. Übrigens habe ich Sie noch gar nicht gefragt, wie das Schlemmermahl gestern abend verlief. Haben Sie sie anständig gefüttert?«

Er hob den Blick zu mir. »Archie, davon wollen wir nie mehr reden! Ein fürchterlicher Tag! Im Geist war ich nur hier bei Ihnen. Ich weiß nicht, was ich zubereitete, ich weiß nicht, was aufgetragen wurde. Ich will das Ganze vergessen.«

»Hewitt sagte aber am Telefon, alle hätten sich erhoben und Ihnen Beifall gespendet.«

»Natürlich, es waren ja höfliche Menschen. Nur eines weiß ich sicher: Die *Périgourdine* habe ich nicht mit Trüffeln gespickt.«

»Lieber Himmel! Bin ich froh, daß ich nicht dabei war! Also

gut, vergessen wir's. Bekomme ich bitte eine Möhre? Das schmeckt herrlich zur Milch.«

»Aber gern«, sagte er, und ich bediente mich.

Ich saß an meinem Schreibtisch und schrieb Schecks aus, als Wolfe von den Plantagenräumen herunterkam. Obwohl er es nicht aussprach, wußte ich, daß er genauso gespannt war wie ich vor kurzem. Als er zu seinem Schreibtisch schlurfte, wandte ich den Kopf und sagte: »Sie haben die Knarre.«

»Woher wissen Sie das?«

Ich berichtete es ihm, angefangen von der Unterhaltung mit Cramer bis zu dem Gespräch mit Fritz. Er fragte, ob ich eine Quittung für die Fotografie erhalten hätte.

»Nein«, antwortete ich, »er war nicht in der richtigen Stimmung für Quittungen. Ich teilte ihm mit, Althaus sei nicht von einem FBI-Mann umgelegt worden, und das traf ihn hart.«

»Zweifellos. Ist Mr. Wragg wohl in seinem Büro?«

»Möglich.«

»Rufen Sie ihn an.«

Ich drehte mich um und schwenkte das Telefon heran, aber als ich zu wählen anfing, klingelte es an der Haustür. Ich schubste das Telefon weg, trabte in die Halle, blickte durch die Spionglasscheibe, trabte zurück und meldete: »Sie können ihn persönlich um die Quittung bitten.«

Er holte tief Luft. »Ist er allein?«

»Ja.« Ich lief an die Tür und riß sie auf. Cramer hatte keine Milchtüte für mich. Er hatte überhaupt nichts für mich, nicht einmal ein Nicken. Kaum hatte er den Mantel heruntergerissen, als er auch schon ins Büro hetzte, und als ich den Mantel verstaut hatte und auch ins Büro kam, thronte er in dem roten Ledersessel und redete. Den Schluß bekam ich noch mit: ». . . und ich hätte es besser wissen müssen! Wirklich, ich sollte mich allmählich auskennen!« Als ich mich setzte, fuhr er zu mir herum: »Woher haben Sie den Revolver, und wann haben Sie ihn dort versteckt?«

»Verdammt«, knurrte Wolfe, »Sie hätten nicht herkommen sollen. Hätten Sie doch lieber gewartet und in Ruhe überlegt. Archie, rufen Sie Mr. Wragg an.«

Wenn Cramer einmal kocht, ist es nicht einfach, ihn am Dampfablassen zu hindern, aber das wirkte: der bloße Name Wragg. Ich wußte, daß er die Zähne zusammenbiß und Wolfe anstarrte, wenn ich es auch nicht sehen konnte, weil ich ihm den Rücken zuwandte, als ich die Nummer wählte. Ich war darauf gefaßt, daß ich Geduld und Beharrlichkeit aufbringen mußte, um bis an die Spitze durchzudringen, aber siehe da – es war nicht nötig. Offensichtlich war die Parole ausgegeben worden, daß ein Anruf von Nero Wolfe bevorzugt zu behandeln sei, und das war ein gutes Zeichen. Nach kürzester Frist drang die sanfte, schleppende Stimme an mein Ohr und an Wolfes Ohr, denn er hatte seinen Hörer abgenommen.

»Wolfe?«

»Ja. Wragg?«

»Ja.«

»Es ist soweit, daß ich die Kugel brauche. Sofort. Wie wir es vereinbarten. Bringen Sie die Kugel her, und ich gebe die Ausweise heraus, falls Sie nicht innerhalb eines Monats rehabilitiert sind. Ich glaube, es wird weniger Zeit in Anspruch nehmen, viel weniger Zeit.«

Er sagte sofort: »Ich komme.«

»Jetzt?«

»Ja.«

Als wir aufgelegt hatten, fragte Wolfe: »Wie lange braucht er?«

Ich meinte, zwanzig Minuten oder weniger, da er ja nicht nach einem Taxi zu suchen brauchte, und Wolfe wandte sich wieder Cramer zu. »Mr. Wragg wird in zwanzig Minuten hier sein. Ich schlage vor . . .«

»Wragg vom FBI?«

»Ja. Ich schlage vor, daß Sie Ihren Sturmangriff aufschieben, bis er eintrifft, vielleicht auch, bis er wieder geht; inzwischen berichte ich Ihnen von einer Operation, die wir soeben abgeschlossen haben. Ich versprach Mr. Wragg, nichts davon in der Öffentlichkeit verlauten zu lassen, aber Sie sind ja nicht die Öffentlichkeit, und da Sie den Erfolg ermöglichten, bin ich Ihnen eine Erklärung schuldig. Für das Gespräch mit ihm wird es jedoch nützlich sein, wenn Sie zuerst zwei Fragen beantworten. Wurde in Miss Dacos' Wohnung ein Revolver gefunden?«

»Na klar! Gerade habe ich doch Goodwin gefragt, wann er ihn dorthin brachte, und ich frage ihn das noch einmal.«

»Erst wenn wir mit Mr. Wragg fertig sind. War es der Revolver, für den Morris Althaus einen Waffenschein besaß?«

»Ja.«

»Das vereinfacht die Dinge erheblich. Jetzt die besagte Operation . . .«

Er beschrieb sie, und er berichtet fast so gut wie ich, ja besser, wenn der Zuhörer nichts gegen weitschweifige Ausführungen hat. Es war sinnlos, Hewitts Namen zu verschweigen, da ja das FBI genau Bescheid wußte, und Wolfe berichtete alle Einzelheiten. Als er zu der Szene im Büro kam, wie die beiden Agenten auf allen Seiten von Waffen eingekreist waren und er ihre Ausweise in seine Schreibtischschublade fallen ließ, sah ich etwas, was ich noch nie beobachtet hatte und wahrscheinlich auch nie mehr erblicken werde: nämlich ein breites Grinsen auf Inspektor Cramers Gesicht. Und dann zeigte es sich noch einmal, als Wolfe von der Unterhaltung mit Wragg berichtete und sagte, er habe ihm erklärt, sein Ehrenwort sei mehr wert als Wraggs. Ich hatte fast den Eindruck, Cramer werde sich aufraffen, zu Wolfe hinübergehen und ihm auf die Schulter klopfen; aber soweit kam es nicht, denn es klingelte, und ich eilte hinaus, um die Tür aufzumachen.

Ich habe schon erwähnt, daß Wragg verblüfft war, als Wolfe ihn aufforderte, die Kugel zu bringen; aber das war gar nichts im Vergleich zu seiner Bestürzung, als er ins Büro marschierte und Cramer erblickte. Ich stand hinter ihm und konnte sein Gesicht nicht sehen, aber ich beobachtete, wie er zusammenfuhr, erstarrte und die Finger verkrampfte. Cramer war aufgestanden und streckte die Hand aus, zog sie aber gleich wieder zurück.

Als ich einen gelben Sessel heranrückte, äußerte sich Wragg folgendermaßen zu Wolfe: »Ihr Ehrenwort? Mehr wert als meins? Sie hinterhältiger Schuft!«

»Nehmen Sie bitte Platz«, entgegnete Wolfe. »Ob nun mein Wort mehr wert ist oder nicht – mein Verstand ist jedenfalls besser. Ich beurteile eine Situation nicht, ehe ich sie verstehe. Mr. Cramer ...«

»Alle Zugeständnisse sind aufgehoben!«

»Pfui, Sie sind doch kein Esel. Mr. Cramer bedauert, unterstellt zu haben, daß ein Beamter Ihrer Dienststelle ein Mörder ist. Falls Sie Platz nehmen und sich fassen, wird er es Ihnen vielleicht selbst sagen.«

»Ich brauche mich bei niemandem zu entschuldigen«, keifte Cramer. Er sah sich um, ob der rote Ledersessel noch dastand, und plumpste hinein. »Jeder, der Informationen zurückhält ...«

»Nein«, unterbrach Wolfe scharf. »Wenn sich die Herren streiten wollen – bitte, aber nicht in meinem Büro. Ich möchte eine verzwickte Situation klären, nicht komplizieren. Ich unterhalte mich gern auf gleicher Augenhöhe mit meinem Gegenüber, Mr. Wragg. Setzen Sie sich also!«

»Wie wollen Sie sie klären?«

»Nehmen Sie Platz, und ich werde es Ihnen auseinandersetzen.«

Er wollte nicht. Er starrte Cramer an, er starrte sogar mich an wie ein General, der das Schlachtfeld überblickt und die Flanken beobachtet. Es widerstrebte ihm sehr, aber er setzte sich dann doch.

Wolfe drehte eine Handfläche nach oben. »In Wirklichkeit«, begann er, »ist die Situation überhaupt nicht verworren. Wir wollen alle das gleiche. Ich möchte einer Verpflichtung enthoben sein. Sie, Mr. Wragg, möchten eindeutig festgestellt wissen, daß Ihre Leute nicht schuldhaft in einen Mord verstrickt sind. Sie, Mr. Cramer, möchten die Person, die Morris Althaus erschoß, identifizieren und dem Gericht übergeben. Der Fall könnte nicht einfacher liegen. Sie, Mr. Wragg, geben Mr. Cramer die Kugel, die Sie in der Tasche haben, und sagen ihm, woher sie stammt. Sie, Mr. Cramer, lassen diese Kugel mit einer zur Probe aus dem heute nachmittag in Sarah Dacos' Wohnung sichergestellten Revolver abgeschossenen Kugel vergleichen.«

»Ich habe nicht gesagt, ich hätte eine Kugel in der Tasche!«

»Unsinn. Ich rate Ihnen, die Krallen einzuziehen, Mr. Wragg. Mr. Cramer hat guten Grund zur Annahme, daß Sie ein wesentliches Beweisstück zu einem Mordfall, der sich in seinem Bezirk ereignete, bei sich tragen. Den Gesetzen des Staates New York zufolge ist er berechtigt, Sie hier an Ort und Stelle zu durchsuchen und das Beweisstück an sich zu nehmen. Ist das richtig, Mr. Cramer?«

»Ja.«

»Es sollte aber nicht nötig werden. Mr. Wragg, benutzen Sie Ihren Verstand. Es liegt ganz offensichtlich in Ihrem Interesse und dem Ihrer Dienststelle, daß Sie Mr. Cramer die Kugel aushändigen.«

»In meinem Interesse? Daß ich nicht lache! Und einer von meinen Männern steht dann im Zeugenstand und sagt unter Eid aus, er sei in der Wohnung gewesen und habe die Kugel mitgenommen? Der Teufel soll Sie holen!«

Wolfe schüttelte den Kopf. »Nein. Nicht so, Mr. Wragg. Sie geben Mr. Cramer hier ganz unter uns Ihr Wort, daß die Kugel daher stammt, und einer *seiner* Männer steht im Zeugenstand und sagt unter Eid aus, er habe die Kugel aus der Wohnung mitgenommen. Es wird . . .«

»Meine Leute leisten keinen Meineid!« fiel ihm Cramer schneidend ins Wort.

»Bah! Unser Gespräch wird nicht protokolliert. Glauben Sie Mr. Wragg, wenn er Ihnen eine Kugel überreicht und erklärt, sie sei gegen dreiundzwanzig Uhr am Freitag abend, dem zwanzigsten November, auf dem Fußboden in Morris Althaus' Wohnung gefunden worden?«

»Ja.«

»Dann spielen Sie doch bitte später ein bißchen Theater vor einem Publikum, das es zu schätzen weiß. Die Anwesenden sind nicht naiv genug. Ich glaube nicht . . .«

»Er spielt vielleicht gar kein Theater«, unterbrach Wragg. »Er könnte selbst in den Zeugenstand treten und erzählen, wie er zu der Kugel kam. Dann werde ich auch in den Zeugenstand gerufen!«

Wolfe nickte. »Stimmt, das wäre möglich. Er wird es aber nicht tun, denn sonst würde ich auch in den Zeugenstand gerufen und Mr. Goodwin ebenfalls, und ein viel größeres Publikum als das hier versammelte würde erfahren, wie Morris Althaus' Mörder entlarvt wurde, nachdem die Polizei und Staatsanwaltschaft sich acht Wochen lang vergeblich darum bemühten. Er wird es nicht tun.«

»Zum Teufel mit Ihnen!« knurrte Cramer. »Zum Teufel mit Ihnen beiden!«

Wolfe warf einen Blick auf die Uhr. »Es ist schon später als meine gewohnte Essenszeit, meine Herren. Ich habe alles vorgebracht, was ich zu sagen hatte, und ich habe mich meiner Verpflichtung entledigt. Möchten Sie die Sache bereinigen, oder möchten Sie störrisch auf Ihren Standpunkten beharren?«

Wragg blickte Cramer an. »Finden Sie einen Haken an der Sache?«

Die Augen des Polizisten und des FBI-Mannes trafen sich.

»Nein«, entgegnete Cramer. »Sie?«

»Nein. Haben Sie den Revolver?«

»Ja.« Cramer wandte sich an Wolfe. »Sie sagten, ich dürfe Goodwin erst ausfragen, wenn wir mit Wragg fertig seien. Also verhöre ich ihn nicht, höchstens später, falls wir auf Schwierigkeiten stoßen. Er würde mich ja doch nur in die Irre führen, und zur Hölle mit allem!« Zu Wragg sagte er: »Die Entscheidung liegt bei Ihnen.«

Wraggs Hand fuhr in die Tasche und kam mit einem Plastikdöschen wieder heraus. Er erhob sich und trat einen Schritt vor. »Diese Kugel«, sagte er, »wurde am Freitag, den zwanzigsten November, gegen dreiundzwanzig Uhr auf dem Fußboden in Morris Althaus' Wohnzimmer gefunden. Jetzt gehört sie Ihnen. Ich habe sie nie gesehen.«

Cramer stand auf und nahm das Döschen in Empfang. Er schraubte den Deckel ab, ließ die Kugel in seine Hand gleiten, blickte sie aufmerksam an und verstaute sie wieder.

»Sie haben verdammt recht, daß sie mir gehört«, schnaubte er.

15

Drei Abende später, am Montag gegen 18.30 Uhr, saßen Wolfe und ich im Büro und stritten uns wegen eines Punktes auf der Ausgabenliste, die wir der Honorarrechnung an Mrs. Bruner beifügten. Ich gebe zu, daß der Anlaß geringfügig war, aber es ging ums Prinzip. Er vertrat den Standpunkt, es sei nicht mehr als recht und billig, das Mittagessen bei Rusterman auf die Liste zu setzen, und zwar mit der Begründung, wir bekämen die Mahlzeiten dort zum Lohn für die Dienste, die er dem Restaurant geleistet hatte und noch leistete, also in Wirklichkeit nicht umsonst. Ich war dagegen der Ansicht, die früheren Dienste seien bereits abgegolten und die derzeitigen würden später belohnt, selbst wenn ich mit der Klientin in die Selbstbedienungs-Schnellgaststätte zum Essen gegangen wäre.

»Ich erkenne überdeutlich«, fauchte ich, »daß Sie dagegen sind, und der Grund dafür bleibt meinem Scharfblick nicht verborgen. Selbst wenn Sie das Honorar auf die Spitze treiben, sagen wir um weitere Hunderttausend erhöhen, wäre es immerhin denkbar, daß es nicht für das ganze Jahr reicht. Dann müßten Sie sich Anfang September herum oder spätestens im November dazu bequemen, wieder einen Auftrag zu übernehmen, und deshalb pressen Sie jetzt jeden möglichen Cent aus ihr heraus. Sie war aber eine vorbildliche Klientin; Sie sollten deshalb etwas Rücksicht auf sie nehmen. Außer dem Detektivhonorar hat sie noch eine Menge anderer Ausgaben, und jetzt kommt noch eine weitere Belastung hinzu, denn sie wird einen teuren Anwalt zur Verteidigung von Sarah Dacos verpflichten. Haben Sie doch ein Herz!«

»Wie Sie wissen, hat Miss Dacos ein Geständnis abgelegt.«

»Um so mehr wird sie einen Anwalt brauchen. Die Sache ist mir wirklich ernst. Ich habe Mrs. Bruner zum Essen eingeladen. Falls es ihr in Rechnung gestellt wird, möchte ich fast behaupten, daß ich mich verpflichtet fühlen werde, ihr unter vier Augen zu gestehen, daß wir dort nichts zu bezahlen brauchen. Vielleicht wird sie dann ...«

Es klingelte. Ich stand auf, tappte in die Diele und sah durch die Spionglasscheibe einen Zeitgenossen auf der Vortreppe stehen, den ich noch nie in voller Lebensgröße erblickt hatte, wenn ich auch schon unzählige Bilder von ihm gesehen hatte. Ich huschte zurück und meldete: »So was! Der ganz große Fisch!«

Er sah mich verständnislos an, runzelte die Stirn, und plötzlich dämmerte es ihm. Und dann tat er etwas, was er sonst nie tut. Er hievte sich aus seinem Sessel hoch und kam in die Halle. Nebeneinander standen wir vor der Scheibe und starrten hindurch. Der Besucher legte den Finger auf den Knopf, und die Klingel schrillte.

»Nicht angemeldet«, murmelte ich. »Soll ich ihn ins Vorderzimmer führen und eine Weile warten lassen?«

»Nein. Ich habe nichts für ihn. Soll er sich doch den Finger wund klingeln.« Er wandte sich ab, trottete ins Büro zurück und setzte sich an seinen Schreibtisch.

Ich verfügte mich ebenfalls ins Büro. »Wahrscheinlich ist er den ganzen langen Weg von Washington hergekommen, nur um Sie zu besuchen. Welche Ehre!«

»Pfui! Setzen Sie sich und beenden Sie Ihre Arbeit.«

Ich ließ mich nieder. »Wie ich gerade sagte, werde ich ihr wohl unter vier Augen anvertrauen ...«

Die Klingel schrillte noch lange.